U0902256

# 月光下的竹林

张建刚——著

浙江人民出版社

图书在版编目（CIP）数据

月光下的竹林 / 张建刚著. — 杭州 : 浙江人民出版社，2023.5
ISBN 978-7-213-11061-0

Ⅰ. ①月… Ⅱ. ①张… Ⅲ. ①散文集—中国—当代 Ⅳ. ①I267

中国国家版本馆CIP数据核字(2023)第071396号

月光下的竹林
张建刚 著

出版发行：浙江人民出版社（杭州市体育场路347号 邮编 310006）
市场部电话：(0571) 85061682 85176516
责任编辑：祝含瑶
责任校对：陈 春
责任印务：幸天骄
封面设计：王 芸
电脑制版：杭州大漠照排印刷有限公司
印 刷：杭州高腾印务有限公司
开 本：880毫米×1230毫米 1/32
印 张：10.125
字 数：190千字
插 页：4
版 次：2023年5月第1版
印 次：2023年5月第1次印刷
书 号：ISBN 978-7-213-11061-0
定 价：68.00元

# 目　录

CONTENTS

**他，是鲜活的有差别的存在（代序）／1**

**上辑**
**悠然岁月**

艄公的号子／3

磁器口古镇／7

如诗如画的平羌沟／11

月光下的竹林／16

祁连山草原见闻／20

枝枝蔓蔓总关情／23

该扔点东西／25

阳朔城里的洋人街／28

书里有奇异花香，也有苍苍蒹葭／32

民俗四则／37

蜜枣／44

花瓶里的苇蜡 / 47
花语四则 / 50
赏果记 / 55
蕨麻情怀 / 58
放恣绚丽的枇杷 / 61
秦腔,儿时的梦魇 / 64
人的生命犹如一茬庄稼 / 68
祭山定子树 / 75
遥远的回忆 / 78
春华秋实的君子兰 / 82
家乡的槐树 / 84
三角梅之恋 / 87
榕树盆景上的秋景 / 90
难以忘却的记忆 / 94
酒窖里的震撼 / 99
画中的少女风姿 / 105
友情还是爱情 / 108
春涌黄洋河 / 112
绿叶的情怀 / 119
音乐相伴阅读或写作 / 122
罗汉松 / 126

朦胧中的诗意 / 129

饥饿的年代 / 135

受困的鸟儿飞走了 / 143

挖锁阳的老汉 / 147

古代文人的情韵 / 151

古代女子服饰之法 / 156

耳根清净的“伪”与“真” / 160

居家茶馆倒闭了 / 163

记忆中的开封之行 / 168

生死由命　寿多则辱 / 173

老照片 / 180

贾骗子轶事 / 184

## 下辑
## 人生杂谈

耄耋老人的眼泪 / 195

人生长河谣 / 199

觑视上海男人 / 203

《梦溪笔谈》杂谈 / 205

阮籍的女人情怀 / 209
享受一种阅读的况境 / 213
国人乍富后的浅薄 / 217
一个非球迷眼中的世界杯 / 221
不让孩子输在起跑线上是个伪命题 / 226
全是秘书作的怪 / 233
环境卫生,须从娃娃抓起 / 236
老人吝啬为哪般 / 239
生活琐记 / 242
熟人慎套近乎 / 248
收礼全收的是鲜牛奶 / 252
勿念与勿忘 / 254
小城市民众生相 / 258
君子不党的流浪狗 / 263
一个五线全国文明城市的感悟 / 267
老旧小区暖气改造之艰难 / 274
楚王好细腰新解 / 279
天不认宽容之理 / 282
跨越式造就的“贵人” / 284
世事难料敛霸气 / 287
真记者就该吃喝吗? / 289

孩子的诚实 / 291

河西走廊涌酒浪 / 293

有理讲不过女人 / 296

电视还是文化载体吗? / 298

售书签名的价值 / 300

书价的困惑 / 303

教师节的内涵和外延 / 305

人生的坐标在哪里 / 310

# 他，是鲜活的有差别的存在(代序)

幻想蕴藏着实现的现实。

我现在是一名电商人，在杭州参与初创的女鞋品牌年销售额上亿，主要负责品牌中的视觉、创意和策划领域。

从业的8年中，每年产出上千个文案策划，曾以为自己已经是文字的佼佼者。也一度以为，我和父亲两代人有太多的不同和不解。

我习惯了从网络中获取一切，而父亲坚持不用手机，更别提网络了，他嫌浪费时间，直到去年才有了第一部手机，是我母亲用过淘汰下来的。怎么就开始接受了呢？其实也是被逼无奈，因为我们老家那个西北小城的小超市里也不爱收现金了。

我自己居住，觉得卫生一周打扫一次就行，而父亲每天早上起床后的第一件事就是开窗打扫卫生，擦桌子扫地拖地，差不多要忙活一小时。这才是他新的一天的正确打开方式，从我记事起坚持至今。

我们这一代人认识世界的方式已经非常多样，看书读报大概是所占比重最少的，而这种方式却是父亲至今主要的获取信息的渠道，他每天一定会用几个小时来读书读报。他还会每天定时去楼下的报箱取报纸。说实话，那种报箱我在杭州从没见过，老家父母所在的小区我也就看到这一个，仿佛这是邮局为他特设的。

你看，我们是多么不同，从生活习惯到日常爱好。总之在我眼里，父亲是一个有点固执又有点守旧的老头儿。

但是，当翻开他寄给我的书稿，我居然忘记了我们所谓的代沟，这明明是一个喜欢思索回味、懂得鉴别生活中充满美感的细节的同龄人！

他会因为担心竹子这种南方植物去到北方的命运，时不时特意散步去看看那片竹林；他也会因为看到不同寻常的风景而思绪万千，甚至会联想起很多久远的故事或经典的著作。要知道，如今的我们，可能只会拍几张照片或者视频发发朋友圈罢了。

我想，这其实是文化厚度的差别吧。他描述一种颜色或者见到一处景致时的心情，语言丰富又充满层次，有时还会用回忆渲染，让人看完有一种过瘾的感觉，相比之下，我的那些文案就只是叙述而已。这才意识到，原来真正的文字，是应该有滋养功效的，正如你即将看到的正文。

“亘古就是没有过去和将来，唯有现在，是鲜活的有差别的存在。”

这是他看过张家界的游人如鲫和平羌沟的“养在深闺人未识”后得到的感悟，也是我此刻的体会。

序中开头的第一句，也是出自书中的一段。之所以放在开头，一是我很喜欢这句看似拗口的句子，其中的寓意大概只有真正努力过的人才能明白，就像出版这本书的过程，也很像我这8年的创业历程。二是本以为我和父亲有很多不同，但最后发现并非如此，我们都是勇于为实现自己的梦想而努力的人。保持每天的阅读习惯并及时记录下自己的感悟、买到喜欢的新书还会通宵达旦地看的父亲，和为了一个策划文案连续加班不断修改十几个版本的我，又有什么不同呢！

看完此书，我深感我和父亲虽然成长在不同的年代，但其实都是最好的时代，因为那些过往和故事，都是独一无二的，有趣且有味。很自豪，受父亲影响，我同他一样，为成为一个鲜活的有差别的存在而努力。

是为序。

女儿：张琬琳

---

注：本书收录文章多为作者2012年至2019年间所作。

# 上辑　悠然岁月

# 艄公的号子

如烟往事大多静静地流走了，而长江艄公的号子始终萦绕在耳边，似乎是心底凋敝、荒芜的记忆。

《歌唱祖国》这首歌包含着一种明朗质朴的力量，这些年，每当听到“听惯了艄公的号子，看惯了船上的白帆”时，绵绵思绪仿佛回到已经渐渐渺远的青春时代。回忆中的自己坐在水阔山重的长江旁陡峭的崖边，心里默数着挂着白帆的大货船和随浪颠簸的小舢板，打发着难以忍耐的阴冷和絮聒。

地处四川南部的泸州自古就是长江上游重要河港，是川、滇、黔的公路转运枢纽。尤其是源出九顶山南麓流到金堂县纳入岷江分支毗河的沱江，经600多千米的风尘奔波，在泸县这个地势宽阔的地方，一头扎进长江的怀抱，形成了烟波浩渺的壮阔景观，堪比江苏江阴隔江遥望对岸影影绰绰的景致。

初中时就读的泸州一中坐落在市郊蓝田坝的长江边上，中午或日暮时分，一个人常常坐在陡峭的江边看桅樯舟楫。在20世纪60年代，长江上游的航运远没有当今舟楫相继的盛况，运往上游的多是日用品等物资，而输往下游的多属木材、煤炭等原材料。

趋向下游的货船如果顺风，则直挂云帆犁开清澈的江流，在肥硕的鲤鱼跳出江水的欢声中，飞流直下三千尺。当时，尽管升斗小民食不果腹，但几乎见不到乌泱泱滥捕滥捞长江鱼类的现象。偶尔听说有人在小船上装电机电鱼，这在当时简直被认作是大逆不道的行径，会遭到众人的唾弃。

逆水而行的船则要十几个纤夫拽着一根胳臂粗的棕绳，喊着震天响的号子，踏着音律的节奏，伛偻腰身齐齐使劲，艰难行进。拉纤这活儿在尹相杰、于文华《纤夫的爱》这首歌曲的鼓噪下，不但极具画面感，而且将荡悠悠的纤绳演绎为缱绻。现实可没有如此浪漫，没有此等惬意。如果不是生活困窘，没有人愿意干纤夫这个又苦又累又充满风险的活儿。

夏天适逢雨季，在上游网状的一条条潺湲山溪的汇集下，长江大浪滔天，雾幔蔽日，潋滟的江水几乎与江岸平行。此时，绵白的云，悠蓝的天，碧绿的草，多姿的柳条，玉润的桂圆，把天地渲染得热烈明媚。在这蕃秀华实的日子里，纤夫们脚蹬一双草鞋，肩负沉重的纤绳躬身在坎坷的路上。汗涔涔的上身被炙热的阳光晒得黢黑，下身裹着的帕子在暴着青筋的腿上晃荡，脸颊上滚落的汗珠滴在石板上，刹那间化作一股袅袅轻烟。

冬天是长江的枯水期，江水变得温顺而轻柔，像一个撒尽了泼的怨妇，在夫家礼数的调教下收心过着柴米油盐酱醋茶的寻常日子。此情此景，让长江上卖苦力的纤夫情何以堪。江水的枯水期与丰水期相比，水位落差足足有数米，冬天江两岸的嶙峋怪石全显露出来，像熊罴，如巨蚺，状恶狼，似厉鬼，总之是一个令人毛骨悚然的魔幻世界。

纤夫们穿着单薄的衣衫，头上缠绕着须臾不离的粗布帕子，脚上穿着的依然是一双磨得快要掉帮的草鞋，身子几乎躬成个虾米，在崎岖的崖畔上奋力拉纤。随着纤夫头儿扯起嗓子一声吼，纤夫们和着雄壮悠长的尾音迎合，顿时号子的声浪在空谷里发出震彻旷野的回声，傍岸的负重大木船在他们的拖拽下，缓缓逆水艰难行进。

在纤夫号子的浅吟低唱之间，禅意顿生，悲情弥漫，其中有爱心，有佛意，有千帆过尽皆不留的沧桑与沧桑阅尽后的淡然。此等歌声，俨然至纯至美的天籁之音。同时，带来些河谷低地或是远山的叆叇气息，使人听着觉得心旷神怡，一清如洗。

一月的长江，两岸的浅滩渐渐显露。在晴好的日子里，船老大把船停泊在地势较为平坦的江边，生火做饭。三年困难时期，人人都是半饥半饱，能有口果腹的东西就不错了。

在船头升起的袅袅炊烟里，空气显得浓厚而凝重，炊烟也潮湿而难以升腾，只能化作雾霭匍匐而行。纤夫胳膊一伸，趁势从江中舀起一桶水，把日常吃的萝卜、藤藤菜、牛皮菜、油菜等新鲜菜淘洗一番，切巴切巴扔在锅里炖煮。纤夫们围拢在一块，一边啖啜着烩菜、红薯、豆瓣酱等饭食，一边喁喁细语侃家事，鸡毛蒜皮，陈年旧事，过得去的、过不去的都成了话题。

黄昏日落之际，最容易勾起纤夫们坎坷路途的愁绪，而平生的种种向往和追求，也常会如烟如云地涌现在这些汉子的眼前，但又很快化为惆怅难寻的幻梦。

倏尔，长江上的古风逸韵、气宇不凡的川江号子又响起来了。这号子在过去的岁月里实在平常，可一直留存在我的记忆里。这世间事物变幻莫测，万丈红尘里留有这清晰之声，又能救赎什么呢？

站岸上远眺，见前后左右都是平川、丘陵，长满野草灌木，西风里洒满阳光，汇出无边苍黄，渲染老了的秋色。

少不更事的岁月里，渡船就是一个个日出日暮、朝飞暮卷的日子。

# 磁器口古镇

徜徉在重庆磁器口古镇，那种感觉像一条鱼游弋在旷古的小溪里，步履显得那么轻盈，心情宛如雨后的彩虹般灿烂。

街道上少了江南水乡周庄的摩肩接踵，不见丽江古城里的比肩商铺，却弥漫着一种现代社会难得的恬淡和平静岁月里流淌着的远古遗风。

也许是时不逢周日的缘故，游人稀疏，入口处卖旅游品的店家神情慵懒，一任游客的眼光在商品上“扫描”。但是，一旦游客选准了心仪的物件，店家就会用码头文化熏陶出的拖腔套近乎，让人顿觉暖意融融，双方很快就找到了买卖成交的契合点。

漫步在通往嘉陵江码头的长街上，恍若穿越时空的隧道，来到了烟雨笼罩的明清繁华都市，阅尽沧桑历史和无边风月。

依坡势铺就的街面上，条石经过时光的打磨和风雨的侵蚀，变得有点凹凸不平。两边的房子户牖斑驳，黛瓦泛白，有种老妪不胜支撑的龙钟之态。在几棵黄葛树的浓荫里，虬髯似的气根像一根根接通悠远历史和厚重文化的脉络。

在淡定从容的氛围里，邻街的饭馆也是一副不急不躁的神态。

密布岁月陈迹的店堂，简陋的桌椅犹如博物馆里沉寂多年的古董，以虚位以待的坦然梳拢着密如发丝的日子。门口一张被抚摸得油光锃亮的竹躺椅，可能陪伴了一两代人的生命，现在依然在薄暮清晨的转换中，张望着流逝的岁月，沉淀着阳光的暖意和风雨剥蚀的印痕。

当然，街上卖的陈麻花是时代进步的产物，手绘丝绢是仕女缱绻的情怀，玉器是祈求平安的希冀，但这一切都构不成磁器口古镇的丰姿，倒是那无意间流露出来的素面朝天的风范，无意中成就了风鬟霜鬓的姿色。

任何事物在发展的过程中，中间端可能是最丰盈的，但两端也不乏迤逦的风光。

顺着坡势往下走，来到了磁器口古镇的嘉陵江码头。在曾经涛声裂岸的日月里，这里舟楫往来喧闹，川江号子凄婉，可今天，历史似乎走到又一个拐点，往昔的辉煌式微了。

按理说即将汇入长江的嘉陵江，在五六月份的丰水期应该是咆哮汹涌的，表达出一种长途跋涉后投入母亲怀抱的喜悦。而今，坐在遗留有水渍印的陡峭岸边，只见江水宛如细长的带子，把散落在嶙峋的怪石和砾石成堆处的水滩联络起来，以侠骨柔肠的情怀，拼死与母亲河牵连，让人生发出一种不知是喜悦还是悲怆的情感。

沿着坡势往上走，熙攘的人群没有了，映入眼帘的是寻常百姓的生活。狭窄曲折的道路，斑驳陈旧的楼房，竹竿上晾晒的“万国旗”，邻里招呼的问候声，开门七件事的居家操持，处处呈现着一幅平和肃穆的生活景象。

当然，居住在这里的人也许是事出无奈，或者是故居难舍，居住环境与重庆解放碑周边的奢靡繁华有着天壤之别，但人们倒是以“君子安贫”的洒脱心境化解了社会的巨大差异。

陋室里的老人摇着蒲扇，吸吮着茶壶，进入“悠然见南山”的忘我境地。杂货铺的女主人，一边吃着青菜主打的饭食，一边麻利地招呼顾客。一位时髦女子的丝袜破了，就近在杂货铺里买一双，坐在门前的竹椅上，气定神闲地跷起腿换上，然后敲着橐橐的高跟鞋走自己的路。理发店的门面上没有用来招徕顾客的乱七八糟广告语，只有一个年轻女子坐在转椅上，百无聊赖地梳理着自己的秀发，等待顾客上门。

在不甘于局促住房的生存状态里，弥漫着些许生计忧虑，人们许是为了释放心里的压抑情绪，养了不少宠物狗。时近中午，狗主人们聚集在一块聊家长里短，狗狗们也迎来了欢聚的时光，大狗小狗个个搔首弄姿，使宁静的街道热闹起来。

磁器口古镇的生活也充满情趣。在嘉陵江码头的一块平坝子上，不等饭店里的客人吃利索，倏然冒出来的一帮中老年妇女在餐桌上铺上台布，哗哗啦啦的麻将声顿时在轻风拂面的嘉陵江边响起。

对于背倚西部崛起的大都市重庆，磁器口古镇的另类存在不言而喻。对此，住在这里的人们又期盼着什么呢？那就让时间给出确切的答案吧！

# 如诗如画的平羌沟

“山在天边而翠，水在云中而回。清风明月本无价，远山近水皆有情。”这份山水的宁静淡泊，本来只有在如诗如画的江南才能够体悟得真切至深，但当踏入祁连山平羌沟时，心境油然变得平和。

当乘车行进在两山对峙的天然古河道时，铺秀叠翠，画屏似的景致使久居水泥森林的人如醉如痴。绿意的撩人心弦，山峰的伟岸挺拔，流水的激浪溅珠，云雾的缭绕舒卷，让人恍如置身在湘西著名的风景胜地张家界。

当然，区别还是相当大的，张家界树木浓密的叶片和烂漫的花朵，使嵯峨的群山显露出乖巧温柔的淑女般的婀娜；而平羌沟灌木的内敛和虬然的形态，则使山体张扬着刚烈抗争的武士般的彪悍。尤其是从山麓向山巅铺陈攀缘的格桑花，用黄灿灿的五瓣小花把山峰装点得冷峻洒脱。这时，正巧有一群羊散落在陡峭的山坡上吃草，这画面恍如镶嵌在峭壁上的一幅精致的贝壳装饰画。面对世外的奢华和喧哗，平羌沟不但有超然物外的淡然，还有让人迷恋的疏朗的神韵。

世间的事物就那么云谲波诡。张家界游人如鲫，平羌沟却“养在深闺人未识”。面对一条潺湲的溪流，我知道什么叫亘古了：亘古就是没有过去和将来，唯有现在，是鲜活的有差别的存在。

流连平羌沟的日子，正处于杂树繁茂，飞鸟穿林，气候宜人的仲夏时节，远视平畴野畈，都是一派澄和闲美之象。当我倾心于眼前的美景时，同行者却执着地盯在远处云遮雾罩的山脊。我不解地问，你在看什么？他神情肃穆地说：“那就是与我相伴九年的冷龙岭，也就是引硫济金工程的出水口。”

我很想到跟前去看看金昌人民盼了不知多少年的宏伟工程，可惜前几天的一场大雨冲毁了崎岖的山路，车无法驶到跟前。更何况3000米的海拔已令人感到脑袋发胀，徒步4千米到海拔3500米的出水口几乎是不可能的事，只好作罢。

于是，我们几个漫步在茵茵绿草衬托着的清澈的河水边，享受着空气里弥漫着的草的芳馨和河水激石的泠泠作响声。有人蹲在河边，掬起一捧清澈的河水咂舌品尝，动情地说这就是从青海省海北州门源县境内的大通河二级支流硫磺沟引来的甘甜的水。

地处河西走廊中部的永昌平原地势平坦，耕地面积广，是典型的农灌区。由于地处腾格里沙漠边缘，年降水量稀少，区域内的东、西两条河流的来水量无法满足农业的需求。因此，一两个世纪前当地人就幻想能有腾云驾雾的神仙，发发慈悲在冷龙岭凿开一个洞，把大通河的一部分河水引过来，让干渴的土地放怀畅饮，五谷丰登。

幻想蕴藏着实现的现实。可是，在生产力低下和政治浑浊的年代，凿通冷龙岭只能停留在幻觉的梦魇中。

时光流淌到20世纪80年代，由于中国镍钴基地的强力崛起，工业与农业争水的矛盾日益尖锐，一些有志之士奔走呼吁，经过十几年的不懈努力，这项全国海拔最高的引水隧道工程、断面最小、独头掘进最长的引水隧道工程终于在1996年开工建设。

在九年的建设期里，在一心想为人类造福的工作氛围里，“鸢飞戾天者，望峰息心；经纶世务者，窥谷忘返。”官场上推诿慵懒、颐指气使等陋习在人们身上一扫而空，代之的是朝气蓬勃的献身精神和相互关爱的同人友情。

祁连山是祁连古海中生长发育起来的大山脉，山体结构里古河道纵横交错，沼泽地密布，地质结构异常复杂，多次发生塌方、水煤屑流等地质灾害，成洞条件极差。针对这种情况，引硫济金工程指挥部与施工单位联合完成了高原严寒地区小断面长隧洞施工技术的科研攻关，重点突破了施工技术中的通风、排烟、增氧、高压供风、供水、长距离供电、平行交叉作业等一系列技术难题，使隧洞出口段施工速度大大加快，创造了平均月掘进191米的纪录。

烈日炎炎的七月，是西大河一带赏心悦目的日子。远山陂陀的峰峦，纤云弄巧，轻烟迎晖，在氤氲烟岚中打成一片圆融。浪漫和诡美的辽阔草原，杂树集匝，绿草繁密，风怀其中，鸟鸣不绝。尤其是那种白色的鸟儿，恣肆地跃出窄仄的树丛，纷纷拥向了透明的蓝天，姿态袅娜，高洁优雅，富有情感。

河床两岸勾肩搭背的红柳丛，在微风的轻拂下绿浪荡漾。蓝天白云下牦牛悠闲地啃食着鲜美的嫩草，时不时甩着牛尾驱赶牛虻。有着缎子般皮毛的山丹马，在牧人的吆喝下，像一阵飓风掠过，把一幅极具动感的画面投影在明镜般的西大河水库上。

一位身躯魁梧的引硫济金工程建设者自豪地说："在工程未发挥效益之前，每到夏季，西大河水系上下游的西大河水库和金川峡水库往往是库容见底，灌浆的麦子浇不上水，眼瞅着减产，农民欲哭无泪。而金昌市区本来树木就不多，一到禁水时令树木枝枯叶落，让每一个期盼绿色的人心里凄惶。现在，引硫济金工程每年可以从硫磺沟调水 4000 万立方米，使原来人均水资源占有量 1300 立方米,属于全国 13 个严重缺水地之一的城市可以大大地喘一口气了。"

引硫济金工程的效益是有目共睹的。因为有了充沛的水资源，镍铜产能扩大有了可能，奠定了其做大做强的基础。对农业的辐射作用更是立竿见影。前些年全市的播种面积仅在七八十万亩间徘徊，近两年扩大到了 130 多万亩，粮食生产又成为了金昌市的支柱产业。在途经冷龙岭的路上，公路两旁撂荒多年的土地，现在是麦浪滚滚，呈现一派欣欣向荣的新农村景象。

九年只是历史长河的一瞬间，可是在生命的周期里无疑是绵长的，况且建设者奉献给引硫济金工程的是人生的黄金期。其间，他有很多离开工地的理由和出人头地的机遇，但都毫不犹豫地放弃了。他钟爱这方养育生命的土地，钟情生生不息繁衍在这方土地上的父老乡亲。有怎样的思想，就有怎样的生活。在一种信念的支撑下，他咬牙坚持下来，直到引硫济金工程圆满完成。

他念念不忘引硫济金的后续工程。他说，如果能考虑到金昌将来的发展和大流域的环境影响，应该抓紧二期工程的筹备，向黄河的一级支流大通河取水，到那时不仅引硫济金工程的输水量能达到一两个亿立方米的流量，在充分满足金昌大地上工业和农业需求的同时，还可以通过现有河道向民勤输水。

返回金昌市区时已是灯火阑珊，望着一排排在灯光辉映下闪烁着油亮光泽的行道树，我的思绪突然与平羌沟湍急的河水对接了，心里刹那间涌动起一股激情，引硫济金工程的效果图清晰地凸显在眼前。

在祁连山平羌沟追梦的时光里，凝望妍媚的朝暾，感受夏日娇艳的色彩，完全要依赖阳光的渲染。以致阴天的夏景，只有严肃和凄清的气象了。

平羌沟的河水不但丰腴了金昌大地，而且洇染了绿的底色，使人们的生活更加绚丽多姿。

# 月光下的竹林

俗话说：十五的月亮十六圆。其实，十三或十四就已经很圆了。在离中秋节尚有两天的夜晚，我在空寥的景观带散步，夜色如倦鸟收拢起轻柔的翅膀，圆圆的月亮清幽泻地，将翠绿呛人的草坪辉映得珠圆玉润。此处有槐树、杨树、苹果树、丁香等乔灌木，它们碧绿的叶片上闪现着水珠的光波。近在眼前的那一方竹林，一拃粗细的竹竿上挑着虎符般形状的长条叶子，在静谧的夜空里纹丝不动。置身于这葱郁温婉的美景，恬静中仿佛有时光如水、花红不再的韵味。

在我的印象中，竹子性喜温暖潮湿的气候，不适宜在干燥寒冷的北方种植，尤其是气候严酷的西北地区，因此竹子生长区域不能逾越甘肃天水。近些年，随着植物驯化进程的加快，南橘北枳的异化现象不复存在，竹子已在西北广为种植，不过基本养在深闺——玻璃罩的华美温室里。

我所在的城市有国内一流的大型室内植物园，在钢铁架构的支撑下，恢宏的建筑物里四季如春，数百种南国的珍奇果木、花卉争奇斗艳。特别是那十几种风姿绰约的谦谦竹子，长在游人徜徉的花岗岩铺就的路径旁，生发着曲径通幽的诗韵。可是，在这毗邻腾格里沙漠边缘的工业城市，几乎见不到室外栽种的竹子。

竹子是文人崇尚的植物，被喻为书画作品中“梅兰竹菊”四君子之一，寄托了他们绸缪缱绻的细腻情感和标新立异的世俗狂放。于是，有了苏轼“无竹令人俗”、郑板桥“一枝一叶总关情”的喟叹，成为陶情佐性的精神象征。在颇有时尚元素和江南园林景致的景观带，缺少雅致气质与文化积淀的竹子，不啻是一种文化缺憾。感怀于此，园林工人在景观带落成的第二年，在靠近九曲回廊的一块空地上，密匝匝地栽了几十株毛竹。

西北的气候缺少江南春雨霏霏的意境或云遮雾绕的幻景，沙尘飞扬或乍暖还寒是主旋律。当人们稍事感受到春的橐橐声时，夏天的炙热已轰然来到，女性飘逸的裙装像河水流淌在闾巷。客居漠北的纤细毛竹尽管享受不到霏微春雨的滋润，抑或雨打芭蕉的絮叨花语，在成长的季节更少了电闪雷鸣的骤雨冲刷，但丫丫杈杈绽放的新绿，足以说明孱弱的竹子在陌生的环境里扎下了根。漠北的夏天如春天一般，向来是局促且短暂的。当女性还想尽情一展青春之美，不期而来的一场秋雨就凉意弥漫，秋风漫卷着黄叶在天地间翻飞，透出一种寂寥而凄清的美。

在烟雨江南的日子里，雅语淅沥，竹竿泛着青凛凛的光泽，叶片保持着吐故纳新的状态。一批叶子掉下来零落成泥，另一批自然生出来，一年到头尽是绿意。

可景观带的竹子在凌厉寒风的轮番夹击下，叶片开始枯黄，一片片飘零在地，竹竿也呈土黄色，俄而蜕变成一根根晾衣竿的形状。但是，竹子毕竟是一种雅致的植物，就是绿意荡然无存，干枯的样子也好看。瘦瘠的枝杈，以天空作底子，每一处都是造型。

“小寒大寒，冷成冰团”。随着几场洋洋洒洒的漫天大雪，气温下降到了零下二十多摄氏度，天地间显得苍凉而凝滞，路人冻得瑟瑟发抖。园林工人在竹子四周围起苫布遮挡风寒，透过苫布缝隙看到瘦骨伶仃的竹子上挂着一层冰凌，默默忍受着严寒的侵袭，让人不免为背井离乡的竹子的命运担忧，心里一阵酸楚。

早春三月，漠北一派萧条古穆，冬日尚未远去，槐树、杨树、苹果树等毫无绿意，草坪也是衰草一片。尽管如此，我总是一次次去探视竹子，祈盼它们能熬过严冬，重新焕发出生机。

到了五月中旬，当园林工人将苫布揭去，竹林的样子真让人哀戚：竹竿上的叶片几乎掉光，只有为数不多的几片仍执拗地坚守在枯黄的竹竿上，像招魂的经幡，在昏黄的天地间昭示着什么，又像祈求着什么。

自然界真有意想不到的奇迹发生，竹子顽强的生命力不得不让人钦佩。虽然在移居漠北的第一年，风骨尚未显露就遭受了水土不服的沉重打击，但为了不辜负主人的厚爱，在炎热的六月，其中的几竿竹子在中部或上端萌发了几片娇嫩的新叶。不久，种在竹林中间的一株馒头柳，似乎也感悟到了竹子的感恩情怀，不但以婀娜的枝条抚慰着竹竿，还用纷披的枝叶呵护着竹子，将竹林笼罩在一片翠绿的氛围里，希冀用生命的色彩激发竹子勃勃的生存欲望。

随着天气越来越炎热，枯黄的竹竿渐渐返青，丫杈上长出的绿叶也越来越多，终于蔚然成林。功夫不负有心人，在漠北的露天，竹子栽种成功了。

# 祁连山草原见闻

冬日的河西走廊，在惨淡的阳光和斑驳积雪的映衬下，辽阔的原野显得寂寥而萧瑟。

汽车沿着崎岖的山路行驶至甘肃省张掖市肃南裕固族自治县祁连山草原，从西营水库到九条岭、水磨沟、冰沟、皇城、沙坝台、东石门一带，牧民用栅栏围起的草甸子里，时不时能见到破陋寒碜的工棚和大量煤炭堆积的痕迹，原始地貌与人为改变痕迹所形成的强烈反差，就像是在黄灿灿的簇绒地毯上倾倒了一盆盆污泥浊水，把生机盎然的草原涂抹得一塌糊涂，怅惘忧闷的情绪充满了心头。

据当地牧民反映，在祁连山草原西石门一片区域，以萤石矿为首的许多非法矿井，无所顾忌地盗挖国家资源有些年头了，近几年在利益的驱动下越演越烈，大有把草原翻个遍之势。

祁连山草原，是河西走廊水源的涵养地，是一方养育人的福地。亘古以来，正因为有了草原的鸟语花香，才有了人类绵绵的繁衍生长，且成就了古丝绸之路厚重的文化和历史的烟云。

祁连山草原是典型的丘陵地貌，沟壑相连的草甸子坐落在海拔 3200 米之上的高寒山区。这里气候干燥，降雨量稀少，终年被凛冽的寒风吹袭。繁茂植被的生长全凭集中于七八月份的雨水，生态环境十分脆弱，被国家划定为自然保护区，严格禁止乱采乱挖。但是，在当地某些人眼里法律形同一张废纸，无序的乱采乱挖危及了河西走廊千百万人的生命线。

我望着泪痕斑驳的草原。一直默默藏身于岁月暗陬的思绪，优游如烟岚，缥缈如风露，虚幻如晨雾，在寂寥与旷阔的原野上蔓延开来。

在不太久远的岁月里，人们依然推崇自然的原始和纯朴，全身心地维护着赖以生存的家园，使袭袭花香和习习轻风，渗入祁连山草原的每个角落。尤其是在夏日晨雨后，水雾朦胧间，姹紫嫣红的野花芳香醉人，蘑菇在草丛间“哗哗”生长，牛羊贪婪地舔舐带露珠的嫩草。静谧间，兀然几只百灵鸟凌空划过，啁啾声扰动得空气颤鸣。

在祁连山草原上，一条溪流，一棵小树，一块石头，或者一根小草，都昭示了生命的意义，体现了“天似穹庐，笼盖四野”的情致。

美好的东西都太脆弱了，或者说，丑陋的东西都太顽固。初冬季节，一阵微风掠过，雪花御风而行，漫天飞舞。我神情凝重地坐在汽车里，遥望四野，看着岑寂的大地上漫天的枯黄衰草，顿时感觉凄苦萧然之气袭面而来。

据知情人透露，目前祁连山草原有年产 1 万至 3 万吨的小煤矿 60 多家，其中办理了合法手续的仅有十多家，其余的没有任何合法的开采或安全证照，属于非法的盗采。

这些非法的小煤矿，既没有通风井口，又缺乏支撑防护，是名副其实的独眼井，存在着极大的安全隐患。同时，他们肆无忌惮地盗挖合法煤矿划定的矿脉，不仅伤害了合法人的利益，还造成了资源的巨大浪费。

曾经，祁连山草原的保护管理也十分混乱，不是垦荒就是挖矿，哪怕“山无陵，江水为竭”也毫不顾忌，损害了国家和人民的利益。

荀子曰：“天行有常，不为尧存，不为纣亡。”当今，面对频仍的自然灾害，人类在抱怨天地不仁之余，却没有检讨自己不善待地球。更印证了“金山银山不如绿水青山”一语的真谛。

人的本性还是动物性，但却有动物绝不具有的良心，以及对自然牵挂的情感。牵挂使人过上了息隐林泉的山野生活，达到随心所欲不逾矩的境界。而那些号称无一牵挂的人，其实最可悲，因为他们活得轻飘而空虚。

# 枝枝蔓蔓总关情

我在案头放了一盆文竹。我喜欢在敲键盘敲累了的时候，抬头瞅一眼由婀娜多姿的枝条形成的奇异造型。这些造型像黄山翻飞缥缈的烟云，波澜起伏，浩瀚似海；如庐山特立独行的山，峭石屹立，奇峰错落；又如缠绕的冰绢飘在空中。尤其是那层林尽染的墨绿色，绿得恍如步入莽莽的原始森林，能嗅到空气的湿润清新和野草野花的浓郁香气，使人精神一振。

偶尔往窗外一瞥，对面楼下一棵枝叶婆娑的垂柳，肆无忌惮地把树梢搭在四楼住户的窗台上，把浓荫一股脑儿泼洒在楼宇墙面上，使炎炎夏日里透出沁人的清凉。一阵微风飒然而至，一柄大遮阳伞似的垂柳的柔柯嫩枝舒缓舞动，让人刹那有了清风拂面般的凉爽感觉。

不过，我还是喜欢文竹飘逸如裙带的俊朗神态，尺把长的纤细枝条上缀满了小鸟羽衣般的绒毛，颤巍巍地悬挂下来。一声怅然叹息，一阵爽朗笑声，甚至茶水袅袅上升的水汽，都足以让其摇曳生姿，把植物的娇媚和灵气演绎得仪态万千，让人顿生我见犹怜的情怀。

世间总是把柔顺与硬朗奇妙地结合在一起，想方设法把一个聒噪的生存空间装扮得生机盎然。李白“故人西辞黄鹤楼，烟花三月下扬州”的感慨，其中最大的卖点是由扬州特有的斜雨、垂柳、琼花交织在一起的胜景，招惹得杜牧流连忘返，留下了“十年一觉扬州梦，赢得青楼薄幸名”的千古绝唱。诚然，其间既有在青楼放浪形骸的快感与神志癫狂的醉态，又有在春天同好友踏青柳林间，还有让刚萌发鹅黄色嫩芽的枝条轻拂面颊的惬意。

当然，文竹的玲珑剔透和典雅文弱的气韵，最适于摆放在案头和客厅的花架上，与文房四宝或字画古物互相渗透，让文化的气息蔓延开来，营造一种儒雅的氛围，激发才思泉涌的灵感。

垂柳又当别论。作为一种速生的景观树种，河堤上用姣姣女子般的缕缕青丝守护着清澈的河水，时不时把垂地的枝条甩到汩汩水面上，荡起一圈圈的涟漪，让大地充满梦幻般的神韵。栽种在公园里的垂柳，像春天的使者最先把绿的张扬和透彻带给人们，并以童稚般的天真无邪，用透着清香的枝条逗弄嬉戏的少男少女，瞬间一串串银铃般的笑声如急遽冲天的云雀，在绿意熏染的林间回荡。

郑燮是扬州府人氏，他一生喜欢竹也酷爱画竹子，而且还写下了“一枝一叶总关情”的名句。在此，把郑燮咏竹的诗句改为“枝枝蔓蔓总关情”来形容蔓萝形态的植物，便能在情感上和意识上找到人与植物的契合点。

# 该扔点东西

东西多了累赘，而且常百无一用。最好的办法是挑一个天气晴和的好日子，把抽屉里的废物“哗啦”一声全倒空，把角角落落不用的物件全给收破烂的，把脑子里翻腾着的欲望排出多一半，到时看吧，人绝对还是那个人，可顿时觉得心清气爽，看上去精神头儿十足。哇！扔东西的感觉真好。

其实大家都有这方面的生活体验。在勤俭持家思想的主导下，过时的衣服、穿旧的鞋子、淘汰的家具、看过的报刊……尽管如鸡肋，却又觉得丢弃可惜，不定啥时能派上用场，于是乎捆扎打包，束之高阁。可过了几年旧的更旧，连看一眼的兴趣都没有了，反倒把屋子堆得杂乱不堪，真个成了仓库重地，影响了日常生活。

超凡脱俗的做法是：不合意的衣服即时出局，省得又占地儿还心里憋气，腾出花钱的空间好拉动“个人消费”。穿旧的鞋子更不能留，试想穿上了时尚且品质好的新鞋，谁还有心思去爱怜那双灰头土脸的旧鞋子，况且闲置数年数月，鞋已龇牙咧嘴，连捡破烂的都不愿正眼瞧。

当然，传统价值观念的形成有其特定年代的思维定式和物质基础。在那个买什么都要凭本凭票的特殊时期，衣服鞋袜的使用周期是“新三年，旧三年，缝缝补补又三年”，将其遮蔽和御寒的功能发挥得淋漓尽致，而着装的品位和风采退居到次要地位，谁还敢冒着衣不蔽体的风险扔东西，那不是找不自在吗？可是，当今相当一部分人具备了消费能力，面对琳琅满目的商品不动心，仍过能对付就凑合的紧日子。但说实在话，我们应通过自己的诚实劳动取得合理合法的报酬，然后风风光光消费。装出一副穷兮兮的样子大可不必，这才如流行歌曲里唱的一样，“潇潇洒洒过一生”。

物质生活如果随遇而安，精神生活同样也应如此。在逐渐拓展的生存空间里，面对激烈的竞争、无数的诱惑、纷繁的机遇，别让自己穿上红舞鞋转得像陀螺，应及时把脑袋里的欲望扔掉一半，别把自己逼得太紧，自己给自己减压，活得洒脱点。事实证明，在日益世俗化的社会里，满足人虚荣心的方式太多，必须学会丢弃一些东西。别让心灵蒙尘，别让孜孜以求的快乐和姗姗来迟的幸福，变成生命的累赘和负担。

生活有它自身的规律，凡事都要适可而止。有人很哲学地说：有追求太累，没追求太俗。在自身条件允许的范畴里，有一点切合实际的追求正好。这样日子既过得充实随意，又能最大限度释放出为社会服务的能力。如果一味地思接千里，神骛八极，这山望着那山高，可劲儿折腾名利，生活对其而言还有什么情趣？

在奥妙的自然里，人的生命既短暂又脆弱，绝大多数普通人在有限的生命历程里随着时代普普通通地生活。那些两鬓斑白和皱纹纵横的老人，脸上涂抹着妆容，身上穿得色彩缤纷，摇着纸扇子翩翩起舞时，不也活得很充实吗？

# 阳朔城里的洋人街

老话说：看景不如听景。细细琢磨一下所到过的地方或看到的景物，确实是这个理。古代人对外部世界的认知只能通过文人的生花妙笔，十分被动地接受文辞中传递的各种信息，在头脑里形成一种固定的思维模式，产生窥视美好景观的冲动。在现代社会，人们接受事物信息不仅可通过生动曼妙的文字，还可通过直观的影像或图片。

几年前，当我徜徉在一度被文化产品渲染得眼花缭乱的阳朔洋人街时，只见在空寥的晴空下，几百米长的小街呈现着颓废的景象，面街而立的商铺，慵懒的店主人，面对世外的奢华和喧哗，有着超然物外的宁静和淡漠。摆在店铺外的纺织品、挂件、首饰等商品，倏然将你记忆中的镜像倒腾了出来，恍如有种似曾相识的感觉，不知身在何处。

曾经走过许多地方，看了许多景点，感到同质化和庸俗化的现象十分严重。商品社会无节制的贪婪洞穿了自然的原生态，到此一游的浮躁心态淡化了文化的精神内涵，处处喧嚣着“文化搭台，经济唱戏”的热闹。

落日熔金，暮云合璧，此时的阳朔洋人街顿时人流涌动，摩肩接踵，显得光怪陆离。饭馆的餐桌铺陈到了街面上，服务员像游鱼穿梭其中，热情地招待天南地北的食客。洋人街上的啤酒鱼是这儿的特色菜，鱼不知是不是从漓江打来的，总之吃起来别有一种风味在里头。酒足饭饱的游人，像漓江的清流穿梭在几平方千米的城区，寻找那影像中的意境，以满足腰包鼓起来的虚荣。

里闾街巷的杂货铺、工艺品商店挤满了游客，在中国每一处景点见到中看不中用的旅游纪念品，游人总是雅兴不减，在讨价还价声与小贩的叫卖声中，夹杂着商人若喜还怨的情绪。同时，从饭馆、店铺等处流泻出的斑驳灯光，映出的身影一如书页里温婉的古代女性，让人有了天上人间的虚幻之感。

当然，阳朔的洋人街与大理的洋人街还是有质的不同。大理的洋人街如烟袋斜巷，看似没落，却很矜持。街边坡度徐缓而又像糖葫芦般形态的水池，营造了泠泠作响的天堂意境，使漂洋过海的洋人在明月当空照的酒吧里，无意间安放了自己那颗漂泊的心，找到了家的感觉。

而阳朔的洋人街与薄暮凌晨的丽江有异曲同工之妙。丽江的夜晚也是不平静的，在听觉上有一点不舒服的烦扰嘈杂。那些迢迢来寻觅纳西族原生态生活的游客，白天混迹在七拐八弯的羊肠小街上购买从外地贩运过来的旅游纪念品，夜晚则期望能见识纳西青年男女倾诉衷肠的对歌情节。于是，商家投其所好，简陋的酒楼上假冒的纳西族男女放开嗓子与陌生人对歌，热闹非凡的流行歌曲中狂放随意的声涛，似乎能将悬挂在纤尘无染的天际中闪烁的星星震下来。

远处铺秀叠翠，洋人们在局促的阳朔洋人街上，悠闲地呷着啤酒，吃着风味小吃，用淡蓝色的深邃眼光，透过魅惑的灯光，鉴赏中国人的生活品质，了解中国人的生活情趣，用尽其所有的认知与现实相印证，探寻东方文化演进的轨迹，寻访中西相互沟通的切入点。

我不由得感慨：生活就是这样，各有所好，各有所得。

但是，这种浮华靡丽的表象下面，在国人看来，似乎潜藏着一种令人隐忧的社会世相。

跟随旅游团从桂林到阳朔，导游总是把游客带到一些卖旅游品的商店，想方设法让你掏钱。尤其是在阳朔县城附近的四星级酒店裙楼里，电视台曝光的卖玉器的画面又出现了：先是员工热情接待，俄而请出入籍泰国的华裔老板。这个有着南洋相貌的中年人，很有表演的天赋，他声情并茂地用一口不太标准的普通话，绘声绘色讲他接到了泰国的电话，老婆给他生了对双胞胎。为了感谢上苍的恩惠，他愿意将店里的玉器按 4 折价卖给今天到店的每一个顾客。也许是表演的场次过于频繁，演技过于娴熟，谎言说得让人有种无厘头的感觉。当然，因为想占便宜而上当的人还是有的，有一对恋人信以为真，掏钱买了一堆玉器，至于后悔与否是后话。

令人不解的是电视台几年前就予以曝光，揭穿了他们的骗局，为什么几年后拙劣的骗术仍在上演，害人的勾当还在继续?

在阳朔的洋人街上，有一种视线可以熨平心灵的皱褶，有一种体验只能个人独享：尽管岁月的凿痕显而易见，但叶舒蕊静，依然是缠绵于人们心尖上的那点记忆。

# 书里有奇异花香，也有苍苍蒹葭

我自小便穷经究理，视文化为罕觏的良师、忘年的畏友。看一个人的作品总能咂巴出这个人的德识学养、才情胆略。

当下，遍布市区的书城，环境优雅舒适，图书琳琅满目，有一种文化盛荣的景象。可是，在楼上楼下浏览一圈，看到的不是影视界、主持界的明星、名人传记，就是适宜在旅途上打发时光的畅销书，难得找到一本具有厚重人文气息的书籍。

书籍境况如此，报刊境况更惨。我有个外甥在邮政局打一份报刊分发的工，他说每天邮车风尘仆仆从省城拉来大批主流报刊，几十个投递员走街串巷投送到订阅单位，结果是上午摆在办公室桌上，下午原封不动摞在柜上，月底全进了废品收购站，真正做到了“质本洁来还洁去”。其实，这也是意料之中的事。看看满街低头瞅手机的人，大量的信息充斥着人们的大脑，哪还有闲情雅致去看一些文学性强、思想深刻的文章，思考一些与政治、经济、文化等相关的问题呢？

清醒者面对这种状况，一针见血地指出：信息不是知识，是现代社会对资源的过度消费。确实，一个人如果熟知了社会上那么多真相不明的事体，对一个非肉食者来说，非但不能化解生活中遇到的困境，还对现实社会产生偏颇的认知和成见，使思想背离正常思维的轨道。对此，有人说得好，知道的糗事少一点，晚上睡得香一些。

诗人黄山谷有言："三日不读书，便觉言语无味，面目可憎。"其话语的精髓在于：不知天远就不知地阔，不知山高就不知水低。不知他人的伟大就不知自己的渺小，不知社会历史的漫长就不知个体生活的短暂。说实话，人的一生虽不至于"朝菌不知晦朔，蟪蛄不知春秋"，但细数起来也只有短短的两三万天，这还得好好的活，否则也许只比朝菌、蟪蛄稍稍长一点。因此，在有生之年一定要有知识的积累，生活的历练，才能无愧于在人世间走一遭。

记得我垂髫时光，求知欲旺盛，啥书都一股脑儿贪婪地阅读。当时因家庭经济困难，相互借阅文学书籍就成了私下的赏心乐事。于是乎，什么《绿牡丹》《三月街》《小小十年》《济公传》《雾雨电》《三侠五义》《憩园》等等，总之是凡能借到的，管它是香花还是毒草，囫囵吞枣，像海绵般汲水，无形中为我编织出一幅视野宏阔又洞幽烛微的文学地图。

客居四川泸州的时候，因住在乡下，农村学生大多住在用竹片编成墙体骨架、外糊红泥巴的茅草房里，哪有闲钱买书，相互借书就成了奢望。于是，泸县湿漉漉青石板小街上的连环画铺就成了我读书的天堂。

书铺十分简陋，靠墙斜立上两三个一人高的分层板式书架，封面朝外摆上一两百本市面上流行的连环画，搁上几条矮腿长条板凳，朝九晚六的生意就开张了。看书要先买筹码，一分钱两张，也就是说可以看两本书。有时手头富裕，一毛钱买上 20 个筹码，足够看一天趣味无穷的连环画。

有一天，贪恋一分钱的价值，我专挑厚的连环画看，20 个牌子耗完已是暮色四合，小街笼罩在蒙蒙细雨中，窗户透出昏黄幽暗的灯光，往昔的炊烟也没了袅袅的姿态，匍匐在黛瓦上四处飘散。我心头一惊，这下坏事了，还有十几里的山路要赶。

四川的大地是典型的红壤土，旱天硬得像石头，雨季则腻滑不堪，不穿老乡带钉耙的鞋，绝对是一步一跟头。事已至此，我只好一头扎进淅淅沥沥的雨帘中，沿着崎岖的乡间小路匆匆往家赶，雨水顺着脸颊直往脖颈里灌。

翻过一个小山坡，工厂的灯光影影绰绰，离家已很近了。可是，岑寂地横陈在必经之路上的一个山包，有几十个长满野草的坟头，大白天路过尚发怵，更何况伸手不见五指的夜晚，只能是硬着头皮往前冲。我低头只看脚底下的路面，眼睛不敢向侧面瞥一眼，可盛满夏的静谧里，虫鸣声此起彼伏，尤其是萤火虫的小宫灯，好像在黑黢黢的夜色里对着路人遥遥招手，吓得我头发都竖起来了。回到家，汗水和着雨水把衣服浸透了。

有时手头拮据，5 分钱只能看上 10 本书，下午就往家返，顺便在路上拈花惹草，感受春天的绚丽和浪漫。在我的记忆里，那时亚热带的暮春季节，天府之国河塘纵横，水道逶迤，稻田满陂，村舍临河，桐间花落，柳下风来，满山遍野都是艳艳的红，充满浓郁的南国风情和独特的水乡神韵。

有时候，实在是囊空如洗，只好在屋子里转圈圈，瞪大眼睛寻觅，期盼在角角落落发现一两枚硬币。可最终也没能如愿，只好怅然在田埂上溜达，有种度日如年的感觉。

考上泸州一中后，稍稍有了点零花钱，暑假奢侈了一把，在市里书店买了本长篇小说《青春之歌》，真是爱不释手，闲暇时就翻上几页，轻易不示人，一直陪伴了我十多年。

在那个万物匮乏的时代，在那个觅一本书都极为艰难的时代，我向别人借了本小说《野火春风斗古城》，心里痒痒，忍不住摊在书桌下偷看，被讲台上讲课的班主任发现，当堂没收了。因我被书里描绘的故事情节深深吸引，一堂课上得心急火燎，下课后觍着脸向老师要，老师干脆不搭理我，只好横下心一步不落跟到老师的家门口。

当时的班主任是个 30 岁左右的女老师，住在学校分配的宿舍里。这个宿舍建在校门对面的长江边上，布局颇像筒子楼，只不过是平房。老师到家进去了，我伫立在门口静静守候，听到屋里老师哄孩子的嘻嘻声和小孩子的咯咯声，自己心里猫抓般难受。

时间在静默中似乎特别长，估摸着足足站了一个多小时，老师推门出来，一看我还像个门神一样站在门口，她吁了口气，在我肩头轻轻拍了拍，轻声细语地说："回去吧，等你认识到错误再把书还给你。"

我一看要书无望，只好蹀躞着走过一条灌木上结着蛛网的小径，在长江崖上的一块岩石上坐了很久。看着来来往往的船只，听着高亢的川江号子声，懵懵懂懂似乎有点明白了，人如果对一件事太专注，人生的步子就不免显得仓促而踉跄。要尊敬老师燃烛般的付出，这是做学生起码的道德素质，否则看多少书都是一个性格有缺陷的人，融入不到社会这个大家庭中。

洞悉世情后，我认为最珍贵的真学问和真性情，是思想清新宜人，既入世又出世。

时下有一句很流行的话是"读万卷书不如行万里路，行万里路不如阅人无数，阅人无数不如高人指路"，但我觉得读万卷书才是既入世又出世的根本。

# 民俗四则

在一个人匆匆留下岁月痕迹的生命里，大部分的往事真正能遵循的规律就是被遗忘，只有一小部分事物被镌刻在记忆的荧屏上，因为记忆本身就是一种意外。

## 糊窗户

在中国漫长的农耕时代，玻璃是个稀罕物，寻常人家的窗户不可能安上明亮且保温的玻璃，窗户上糊纸是最常规的做法。

记得在很小的时候，每到春暖花开的日子，父亲总是吆喝着让一家人卸下东西厢房的窗户，平放在院子中间，将窗棂上积蓄的尘土磕干净，再把窗户靠在厢房回廊柱子旁，用手一点点将历经风霜雨雪浸淫的窗户纸抠下来。

不要小看抠窗户纸，这可是个又精细又受累的活。木棂窗格子细密，糨糊又糊得结实，已经发黄破损的纸非得用小铲子或尖锐的东西才能剐蹭下来，一扇四五平方米的大窗户足足得用半天时间，累得人汗流浃背。

当窗棂收拾停当，该糊纸了。其工序是在棂格上匀称地刷上澥得刚好的糨糊，再将大张的纸小心翼翼地平铺在窗棂上，用糜子茎扎成的笤帚轻轻一扫，窗户纸就结结实实地贴在了窗棂上。之后以此类推，不一会儿，一扇扇窗户就糊好了。

在物资匮乏的年代，人们对糊窗户的纸还是颇为讲究的。家境好的人家，一般首选麻纸，是用植物纤维纯手工制成，其特点是薄、韧、防风、透亮，风吹不破，能经历两个季节的嬗变。家境不是太好的，只能用那种价钱便宜的毛头纸，纸的韧性和光洁度都差，看起来黑乎乎，甚是不爽。后来，随着造纸工业的发展，家家都用上了雪莲纸，这种纸质地雪白，透光度高，而且韧性比麻纸更好，使屋里亮堂了不少。

在重视传统文化的时代里，每逢腊月是人们最忙碌的日子。女人们开始忙碌于蒸馒头、炸油花、卤猪肉等，男人们更不能闲着，按二十四扫房子、二十五糊窗户的习俗大动干戈。如果住的屋子有顶棚，那还要搭上架子，将一张张麻纸或雪莲纸糊在顶棚上。总之，腊月里虽麻烦事多，但空气里弥漫着浓浓的年味，人也显得平和客气。

新糊的窗户上在窗框的扣眼里，斜阳映照，巷陌人家，最是此间安详。而且仿佛看到了透过窗户纸的亮光像柔荑一般，将家具抚摸得分外冷峻，也昭示了时间的意义。

## 炸油糕

当年的家乡老城厢，可谓街衢弄巷，纵横交错，庙宇巍峨，牌楼林立。尤其是满城挺拔的白杨树，在大雁排着人字形队列南飞的日子里的月朗夜晚，有南宋词人姜夔营造的那种“白杨多悲风，萧萧愁煞人”的意境。

在日渐淡去的记忆里，自然景象已越来越模糊，唯有那“赵油糕”家的油糕情结缠绵绕骨，念兹在兹，始终不解。

“赵油糕”是专事买炸油糕的一个人，只知姓赵，名谁不知。“赵油糕”为何有自己独特的名号，因其一技傍身，炸的油糕品相焦黄，风味独特，吃到嘴里不忍遽然下咽，总要咂巴着嘴，用舌头上的味蕾细细体味，五味杂陈。

“赵油糕”与家父甚熟，父亲隔三岔五总要到他摊子上寒暄一会，不外乎是生意上的一些琐事，或是对身边的人事变迁唏嘘一番，发几句感慨。

我在他们寒暄的过程中，熟悉了炸油糕的程序。其操作方法如下：油糕的坯面用温水和，和好的面团醒上一阵，即呈圆润的形态，像婴儿的皮肤般细腻，捏在手里滑润柔顺。炸油糕时，从大面团上揪下一团，在手心里抹一点油，将面团顺时针捏成一个窝窝状，把拌有红糖、玫瑰、红绿丝等辅料的馅子放在里面，再从底部往上旋转，封口后一手托底，一手从上面轻轻拍打，顿时一个腹部凸出的圆形油糕坯子成型了，然后放进沸腾的油锅里，一眨眼的工夫，一个香气四溢的油糕就炸好了。之后，“赵油糕”将油糕盛在小碟子里，用筷子把上面的脆皮捣碎，油香与馅香搅拌在一起，刹那间香气四溢，尽管不能让佛“跳墙”，但也足能馋得流浪狗流连摇尾。土俗俭朴，于此可见。

“赵油糕”的油糕好吃是好吃，但以现在的环保眼光看，成年累月新油掺旧油的做法，委实不敢恭维。如能将“赵油糕”的油糕做法传承到现在，绝对会被食品执法部门取缔。

现在，街上偶能见到卖炸油糕的摊贩，但那不是“赵油糕”那样的油糕，“赵油糕”斯人已逝，手艺不会赓续，油糕的式微是历史的必然。在这具有几千年文化积淀的土壤上，随着那些虚怀若谷的、令人望其项背的手艺人一个个离世，这些技艺因此被带走，想留也留不下来，少时的美味，亦凋落殆尽。而传统小吃这条河流，也在人们追求时尚的心里快要干涸了。

## 卜拉子

春天总能萌发新的希望。望着绿影葱茏的窗外，想到田畴野畈里的野菜，不由得馋起艾蒿卜拉子。

记得在总角之年，每到春风骀荡的日子，我都会跟着小伙伴们在城外的畛畦之间，不是挖曲曲菜，就是挑艾蒿。刚从冰封大地探头探脑地露出毛茸茸叶芽的艾蒿，被眼尖的伙伴一铲子拦腰斩断，哭兮兮地躺在芨芨草编成的篮子里。当袒露着白生生肌肤的曲曲菜、卷曲成一团灰白绒线的艾蒿盛满篮子后，伙伴们唱着跳着，猴急地向各自家跑去，将向大人们炫耀自己的成果。

家人把此等事看得稀松平常，向来是悭吝褒奖，至多是随口说句“回来了”，接住就扯开话匣子叨叨，不是埋怨衣服弄脏了，就是说玩的时间长了。当然，大人们在发泄不满的同时，手始终没有闲着，她们麻利地从艾蒿堆里挑出柴草屑，然后把艾芽浸在清水里淘漉，在案板上同面粉反复揉拌均匀，盛在笼屉里用旺火蒸。

待到一个时辰，掀开笼屉盖，在蒸汽的氤氲中，一股淡淡的艾蒿药香飘逸在厨房里。而蒸笼里的卜拉子，湿融熟亮的面粉裹着青灰色的艾蒿芽，透着一种诱人的朦胧色。看到出锅的艾蒿卜拉子，小伙伴们把大人们之前的唠叨抛于脑后，瓷瓷实实地盛上一大碗，蹲在西斜的夕阳下，镀着满身的金光，吧嗒着嘴忙不迭地往里塞。

做卜拉子的食材丰富多样，诸如胡萝卜、甜菜、葫芦花、香豆叶等都可以入眼。尤其是榆树上萌发的一嘟嘟榆钱子，做出来的卜拉子松散疏离，像一枚枚硬币裹着厚厚的棉纸，在甘甜中透着清香，让人不忍下箸。而用洋芋做的卜拉子，不懂得藏愚守拙，面粉坦然地与洋芋丝纠缠在一起。如果想吃出洋芋卜拉子的别样风味，可以用葱炝锅，慢火徐徐翻炒，出锅后的卜拉子形态散散的、沙沙的，油香里透着浓郁的葱味，无疑是一道人见人爱的美食。

有人说过，北方饭如独奏，有点单调，但重视五谷的本质。细细品来，确实浑身上下都有厚重与踏实的质感。

对常人来说，这也许只是在“稻粱菽，麦黍稷”的生活里消磨自己。而对家乡人来说，哪怕月转星沉，对卜拉子的思念之情却不绝如缕。只因其做法保持了家乡食材的原汁原味，达到了美食的最高境界。

## 卤肉

在社会处于凝滞时期，家家户户把过年看得很隆重，倾力备足年货，期盼来年的平安和富裕。

家境殷实点的，赶在年关前做各式各样的面食，碗口大的馍馍盖上八瓣梅花红印，花卷裹红曲、香豆子、黄曲、红糖等，油炸的油果子、花花子、麻花等，总之是形态各异，阵势蔚为壮观。

其实，这只是过年的前一拨活儿，也可说是小闹闹。老鼠拉木锨——大头还在后头，大块卤肉才是显示家庭经济实力的利器。

卤肉首先得有卤子，而卤子必须是经年累月由煮肉的油脂和调料积淀而成。每次煮肉时将卤子作为引子与肉一起煮，肉烂后将汤与调料包放在一个坛子里密封储存，下次煮肉时再在调料包里加入一定量的花椒、桂皮、八角、白芷、肉豆蔻、姜片、小茴香、丁香、甘草、豆蔻、白胡椒、高良姜等，使卤子成为一个蕴藉深厚的佳肴。

如此不惮细腻精巧、环节繁多的烹煮、沉积，卤出的肉不仅闪烁着金黄色泽，而且散发着馥郁香气，闾巷人闻之也要垂涎欲滴。

在饥饿的幽灵游荡神州大地的岁月里，寻常人家难得沾上点荤腥，吃肉只存在于梦境中。有时实在馋得不行，母亲从坛子里挖出一小勺卤子，锅里炝点葱花，慢火炒馍馍，感觉就是人间最好的盘馔。

但人心是不知餍足的，就这样一次又一次，一勺又一勺，慢慢把一坛子卤子吃光了，从此家里再也没有卤过肉。

在当今饮食呈现光怪陆离的色彩时，突然意识到苦难不是每个人都愿意选择的，却深埋于底层。

# 蜜枣

俗话说：“桃三杏四梨五年，枣树六年枣木圆。”在地大物博的中国，枣树的分布甚广，尤其是在北方无垠的原野上，荒野山陬生长着枝叶繁茂的枣树，在熹日春风下，枝丫上绽开一簇簇黄绿色的小花，展示着凛然风骨和澡雪品质。

万物成熟的季节里，枣树上挂满了晃人眼球的暗红色果实。就算是在残酷的解放战争时期，老百姓还唱着“大红枣儿甜又香，送给咱亲人尝一尝”呢。可偏偏到了号称清平世界的 20 世纪 60 年代初，一贯被视为贱物的红枣销声匿迹，无厘头地跻身稀贵之列，寻常百姓难得吃一粒。

于是乎，国家本着体恤民众生活，远涉重洋从伊拉克进口了大量椰枣，也称海枣、波斯枣的东西，当时此等美事被普罗大众艳慕了一番。

地处中东的伊拉克，具有独特的沙漠气候及空旷的地理环境，栽培椰枣的历史长达 5000 年之久，到处是羽状复丛生茎端，树形挺拔的常绿大乔木椰枣树。浆果呈长椭圆形，形似枣子，可鲜食或作蜜饯。

那一年从伊拉克进口的椰枣估计数量特别大，当时不管九衢三市，还是穷乡僻壤，大小商店的货架上，都无遮无盖地摆放着粘连在一起的，颜色呈浅褐色的，和金丝枣样子相似的椰枣蜜饯。

吃起来肉软而烂，甘甜如蜜，但奇怪的是椰枣内有一枚挺怪的枣核。可惜的是在当时的市场环境里，商店不可能像现在的直销公司那样推销产品，不但注意产品的卫生和包装，还会巨细无遗地告诉你产品使用时应注意的有关事项。

买什么都凭票证的年代，难得有点磨牙的零食。一天，和初中同学逛街，正好身上有点零花钱，看到椰枣价钱也不贵，于是倾其所有买了一大坨，坐在街边大快朵颐。很快两斤多的椰枣被我俩消灭得一干二净。刚吃时觉得这东西特别甜蜜，解了多日不沾糖果的馋瘾，可越吃越感到情况有异，不但喉咙发齁，胃里也不适，赶紧跑回家，抱起水壶就是一顿牛饮。

没有点矜持的吃相肯定要出事。从第二天开始，一到中午时光，肚子就涨得难受，躺在炕上来回辗转，吃不下一口饭。说来也怪，可一到太阳西斜，肚子就不涨了，饭也能正常吃一点。可是，到第二天依然腹胀如鼓，疼得死去话来，在炕上翻滚，到医院打针吃药愣是不管用，隔日仍是痛楚难挨。这样足足折腾了半月多，母亲急得六神无主，暗自担忧我的病症。一天无意中听说有一个刑满释放、留场就业的老中医医术不错，巴巴地跑了十几里路将他请到家。富有洞见的老中医仔细号过脉，了然于胸地开了一个方剂，当天吃下去腹胀就减轻了，连着吃了几剂，竟然痊愈了。之后，一看到伊拉克椰枣胃里就发潮，再也没有吃过。

不久，听说伊拉克属于肝炎高发区，自从进口了蜜枣，国内的肝炎病人剧增，进口的事儿也就停止了。不过，满大街又出现了大量经销的其他外国产品，先是淡黄色的古巴糖，后来又是阿尔巴尼亚的劣质纸烟。

# 花瓶里的苇蜡

家人喜欢插花，从市区人工湖的芦苇荡采来一束七八厘米长的苇蜡，错落有致地插在一个色泽淡雅的塑料花瓶里，倒也别有一番情致。

芦苇对土壤的要求很随性，分布非常广泛。不管是在荒野山陬，还是通衢闹市，凡是池塘、河滩、渠旁等潮湿处，常成丛成片生长。

在蒹葭苍苍的季节，绵白的云，幽蓝的天，碧绿的草，金水湖幻化成了人的灵魂。而无限延展的荒漠，无限扩大的寂寥，无限凄清的落日，让人深感个体生命卑微如草芥。

芦苇少有玫瑰的冶艳，极尽幽微婉约。大多数芦苇是开花的，且很张扬。仲秋季节，芦苇絮状般的芦花随风飘散，在天地间撒落延续生命的种子。而少数芦苇则长出似蜡烛样的长棒，民间俗称毛蜡烛，如一个个毛发萧萧却温煦心细的老者直视天际。其实，这是芦苇的雄花，呈黄褐色，棒面毛茸茸，煞是让喜欢花卉的人钟情。

家人第一次采的一大束苇蜡，因没有养护经验，等同于一般的干花样对待，仅潦草修剪了枝干的长短，就直杠杠地插在花瓶里。摆在厅角花架上的苇蜡，在落地灯光的映衬下，宛如传统婚礼洞房里流着泪的蜡烛，虽无深翠浅绿的层叠，但黄褐中了无杂色，在萎靡凋零与惨淡的秋日里也算是难得了。

刚采下来的苇蜡是硬邦邦的，放一段时间就软了。后来有一天，仿佛一块璞玉被砉然切开，苇蜡中饱满得耀眼的絮状物飘然羽飞。

不经意间想到了一种补救的办法，在每个苇蜡上涂上一层胶水，给小家碧玉似的苇蜡套上一个壳，与空气隔绝起来。措施是得当的，苇蜡开裂的时间延缓了，但包裹在壳里的苇蜡刚毅有余，柔巽不足，每每在灯光下瞅着，让人在心底里生出些许悲凉。于是，趁着春节打扫屋子的时机，弃之于垃圾桶。

第二年，在秋风萧瑟天气初肃的季节，家人又来到了烟波浩渺的金水湖。此刻，游人寥寥，静谧间几只野鸭子划水而过，水中的建筑瞬间随着泛起的涟漪摇曳起来，恍如人间仙境。

成片的芦苇漾起撩人的绿意，苇蜡还透着淡淡的绿色，家人趔趔趄趄地踩在芦苇荡的町畦间，采了一大束苇蜡诡诡然而归。心想，这次的鲜嫩苇蜡打了一个时间差，肯定能生机勃勃地撑上一段时间，让人在静谧中欣赏其风采，想当然地仍把苇蜡插在花瓶里，不日竟落到同样下场：包皮开裂，絮状外露，犹如乞丐穿的一袭褴褛不堪的棉衣。后来听人说，苇蜡是娇贵之物，必须像鲜花一样精心养护。其秘诀是花瓶里一定要有清水，让苇蜡的枝干吮吸水分。于是，家人又迢迢去了趟金水湖，在原地重新采了一束苇蜡，遵嘱隔三岔五地换水，并定期在苇蜡表面喷水，两三个月了，苇蜡竟然还丰盈饱满如初，透着一种生命的斑斓。

从古至今，有不绝如缕的诗词歌赋称颂苇蜡，在此仅引网上一位叫“永春堂”的诗人写的一首赞美苇蜡的诗，作为这篇短文的结束语吧：

高台墙壁自枯荣，古寺清风寄生死。
点点烛光曾照影，一垂泪珠到天明。

# 花语四则

一

有一种花，放手后就成为风景。

经常路过的一栋旧楼宇，每到阳光和煦的季节，二楼一个房间的逼仄窗台上就会搭起一块木板，如期摆出一盆绿色植物，藤蔓散漫地垂落下来，上面缀满了红艳艳的小红花，像一位羞涩中带着娴静、清婉里显着光艳的少女，在明媚的春日里婀娜多姿地舞动。

春天的蓊郁里，花木繁茂，一盆花的出现原本是很平庸的事。但是，在无数窗棂中显现的那种烛照一个家庭生活情调的、朴素且萧疏的特质，显得尤为独特。尤其是在午后的斜阳里，欣赏跳动的光斑映照新叶时的一抹绿，聆听楼前树影间鸟类的清唱，有着超然物外的宁静和淡然。

唤来了专业摄影师，他也迷恋这种美感，端着装有聚焦镜头的相机一阵狂扫。当照片洗出来后，发现藤蔓植物处在清寂而令人敬畏的世界里，有一种神圣感。

面对世外的繁华和喧嚣巷陌人家，最是此间安静。

## 二

有一种花，放手后就有花红不再的韵味。

漠北腊尽岁除，木落崖枯，寒日无言，斜阳脉脉，天地是那么的苍凉。这时候，人变得落寞潦倒，却最适合沉思和反省，以寻找生命的新出口。

但亚热带的春天，桐间花落，柳下风来，满山遍野都是杜鹃花，那红艳艳的红一路开到窗下，仿佛构成了色彩绚丽的人的魂魄。

快过春节的时候，朋友送了两盆鲜花，其中一盆是杜鹃花。因为是养在温室里应景的花卉，在碧绿的叶片陪衬下，缀满枝头的花朵或花蕾，美得如同精灵。在室内暖气的蒸腾下，一阵阵幽香袭来，令人微醺。这葱郁温婉的美景，让人想到妩姿媚态、绰有余妍的女子。

春节期间，园林公司的几个熟人来串门，看到满盆如烈焰般的花朵啧啧称奇，围在那里仔细欣赏杜鹃，感喟他们偌大的花房里也见不到如此境界不凡和气质脱俗的奇葩。不过，他们又惋惜地说，养在家里的杜鹃花，因条件所限，花蕾往往胎死腹中，基本上绽放不了。之后，翠绿的叶子渐渐枯黄，进入休眠状态，像人老珠黄的艳妇，只能把风流余韵系于往昔。

可是，家里的杜鹃花并非如他们所预言的那样，不但先前孕育的花蕾全部层层叠叠地绽放，而且新花蕾也在次第生成。其时的杜鹃花，真是叶舒蕊静，把天地间的钟灵毓秀展露得淋漓尽致。

自然的法则不可拂逆，美好的东西也太脆弱。当年夏日气候异常炎热，因不太了解杜鹃花的习性，将花盆置于阳台，让它在阳光下恣肆暴晒，几天后叶黄蕊萎，最终枯死了。

最令人感伤的是死去的杜鹃花，像耄耋老人的瘦骨，皱缩而且嶙峋，惨不忍睹。

## 三

仙客来，好诗意的名字，简直就是浪荡才子柳永为其心仪的歌姬量身定制的词牌名，晶莹如洗，温润如玉，令人遐想。其实，它是一种外来的花卉植物。仙客来的花期不在草木茂盛、夭桃秾李的季节，而是开在秋高气爽的日子里，或是凛冽的寒风吹着积雪漫天飞舞的日子里，只有严肃和凄凉的气象。

仙客来养了不下七八次，一开始按照别人的传授，夏日赶紧把花盆放在阴凉处，隔十天半月浇上点水，老叶子休眠了，球茎上的芽苞全萌发了，枝枝蔓蔓软塌塌地覆盖在花盆上。天气转暖，放在阳光下希冀枝叶纷披时，它却成了弱不禁风的娇小姐，几天就干枯了，球茎也烂了，呜呼哀哉了。

去年朋友又送来一大盆仙客来，寒日里株株蕃秀，姿态也特别袅娜，妖娆得让人心旌荡漾。

实际上仙客来是开得最静的花，在肥厚的叶片承托下，花朵像一只只攀附在树柯上等待一飞冲天的小鸟，玲珑得让人爱怜。而且在冬日的光影下，自然而然地流露出花语的韵味——等待唯美浪漫的爱情。它的气韵一如爱情未至的那种半梦半醒的状态，淡到了极致，又刻在心底。

一朵花的轮回，也许就是一个女人的轮回。

## 四

有一种花，放手后用自己浓郁的芳香与秋天告别。

年少时，从西北来到了西南，在漫漫路途上，第一次在秦岭的崇山峻岭间，见识了掩映着农家茅舍的竹林，那在微风中摇曳的翠绿的毛竹、楠竹等，以竿竿笔挺的姿态张扬着生命的魅力和顽强的志向，引发了我心中的浪漫情怀和志趣。

刚上初中时，吃完晚饭在花园般的校园里闲逛，走累了坐在藕塘旁的石凳上休憩。静谧间，纤云弄巧，轻烟迎暝，忽然几只鸭子划水而过，水中建筑物的倒影瞬间随着泛起的涟漪摇曳起来，心里顿时柔情似水，极想用一种物件来表达自己此时的情怀。

这时，一股淡淡的香气飘逸而至，沁入心脾。以为是西北常见的沙枣花，又觉得不对，沙枣树是耐旱的树种，在阴雨霏霏的四川不适宜生长。更何况沙枣花的香气浓烈，有一种荡人心弦的妖魅感。于是，循着香气寻觅，在一个小花园看见一棵不大的乔树，上面缀着一朵朵金黄色小花，散发出悠远绵长的香气，在夕阳的渲染下，有了一种诗意的朦胧。

我采撷了一枝花穗，听同学讲这是桂花，于是珍爱地夹在一本硬皮笔记本里。几年后，翻开本子还是香气馥郁，刹那间把思绪拉回到消逝的童稚和青涩年代。

悠悠的岁月里，又有过几次与桂花树谋面机会。十几年前，仲秋的深夜，留宿在湖南农科院招待所的二层小楼，当打开窗户时，一股熟悉的淡淡幽香霍然袭来，赶快跑下楼，只见一棵茁壮的桂花顶着硕大的树冠，兴致勃勃地播撒着摄人魂魄的幽香。瞬间，垂髫之年记忆的闸门开启了，想到了夹在笔记本里始终弥漫着幽雅香气的桂花。

去过桂林两次，只是节气不对，与作为行道树的桂花树花期缘悭一面，只好买了几袋风干的桂花，聊慰失落之情。一年的中秋节，在南京中山陵的山道上，那些寥廓秋空之下躬身逢迎的桂花树繁花，了却了我无尽的思念。

# 赏果记

春夏交替，是享水果盛宴的季节。红艳艳的草莓下市了，黄灿灿的枇杷、杏子又上市了，那真是带有一种温厚底蕴的日子。

二十多年前，当时在深圳中英街见到芒果时，心里一阵激动，赶紧掏了10元钱买了4个。这可是正宗的菲律宾吕宋芒果，圆润肥硕的果实上透着金黄的色泽，晶莹如洗，温润如玉，通体散发着暗香盈袖的甜腻。

女儿没有见过棒槌一样的芒果，捧在手里闻了又闻舍不得吃，但又经不起那种怪异的香味的诱惑，小心翼翼地剥开皮大口吃起来，嘴上粘了一圈黄黄的果浆，满足地享受着大自然的恩惠。

十几年后，我在云南大理看到了同样以10元钱买上4个硕大的芒果，手不断地摩挲光滑的果身，有了种了却心愿的满足。剥开吃时发现三四寸长的龟板状的果核横亘在果肉里，去掉厚厚的皮，吃到嘴里的果肉没有多少，且味道也是涩中带点酸甜，不是想象中馥郁宜人的美味。其实，我在中英街也没有吃过吕宋芒果，只是看着女儿吃，在一旁咽了几口唾沫。

云南是个好地方，那里有奇花异草，也有苍苍蒹葭。葱茏山野，湛澈的河流所彰显的百般风情，以及淳朴民俗、憨厚民众所表现出来的那一份纯粹，让人心醉。也许，因为地理、气候等环境的差异，芒果产生南橘北枳的现象也未尝没有可能。现在，每当春夏交替，不管是在通衢都市，还是偏僻小城，水果摊上芒果堆成了山，曾经的圣果从圣坛上滚落下来，成了大众可以敞开果腹的水果。

热带水果最大的缺陷是保存期短，易腐烂，但不管如何，芒果是个好东西，所含有的维生素 A 的前体——胡萝卜素成分特别高，是所有水果中少有的。无论购买哪种芒果，都宜选皮质细腻且颜色深的，这样的芒果新鲜熟透。果皮有少许皱褶的芒果虽然不好看，但这种芒果最甜且口感最润滑。

有幸深秋来到张家界，湘西的红橘挂满枝头，山峦间绿肥红艳，景致错落有致，令人遐思飞扬。

湘西的橘子外观静美，内心洁净，恰似儒雅沉静的高人，具有屈大夫追求的橘树那种“深固难徙”“独立不迁”的品格。诗人在欣赏之余，感喟地写下了千古传颂的《橘颂》。屈原随着流水已逝去千年，历代文人藻思绮丽，触绪纷来，绚丽的诗篇汗牛充栋。还有人捧着红橘追寻他的痴情，惋惜得不得了。

确实，放眼湘西满山遍野的红橘，能为凡夫俗子化解忧郁，并且能升华到“一花一净土，一土一如来”的境界。

在广西南宁见到山竹，外壳包裹着晶莹剔透的果肉，绵软得让人徒生憋惜。一斤才两块多钱，十分便宜，于是就买了 10 斤，不承想到家全烂了。

山竹原产于东南亚，一般种植十年才开始结果，对环境要求非常严格，是名副其实的绿色水果。购买山竹时一定要选蒂绿、壳软的新鲜果。也可以看看果实下面的蒂瓣，有几瓣蒂就表示果实内有几瓣果肉。

世界就是这样，各有所呈，各得其所。尤其是南方的水果，得天独厚的自然条件，成全了其极佳的品质。

# 蕨麻情怀

朋友送来两斤甘南产的蕨麻，打开塑料袋，一股泥土的芳香扑鼻而来。蕨麻品质上乘，颗颗圆润饱满，透着鲜亮沉稳的色泽。

其实，蕨麻是寻常之物，植物学上属蔷薇科，多年生草木，多见于西北、华北、东北地区的河边、路边和草地。这些年，随着土地的肆意开发，野生植物处境艰难，只有在青藏高原和甘南草原尚能见到郁郁青青的蕨麻，而且没有被工业化的强力推进所污染，是真正的绿色食品，被人誉为人参果或长寿果。

遥想垂髫年纪，炎炎夏日常与玩伴到草甸子上玩。人们都说江南好，其实北方的景致在某些方面不亚于江南，甚至略胜一筹。家乡北门外一条清澈的河流日夜不歇地奔流，飞溅的浪花和泠泠的响声，与崔嵬的山峰、挺拔的白杨树，勾勒出一幅风光油画。

河流的北边到处是水泡子，无数个泉眼不停地喷涌，潺湲的溪流浸润着大片草甸子。随处可见一蓬蓬的蒲公英，有的茎上顶着一把洁白的蓬伞，迎风播撒着生命的种子；有的茎上顶着黄灿灿的花朵，向人展示着迷人的风采。在这里，一条河，一棵树，一根小草，都昭示了生命的意义。

蕨麻处事低调，不事张扬，细长的茎匍匐蔓延，茎蔓上基生叶为羽毛状椭圆形复叶，背后密布白色绵毛。茎上一旦长出节点就立马萌发新根，扎入泥土吮吸养分。

夏季是蕨麻的花期，此时的蕨麻茎上缀着鲜黄色的花蕊，如鞭炮般炸开，把草甸子装扮得如一块斑斓绚丽的地毯，铺展在邈远的原野上。蕨麻尽管没有靓丽的身姿，但依然风姿娟然，面对世外的奢华和喧嚣，有着超然物外的宁静和淡然。

蕨麻是个好东西，根富含淀粉，可煮食或酿酒，做八宝饭和煮八宝稀饭尤好，能将富含的十八种氨基酸和多种维生素、铁、锰、锌、镍、钙等元素充分释放，长期食用能起到减肥或抗癌的作用。

挖蕨麻须先用铁锹把草皮切割成一尺大小的方块，然后从半尺深处兜底翻转。草根密匝匝地纠缠在一起，翻转草皮绝非易事，得用一把子力气。之后再仔细寻找根，也就是蕨麻。根像纺锤，肥嘟嘟的，最粗的也就蚕宝宝那样粗细，阴干后犹如葡萄干大小。蕨麻虽其貌不扬，但朴素淡定，几近一名古井无波、怀抱静气的僧人。

挖蕨麻绝对有破坏环境的嫌疑，会造成湿地或草原的严重退化。在社会处于农耕时代时，人们对财富的意识没有当今强烈，挖蕨麻也只是个别人偶尔为之。更可贵的是采完蕨麻后，人们会小心翼翼地将草皮复位，几天后湿地仍是葱茏静谧的自然风光。

现在利用蕨麻脱贫致富的地域，是否按从前一般操作不得而知，但岁月凿痕，显而易见。在这急管繁弦的大时代，谁也不能保证一切恒定不变。

# 放恣绚丽的枇杷

在南方的暮春，任何荫翳的心结都会如同饱满的花苞一样，“噗”地打开。

阳历五月，正是枇杷上市的日子，刚入住春熙路蜀都大酒店，就隔窗户俯瞰走街串巷的小贩，挑着满筐黄灿灿的枇杷叫卖。顿时，记忆的闸门开启了，好比女人穿中西各色春夏秋冬的服装，做出支颐扭颈、行走坐卧的姿态，令人目不暇接。

最早与枇杷相识在一个潮湿的傍晚。黄昏日落，最容易勾起人们坎坷途路的愁绪，种种向往和追求如烟如云地涌现在眼前，化为惆怅难寻的幻梦。

客寓在四川江津县石龙峡，站在家属房舍的窗前向近在咫尺的陡坡下的竹篱笆张望，一棵棵枇杷树亭亭玉立，边缘锯齿形的肥厚叶片被雨水冲洗得晶莹剔透。球形或椭圆形的果实，有的呈橙色，有的呈淡黄色，藏匿在繁茂的树柯间，透着诱人的色泽，让人垂涎三尺。

枇杷，蔷薇科，常绿小乔木。原产于我国的湖北西部与四川东部一带，以福建、浙江、江苏等地栽培最盛，性喜温暖潮湿，特别喜欢生长在阴凉处。枇杷是种令人喜爱的水果，外形酷似杏子，但内涵大相径庭，酸甜的滋味足够让人享受。

四川虽属我国西南温带气候，在季节转换的过程里，也有朔风凛冽、水潭见底的冬日的感觉，但绝没有北方树木叶落枝枯的颓废景象。大地依然一袭绿袍着身，茅草绿得发蓝，竹子翠得发黑，恍惚间以为是青葱少女在大地游荡。万物复苏的春天，处在葱绿氛围里的沟沟壑壑飘逸着轻雾，像一层层薄纱，空气中弥漫着一团团氤氲的水汽。

这时枇杷树上绽开圆锥形的花序，密被锈色绒毛，绽放时花冠呈淡黄色，发出淡淡的幽香，令人在温润的气息里沉醉。

枇杷常入文人骚客的法眼，衍生了浪漫的情怀与风韵。与张籍齐名的中唐诗人王建在《寄蜀中薛涛校书》一诗中，有这样的句子："万里桥边女校书，枇杷花里闭门居。"因薛涛是个精通琴棋书画的歌妓，后人望文生义，便称歌妓所居为"枇杷门巷"，愣是给枇杷涂上了秦淮河六朝金粉气，这实实在在是对枇杷的误读或亵渎。

离开四川多年，很难有机会再吃到枇杷，几乎淡忘了它的存在，更不用说那绵甜里透着清香的味道了。近些年，随着物流的发达，这种易烂的水果已在漠北频频露面，但装在保鲜盒里的枇杷已非寻常之物，贵得令人咋舌。现在，在成都街头现摘现卖的枇杷，每斤只需两元甚至一元五角。

在成渝高速公路两旁，处处是成片的枇杷园，累累的果实挂满枝头，在明媚的朝暾下闪着金光。从路边林立的广告牌上得知，这里即将举办盛大的枇杷节。这是个具有彰显枇杷文化意蕴和经济效益的完美创意，契合了现代人的生活基调。其实，人们所谓的忙忙碌碌，营营役役，都是为了这些看似无用和那些偶尔为之的非常规生活。

枇杷的叶可入药，具有性平、味苦的习性，功能清肺下气、和胃降逆，主治肺热咳嗽、呕吐、呃逆等症。枇杷品种颇多，如浙江塘栖软条白沙、大红袍，江苏洞庭山照种、青种，福建莆田大钟等，均是枇杷中的上品，颇受人们的喜爱。此外，枇杷树是非常好的观赏树，始终给人一种生机盎然的志趣和谦谦君子的风度。同时，花为良好的蜜源，在春光融融的时光，辛劳的蜜蜂盯着枇杷树，周而复始地采蜜，把自然的生存链条演绎得出神入化。

# 秦腔，儿时的梦魇

秦腔，是西北地区最受欢迎的地方戏种，现在年长的人都能哼上几句，尤其是陕西的老百姓，喜欢秦腔像东北人喜欢“二人转”一样，有着“宁舍一顿饭，不落一场戏”的情结。不是有段子讲“八百里秦川尘土飞扬，三千万人民齐吼秦腔”吗？据有关史料记载，秦腔是唐朝宫廷乐人李龟年所创，相当于今天的流行歌曲，他无疑是当时著名的歌星了。

可是，我这个西北人始终不喜欢秦腔，因老生苍凉嘶哑的吼叫，如碎金裂帛的呐喊；小生磨磨叽叽的缠绵假腔，在听觉上有矫揉造作之态。倒是青衣的装扮香衣鬓影，暗香盈袖，一句戏文在声腔里迂回三折，缠绵低回，吐出来让人有昏昏欲睡之感。

我父亲是个戏迷，不管是酷暑难当的盛夏，还是滴水成冰的隆冬，只要有空闲总爱往戏院子里钻，有些剧目已听过不下十来八次，仍听得如醉如痴。他自己喜欢还不算，还非要把小小年纪的我也拉上，想在根子上给我烙上对秦腔执着的感情。

可惜我天生对戏剧没有兴味，而且愚顽不化。坐在戏院子里，看着捋髯的、戴凤冠的、穿布衫的在戏台上舞着唱着，如同板凳上有钉子，我扭着屁股浑身不自在，不是找个莫须有的理由串到戏园子外溜达，就是心急如焚地盼望这些戏子赶快下去，散场回家好吃羊羔肉。百无聊赖之时童心大发，定睛浏览戏院子里的风情，发现这里也是蛮热闹的，戴瓜皮小帽的堂倌忙得不亦乐乎，给口吐秽言的人端一盘瓜子，又给斯文人奉上香气四溢的香片茶，小小个子却始终底气十足地吆喝着，身体如同按上了轱辘，辗转地应付着各等成色的戏迷，在没有主旨词的氛围中，把顾客当成上帝伺候。

因年代久远，不记得当时有没有电影或电视剧里常出现的茶馆里横空给戏迷摔毛巾的情节，这毕竟是个小城，做派与商埠还是有天壤之别的。不过，仅眼前的情景已让我眼花缭乱，在童年的白纸上抹下浓重的一笔，久久不能忘怀。回想起来，小城剧场里喝茶、嗑瓜子弄出来的烦扰嘈杂的动静，与当今北京小剧场演出的现代剧，在讲究观众与演员互动方面有异曲同工之妙。

到了 20 世纪 50 年代后期，秦腔依然是大众深爱的娱乐形式，而且空前繁荣，只不过换了场所而已。常常是落日熔金、暮云四合的时候，土台子上几盏呼呼喷着烟火的汽灯高悬在台前的横梁上，空旷的场子里常常是人头攒动，嗡嗡声浪伴着戏台上震天价响的锣鼓声，把观众带到了历史的烟云际会里。

父亲在这种情况下，仍然不放过我。夏天有戏的日子里，把我早早地带到戏场子，支棱着脖子静候戏台上那块脏兮兮的幕布拉开。记得当时唱的是现代秦腔剧《梁秋燕》，演员把恋人的悲情唱得无比投入，看得人沉浸其中，但场子里没有嘶喊。

在寒风刺骨的日子里，四邻相约拿上煤坯和劈柴，在占的位置上拢上一堆火，边看戏边聊家常，把小市民相互关照的情景演绎得温情脉脉，令人对中国传统文化和社会结构有了一种心灵的体悟。

冬天演得最多的好像是新编的《三滴血》，讲的是宋朝清官断案的事，用验血方法验证血缘关系，还受苦受难者一个公道。影响最深的是戏文里的一句唱词："血滴在盆中不粘连，不粘连。"因演员唱得幽默风趣、快意恩仇，在自然流转的生活里让人感受到了诙谐和奇谲。

虽然父亲全力拉近我与秦腔的感情，但我始终是刀枪不入，一听到秦腔就心里发腻，实在是不愿意听，更不用说看了，常常想中途离场，可里三层外三层的人墙遮挡着，只好耐着性子熬煎到散场。

少年时代漂泊到四川，逢年过节的日子里，乡村的川剧社戏在竹林、橘林悠然开场，飘逸在绿意荡漾的原野上的锣鼓丝竹声，给农人刻板枯燥的生活带来一种精神的愉悦，喜气洋溢在他们皱纹密布的脸庞上，听得如醉如痴。而我一样萌生排斥心理，尤其听不惯后台川江号子般的帮腔，觉得简直是对乡村平静生活的一种撕裂和干扰。

前几年到了江苏的昆山游览，想到这是昆剧的发源地，尤其是著名作家白先勇主持制作的青春版《牡丹亭》，颇使人有一睹为快的冲动。可惜，在快餐文化的冲击下，昆剧逐渐走向衰微。但是，在江南丝竹弦乐和吴侬软语滋润下的昆剧，杜丽娘柔荑般的手被丫鬟扶着，袅袅婷婷，缱绻悱恻，那妩媚形态，缕缕乡音，想来一定能激起人们心灵的震颤。

2008年的茅盾文学奖其中之一颁给了贾平凹的长篇小说《秦腔》，不知里边写了些什么事儿。有很长时间没有看长篇小说了，突然想把《秦腔》找来看看，可能有点意思。毕竟在商洛地区贫瘠荒凉的山峦里，秦腔最适合山民传递情感或发泄情绪。

# 人的生命犹如一茬庄稼

在不到半年的时间里，我不断从电话号码簿上删去一些朋友或熟人的名字，因为他们去世了，再也无法联系了。

逝者长已矣，生者常戚戚。他们的音容笑貌依然闪现在眼前，似乎才刚匆促离去，每念及此辄怆然不已。

一代人好比是一茬庄稼，孕育坠地，历经寒暑年轮的镌刻，然后像树木 70 年的成熟期那般，逐渐呈现委顿的状态，直至在凋敝枯黄的原野踯躅，让人惆怅不已。

尽管人生苦短，但有心人总是在有限的时间里，把生命的宽度拉长，显现个体生命的丰盈和华彩。

一个朋友不久前在六秩有七时，经过短暂的病魔袭扰之后，溘然长逝。他似乎感知自己一生的才华只能在岁月的幽炉里空焚，义无反顾地带走了古朴飘逸的书法功底和对中药药性的稔熟，以及满脑子的偏方验方，令人唏嘘不已。

之前，我一再劝他趁精力旺盛的时候，留下点书法作品，不但于己是生命的彰显，而且能给后代带来一些可观的经济效益，避免家人失去经济支撑之后落入困窘。但是，面对时时徘徊在身边的死神，人要么坦然处之，要么就是浑然不知。朋友总觉得来日方长，把精力放在了扬名的游戏上，各种不靠谱的奖状或证书弄了不少。现在，人们兀然发现了他作品的价值，但存世的不多，这倒有了点中外许多大师级的人物生前寂寞，死后作品却弥足珍贵的况味。

我在两年前受人之托求他写过 4 幅“厚德载物”的条幅，然后跑到广西一股脑儿送给了发达了不见人面、落魄了找上门的朋友，至今我也不知道他送给了什么人。俗话说货不兴本地，他的字拿到外面还是挺吃香的。几年前，他几次问我要不要写几幅字，我本身不懂书法，收藏作品的兴趣不大，现在想起来挺后悔。

朋友一生好学不倦，而命运之神又垂青具有禀赋和韧性的人，他的书法艺术之路就昭示着这样的大巧若拙之状。

让时光倒流半个世纪，一个少不更事的少年佝偻着腰肢，在阴暗潮湿的巷道里挖煤谋生，并在懵懂的状态下编织着自己的理想之梦。尽管与现实是那么的遥不可及，可褴褛下的童心早已翱翔在艺术的世界里。

当长成一个彪悍的西北汉子，在西藏雪域高原边卡哨所凝视着皑皑白雪的神女峰时，山的凛然与地的雄浑，坚定了他对艺术的不懈追求，书法腾挪的线条在脑海里有了生动的具象。

对一个出身于贫困家境的农家弟子来说，学识的养成须付出比常人数倍的努力。于是，朋友在认真做好本职工作的同时，对书法艺术的痴迷犹如狂人。

夏秋之际，他闻鸡而起，一手提水罐，一手把狼毫，在 100 多米长的水泥台阶上一笔一画地临摹字帖。夕阳西斜，两个馒头匆匆下肚，又在滚烫的水泥台阶上找到了情感的宣泄点，直至暮色四合才恋恋不舍地收笔。风雪肆虐的季节，躲在陋室里，抓笔饱蘸淡淡的墨水，在一沓沓草纸上肆意挥洒。他用自己丰厚的生活底子去揣摩颜真卿、王羲之、张旭、欧阳询、怀素等历代名家手迹的艺术意境，感受他们创作时迸发的激情，体验书法大师神采高骞的情致，达到博采众长的效果。有人粗略做过统计，一个休息日他竟然写了一万三千个字，真可谓“朝骋骛于书林乎，夕翱翔乎艺苑”。

“学问勤中得”。经过锲而不舍的历练，朋友终于叩开了书法艺术殿堂大门，取得了骄人的成绩。1990 年书写的行书《醉翁亭记》由甘肃人民出版社出版，在全国发行两万多册，受到了读者的赏识。一些热心的读者给他写信，热情地称道他的书法骨力遒劲，洒脱厚重。尤其欣赏他用笔飞舞奇逸，赋予文字音乐旋律之美感和舞蹈飘逸之美感，瞬间把人带入一个虚幻缥缈的艺术世界，领悟到了情感的真挚和自然的清新。一些书法艺术界的同仁溢美之词不断，说他的草书悟于怀素的神韵和笔力，显示了暴风骤雨般的豪放之气，似乎把沸腾的内心世界跃之笔端，在激烈地碰撞之后倏忽又归于平静。

一样看花两种情，有人看刺，有人看玫瑰。朋友是个性情中人，不懂得藏愚守拙，终究没能成为一个圆滑通透、人情练达的交际能手。现在，赍志而殁，在渺渺的天际云游，遗存在书房里的是一堆新出的书法作品和成摞的宣纸，只能让家人睹物思情，凄切绵绵。

另一位兄长般的忘年交朋友，在我年少轻狂时给予许多帮助，尽管事情过去了几十年，每每想起心里总是暖流奔涌。当我的第二辑散文出版后，我登门奉上，他将自己装裱好的一幅书法作品赠予我。这是我第一次接受别人赠送的字画，尽管作品不能入所谓的名家眼，而我觉得字字娟秀，将他一生的温厚镂刻在字体架构之中，体现了他朴素淡定、环抱静气的精神世界。

我向来对字画这些东西兴趣不大。年少的时候，为了取悦县城文化馆的图书管理员，将家里藏的字画偷出来换书看，让有商品意识的人悲惋不已。人到中年仍不思悔改，越发偏执。家人曾经在某企业科技馆管库房，当时单位上迎来送往的书画界人士颇多，宣纸、笔墨、纪念品均出自她手。当时画画写字的人商品意识不强，还没有锱铢必较的习惯，出于情谊随手送一些书画作品是常有的事，于是，家里就存了一些字画。前几年在我的撺掇下，将字画一股脑儿倾销出去，用换得的几千元钱购得许多时尚服饰，而我将这个忘年交朋友的书法作品放在书架顶端珍藏，因为这蕴含着一份真挚的情谊，值得一生铭记。

壬辰春节去看他，只见他孤零零一人躺在沙发上发呆，一副病恹恹的样子。仅仅过了一月有余的时间，一位老朋友从医院打电话给我，说我忘年交朋友得了癌症，快不行了。我吃了一惊，撂下电话就跑医院，他已病入膏肓，在病榻上苦苦挣扎，让人心里悲凉而又无奈，感伤生命的脆弱和无常。

不几天他就去世了，在简陋的书房里遗存了一摞摞宣纸，各型毛笔静静地悬挂在条案的笔架上，其最终的结果不是流失，就是闲置，传承是绝对谈不到的，他的独子不善此道。我曾帮一个朋友写祭文，也许是八股气息浓了一点，他儿子念不下去，干脆改为浅显的直白短文，小子在追悼会上念得磕磕巴巴，最后几乎发不出声响。忘年交朋友的儿子也让我帮他写几句追悼会上答谢来宾的稿子，我汲取上一个的教训，写了两百来个字的大白话，谁知他在追悼会上撇开稿子仅说了几句庸常的客套话，跪下磕了几个头就完事了。

鲁迅先生曾说："孩子长大，尚无才能，可寻点小事情过活。"看来，两位相公只能这样了。

在当下浮躁的社会里，文化传承是非常急迫的事。文化发展与经济发展、军事强大同等重要。文化是精神的，一个人的生存是要有点精神来支撑的，一个国家也是这样，而且需要多元的文化精神支撑。

人总是需要通过一定的途径，来表现自己的存在价值。我有一好友常年利用业余时间，跋山涉水自费研究 20 世纪 30 年代消亡的工农红军西路军，仿佛在打捞遥远的记忆，希冀展示两万多人在寒风肆虐的河西走廊征战的悲壮史诗，用于进行革命精神的教育。

真实的历史往往过于厚重，我非常敬佩他锲而不舍的精神，他编写的关于西路军事迹的书，已出到了增订的第三版。他在前年一个寒风凛冽的日子，目光坚毅地望着原野上皑皑的白雪，情绪激昂地对我说，退休之后继续收集资料，做更深入的研究，争取再出几本有关西路军历史的书，发扬西路军浴血奋战的革命精神，为改革开放做出自己应有的贡献。不幸的是他刚刚退休，高额的退休金只领了一个月，就在兰州遇车祸殒殁，曾经的理想成为不可能实现的遗愿。

少时的至交好友，渐渐凋落殆尽，“衣不如新，人不如故”，心中充满悲惋之情。

我发现孔子的言语豁达，但也有不地道的时候。曾骂他的老朋友原壤“老而不死是为贼”，原因是他“幼而不孙弟，长而无述”，就是小时候不知道友爱兄弟，长大了又没有任何作为，到老了一直不死，只会浪费社会资源。

在社会生产力低下的年代，人的寿数的确短暂。现今，随着生产力和医疗水平的提高，人长寿是时代发展使然。前几天看电视新闻，惊喜地发现国人的平均寿命已达 74—83 岁。

悲乎！古人有诗云“上床与鞋履相别”，说的是生命无常，谁知睡下还能不能再起来。

人的生命真如一茬庄稼，到秋高气爽的日子，就该收割了。

# 祭山定子树

我楼后树林里生长了十几年的一棵树看来是枯了，节气即将到春杪，繁茂如伞骨的树杈，竟透不出一丝绿意。去年夏天结的未成熟的状如蚕豆大的赭黑色果实，仍密密麻麻地挂在光秃秃的枝柯间，但“君看今日树头花，不是去年枝头花”，倒有点向苍天招魂的凄切悲凉。

树因果而名。这树叫什么名，我不得而知。叫来了搞园艺的朋友，他说这是山定子，是专门用来嫁接果树类的砧木。我对此有异议，翻开《辞海》查了半天，也不见山定子这个条目，只好暂时认定是山定子了。其实，我对这棵树叫什么并不十分在意，只是觉得它莫名其妙地死了，心里十分惋惜。

四月的季节，在北方既是风沙肆虐的季节，也是一个有关生命的季节。不觉间蓦然好像进入了一个新天地，春风骀荡。柳树总是赶在三月的最后那么几天，经受严寒蹂躏的干枯枝条，兀自变得像少女的长发般柔顺飘逸，顶着细密的芽孢随风荡漾。四月初绽放出细长的嫩叶，像宅在《牡丹亭》里的大家闺秀杜丽娘，袅袅婷婷唱着“我待要折的那柳枝儿问天，我待要折的那柳枝儿问天”，带着一份怀春的急迫心境，在弥漫的风尘里展示着婀娜多姿的风采。

山定子与梨树属于同类吧，因为它总是于四月中旬在绿叶的烘托下，与梨树齐刷刷地绽放出密密麻麻的小白花，联袂演绎着唐诗里“忽如一夜春风来，千树万树梨花开”的意境，营造出“五步一楼，十步一阁；廊腰缦回，檐牙高啄；各抱地势，钩心斗角”的宏伟的古建筑气势。

到了“天凉好个秋”的日子，山定子树上挂满了枣红色果实，吃起来酸酸的涩涩的，吃不惯的人享不了这口福。可我家里的人就好这一口，托亲戚从陇东带过来，这可能是童年缺吃少穿留下的怀旧情结吧!

鲁迅先生曾说过这样的话，每个人对人世间的痛苦感受是不一样的，自家死了人，不一定邻居家就不唱戏。可不是嘛，毗邻死去的山定子树，另三棵山定子树干舒展，在一阵紧似一阵的大漠风吹拂下，翠盖斜偃的树冠上白花似锦，弥望似海，泱泱欲腾，散发出馥郁的香气，既令人心旷神怡，又呈现出一种令人惆怅又怜爱的魅力。

与自然保持一份亲近，这种生活态度一直是人们的追求。在西方的园林里，人们始终对植物保持应有的尊重，园林也就成为所有植物安身立命的快乐之园。当今，在人们追求高品质生活的大环境下，小区里花卉争艳，乔灌木搭配得当，俨然处处是个娱乐休闲的好去处。

我伫立在死去的山定子树下，挂满果实的枯枝犹如姑娘撩起的乌发，随着云缕绸缪。

死生，天地之常理，畏者不可以苟免，贪者不可以苟得也。草木的一生，是活给自己的，且活得自然洒脱，随意是终极目标。而具有万物之灵的人，相比草木就活得拘谨些。

对于山定子树的死亡，圆寂的圣严法师说过的这样几句真言，对其是最好的诠释："面对它，接受它，处理它，放下它。"

在气候温热的广州，满城的大榕树不但浓荫如冠，而且根部入地数尺，从大地源源不断汲取营养，就连它蓬乱的须根也没有闲着，像章鱼的触角在空气中获取养分。对树木这种可敬畏的生命力，有什么可担心的？它可能沉寂一时，那是它的命；它不会永远沉寂，那是它的命。山定子尽管死去，可它的同类依然张扬着生命的活力，按自然的法则，年复一年地开花、结果，完成一个个轮回，验证了庄子说的"木以不材得终其天年"。

在干旱荒漠的西北，夏日有林木鲜花的点缀，就如同中国人日子里的一首绝句，不会显得冗余，倒增添了生活的底色和生命的亮点，使委顿的腰板挺立一些，形象伟岸一些。

人应该把草木的品质克隆过来，活得有点灵性，该丢掉一些欲望，不要作其兴也勃、其亡也忽的人世过客。

# 遥远的回忆

回忆是经过沉淀的岁月，也是生命晚秋的绚丽铺陈。

秋高气爽的日子，寥廓的天际碧空如洗，几朵轻絮飘浮，心中顿时有了诗意的表述：岁月的美恰恰在于它的消逝。

20 世纪 60 年代初，我在四川泸县新民乡读小学，当时的学生经常要帮生产队干一些农活，不是池塘挖藕，就是捡稻穗，那时应试教育的枷锁还没有套在轻狂的少年身上，我们乐得在田野里逍遥。更安逸的是搂草打兔子——瞪大眼睛捡漏，田里的红苕、苞谷籽等，成了填充饥肠辘辘的肚子的美食。

初春，我们六年级班的学生摊上了一桩好活路，替生产队剥花生种子。这活很轻巧，拣颗粒饱满的花生，捏碎壳剥出仁即可。但是，在啥都奇缺的年代，面对一大堆花生怎能不怦然心动，这可是难以见到的好吃食啊！偌大的教室里，很快响起了花生壳破裂的咔咔声，每个人面前都堆起了一堆花生仁，个个胖嘟嘟的，尤其那红艳艳的色泽里透着一种人间烟火味，馋得人垂涎欲滴。

我心无旁骛地剥着花生，偶然抬头，发现同学频频钻到课桌下面。我大惑不解，心想这些同学在干啥呢。看我傻愣愣地沉浸在遐想中，同桌的她捅我肘弯一下，示范性地抓起一把花生仁，钻到课桌下面塞进嘴里，腮帮子快速蠕动几下，手里捏着一粒花生钻出来，再若无其事端坐在凳子上剥花生。

我为她的行为感到惊讶，望了一眼讲台上的老师一眼，只见当时年过半百的班主任，正在专心致志地剥花生。同桌的她可能觉得我这人愚钝之极，恨恨地剜了我一眼，示意赶快钻到课桌下，我按照她的示范，“哧溜”一下钻到课桌下，一把花生瞬时塞在嘴里，快速蠕动几下，然后鼓着腮帮子上来继续剥花生。我生怕被人发现，眼光扫了一下，见同学们次第做着同样的动作，于是止住了心跳，有滋有味地嚼了几下，将嘴里的花生几乎是囫囵吞枣地咽了下去。啊！吃生花生真美妙，有点鲜而香、淡而腴的味道，时隔多年仍觉得唇齿留香。

自从偷吃过花生种子，我的贼心萌动了，见了能塞饱肚子的东西就顺一点。夏天，看完露天电影，路过一片翠生生的花生地，见四下无人就扯起一把花生秧子，揪下一颗沾满泥土的花生，剥开后果实仅是一汪清水，便扫兴地将繁茂的花生秧子随手一撇。

一天，我经过每天走的小径时，发现坡下竹林掩映的破陋寒碜的房舍角落里，尺八宽窄的地上长着一畦绿油油的芫荽，也就是香菜。我瞅准四下无人，薅了一把溜之乎也，等看不到那户人家时，从书包里掏出芫荽贪婪地闻了又闻。这味儿既熟悉又陌生，当时芫荽是稀罕物，吃碗放芫荽的面条成了奢侈的享受。

新民完小离家有十几里的路程，每天一个人走在乡间的小径上倒也其乐融融，颇能让心情放飞。站在丘陵高处，远观平畴野畈，是一派澄和闲美之象。春天的桂圆树叶舒蕊静，枯瘦赭黑的枝上，浅黄新绽，碧绿乍出，黄碧相映，姿态袅娜，幽香袭来，疑是云霞跃落凡间。一阵微风掠过，米粒状的花冠御风而行，漫天飞舞。

初夏小雨淅沥，绿得呛人的丘陵逶迤到遥远的天际。荷塘里的荷花有了鲜嫩的翠色和粉色，空气显得浓厚而凝重，炊烟也潮湿而难以升腾，只能化作雾霭匍匐而行。沱江两岸的黄桷树尽得绿意，在氤氲烟岚中打成一片圆融。

但是，时不时窜出的蛇让人魂飞魄散。一天，我与几个结伴上学的同学正走在池塘旁的陡坡，一条一米多长的色彩斑斓的花蛇，迎面吐着信子向我们靠近，在我们几个虚张声势的恐吓下，它才蠕动着身子不情愿地溜走。还有一次，当我正走在满眼金黄色稻子的田埂上，一条大蛇突兀从身边窜过，吓得我头发都竖起来了。于是，在蛇野性十足的季节，我每天总是小心翼翼，生怕遭蛇袭击，破坏了观赏葱郁美景的心情。

泸县新民完小六年级只有一个班，60 多个人只有我与另外两个同学升入初中。当时，我对升不升学好像没有一点感觉，报到后只是觉得泸州一中校园很美，几亩地的池塘里荷花和莲蓬相映成趣，秋日明丽的阳光透过梧桐叶洒落在柏油路上，生机勃勃的爬山虎给办公楼披上了一张浓绿的防护网。

开学不久，初一的学生就开拔到乡下接受劳动锻炼。晚上饥饿难挨，发的水果糖票没有盖戳不能消费，我的小学同学想了一个绝招，只见他用红墨水染红钢笔套口，在其中一格里盖个圆圈，描了个月份数，一张合格的糖票就诞生了。农村没有电，小卖部的营业员凑在煤油灯下看了一眼，称了二两用蜡纸包裹的水果糖。几个人蹑手蹑脚回到驻地，一人分了一块，躺在地铺上吮吸起来。如果那时有人拿个话筒戳你面前问“幸福吗”，大家绝对会齐声喊：“幸福，简直是太幸福了！”

随着中国改革开放，物资匮乏的噩梦过去了。现在不管是农贸市场还是超市，吃的穿的应有尽有。回忆逝去的岁月，真有点恍如隔世的况味。

前几天，路过小区门口，一个常年在此摆摊的小贩，批了几十袋新鲜的花生叫卖，可应者寥寥。我对花生已兴味索然，连望一眼都显得多余。

# 春华秋实的君子兰

植物的优生优育，在某种程度上要比人类做得自觉且出色，保障了优良基因的遗传。

家里的一盆君子兰经过十几年的培育，繁衍到了五株，株株肥厚敦实，叶片紧紧包裹起的茎部一把都攥不住，舒展开来覆盖了大口径的紫砂花盆，远看像蓊郁而繁茂的一丛花灌木。初夏，五株君子兰次第绽开了喇叭形的花蕾，满盆黄灿灿的花朵，笑语晏晏。阳台窗户外的几只小蜜蜂，不停地在玻璃上撞来撞去，想是要在艳丽的朵花上采蜜。

俟君子兰的最后几个花朵枯萎，从粗壮的花柄上坠落，花期足足延宕了一个半月。之后，便没有按以往的惯常做法将花柄从叶片缝隙里割下，希冀把顶端豌豆大小的种子孕育成熟。见过别人家栽种的君子兰，长长的花柄上结几颗红艳艳的果实，煞是好看。

过了半个多月，花柄上的果实长大了一点，鼓鼓地泛着幽幽的青光。可是，每个花柄上都有几颗果实脱离了花柄，虚虚地横亘在各自的茎根上，手一触摸就脱落了。一连几天，花柄上都演绎着这令人揪心的一幕，直到五个花柄上剩下多者四颗少至三颗才谢幕。说来也怪，留在花柄上的果实是最饱满且最有生机的。让人不明白这是果实之间的恃强凌弱，还是自谦相让呢？看来是一道令人费解的生命命题。

按人类以小人之心揣摩君子兰之腹的思维模式，很可能是兄弟阋墙，强者胜出的内乱，如果寻不到其他令人信服的理由，也只好姑妄信之。许是，君子兰的果实为了物种的延续，弱者怕担当不起这份重托，自动放弃孕育生命的愿望，把养分和空间让给同株的强壮姐妹，完成抚育新生命的重任。

君子兰感天动地的优育法则，真有点“物竞天择、适者生存”的况味。这不，经过近大半年的精心孕育，君子兰花柄上的果实有几颗长得有野核桃般大小，在冬日正午煦暖的阳光下，泛着赭红色的光泽，昭示着未来的姹紫嫣红。

看起来，任何事物都有自身的生存法则，完全能做到自我调整与发展，达到生生不息。而万物之灵的人类，曾用残暴或杀戮使之臣服，总想颐指气使地主宰别人的命运，这无疑是人的劣根性所使然。

人们喜欢君子兰，既倾慕其惊才绝艳又志高行洁的品行，又迷恋“大抵还他饥骨好，不涂红粉也风流”的操守，因其才可以装点世界，其情可以粉饰乾坤。

# 家乡的槐树

隆冬季节，彳亍在家乡热闹整洁的街道上，满眼是袅袅婷婷的女人，她们嘴里呼着雾气，脚上蹬着时尚高筒靴，身上裹着色彩艳丽的羽绒服，打扮得俏丽又臃肿，浓彩重墨地勾勒出一条边陲小城独特的人文风景线。

可是，仰望人行道上一排排行道树，高大挺拔的槐树上竟连一片枯叶也没有，光秃秃的丫杈上泛着凌厉的光泽，赤身裸体挺立在大街小巷，任凭凛冽的寒风蹂躏，任凭漫天的雪花欺凌，让人心生怜悯。

其实，这纯粹是庸人自扰，天地万物自有生命的法则。地球上的动物和生物在变化莫测的大千世界里，宛如宇宙的星球有各自的运行轨道，规避了相互的纷扰，各自过得滋润。就以人类来说吧，天冷了加厚棉衣，天热了薄衣单衫，甚至不着一丝，对自然界的变化应对自如，既发挥了服装的遮蔽功能，又展示了身体的婀娜多姿，把世俗世界装扮得分外妖娆。

家乡的槐树与人们对冷暖的感知适得其反。盛夏季节，槐树像个心有郁结的怨妇，不懂得藏愚守拙，为了在气势上打压抛弃自己的夫君，将夏季的服装倾箧而出，不管是摇曳生姿的长裙，还是袒胸露背的上衣，一股脑儿披挂在身上，顿时产生一种生机盎然和丰韵卓然的视觉效果。

尽管家乡的槐树有如同怨妇的促狭心胸，可每到来年的四月上旬，周而复始这么一打扮，每一棵都是枝干扶疏，风姿娟然。就拿最常见的国槐来说吧，夏天树干高颀，翠珠般串起的叶片密不透风，满树绿色有别于南国树木一年四季慵懒乏力的色彩。在微风的轻拂下，槐树的叶片荡起动人心弦的墨绿色，龙骨般的枝柯撑起如盖的树冠，像一把硕大的遮阳伞，把毒辣辣的日头阻隔在半空中。人行其间，好像蓦然进入了一个新天地：春风骀荡，神清气爽。

槐树是北方最常见的树种，唐朝时被荐为国树，沿袭下来就叫国槐。槐树的根系十分发达，主根与地面上的主干长度相当，可以吮吸深层地下水。世上现存的千年古槐，无形中成了一种文化符号。在传统文化中，槐树既可以辟邪，又能够拒恶人，帮助人识别好人和坏人。以前有“三槐九棘”的说法，三公面对槐树坐，九卿面对棘树坐。槐树取其谐音，怀人，怀君主，想着老百姓。

市区灌溉渠桥边的一棵槐树，因旁无杂树，独自享受着漠北炎炎的烈日，便生就天然盆景般的造型：躯干圆浑粗壮，枝干婆娑飒爽，颇有点风景这边独好的意味。密植在人行道上的槐树，也许是遗传基因中的丛林法则在起作用，个个争强好胜，招展着争阳光，腰身像走 T 台的模特儿，挺拔而纤细。

家乡的槐树，每年似乎要开两次花。春花开在百花争艳的季节，因缺少月季的绚烂和梨花的烂漫，更不具有妩姿媚态、绰有余妍的形态，所以怒放的花朵引不起人们的注意，枉费了一番搔首弄姿的心机。槐树的秋花则开在阳历九月，此时百花凋零，植物孕育的果实逐渐成熟，槐树像要弥补春花遭遇冷落的尴尬，在天高云淡的日子里重整旗鼓，乳白色的花蕾一簇簇悬挂在枝繁叶茂的树上，散发出阵阵幽香，沁人心脾，引得人们争相驻足观赏，感叹有风飒然而至之时，尚有槐花缀景，乃天地之菁华也。

过了些日子，也许是槐花阅尽浮世繁华，也历经人间炎凉，对滚滚红尘有点厌烦，拇指盖大小的花瓣纷纷联袂而落，顿时全城落英缤纷，像九月天下了一场大雪，尽显北国飘飘洒洒的风情。

家乡的槐树还有一种西北人豪放粗犷的性格，敢与天公试比高。初冬季节，从戈壁滩上吹来的风硬得如针砭骨髓，人行道上的白蜡、杨树、柳树等树种早已是黄叶飘零，而槐树依然披着一身绿铠甲迎风而立。上天觉着不能由着槐树忤逆天意，一场寒流过后，翠生生的叶子冻僵在枝干上，一阵弥天狂风过后，叶片吹得满天飞舞，不知飘落在什么地方。

也许，真应了《葬花词》的那句话：质本洁来还洁去，不教污淖陷渠沟。又或许是泰戈尔所言：生如夏花之绚烂，死如秋叶之静美。

# 三角梅之恋

家里养了十几盆花，几乎都是绿叶植物。从寒气逼人的隆冬至暑气炙人的盛夏，阳台上始终是郁郁青青，充满了盎然的生机，令人心旷神怡。

一盆养了十几年的三角梅，前些年也许是照顾不周，抑或是水土不服，虬髯的枝条上仅挑着几片枯黄的叶片，一副萎靡不振的样子，远没有对面楼房阳台上的三角梅开得如火如荼，花红如一团升腾的烈焰。

其实，自然中的事体重在耐心和虔诚。近几年不知是“杨家有女初长成”，还是“蓄芳待来年”，三角梅年年开两次花，同样是烈焰熊熊，光彩耀人。

三角梅属杜鹃类，有些地方还俗称九重葛、簕杜鹃、毛宝巾等。这种植物属常绿灌木或乔木，叶子呈长圆形，最大的特点是藤条样的枝上长着一排排尖利的刺，让人望而生畏。

这些散淡朴素的称谓为三角梅赋予了故事和灵性，并有了丰赡、微妙的意境。尤其是三角梅的梅字，如果用书法的草书体书写出来，煞是美。

三角梅有异于其他植物的个性。不是花期的日子里，像幼童稚嫩的手掌般大小的长圆形叶片，通体透着青幽的光泽，显示出生命的丰盈和润泽。当花期渐近，枝条的萌芽点探头探脑冒出一簇紫色的芽孢，慢悠悠地舒展花蕾。这时，奇异的现象发生了，曾经绿意荡然的叶片次第发黄飘零，直至不见一片叶子，枝条就像编箩筐的材料，了无生机。

这是植物的一种本能，为了生存总要牺牲点什么。犹如生长在沙漠和戈壁严酷环境中的胡杨，当遇到大旱威胁生命的时候，就自断肢体，只保留主干的活力。而三角梅的自戕现象，目的是让出空间，让花展示烂漫和光鲜。这种牺牲精神，谁还能说草木无情呢？而繁茂叶片的凋零，恰恰表现了三角梅的特立独行，具有一种娇艳的凄美感。

三角梅的花期较长，能延续开一两个月。初开的花呈三角形，颜色深红而艳丽，一簇簇水灵灵的花朵相拥在一起，在冬日的阳光下恣肆地怒放。尽管不是花香袭人、暗香盈袖，但带有一种傲然的精神气。

当三角梅的第一批花朵萎靡凋零于惨淡的冬日时，另一批便急不可耐地齐刷刷绽放，风情依然如故，风姿依然迷人。

花朵的零落也别有情趣，不像人们张扬的啥事都一步到位，而是循序渐进。曾水灵灵的花朵，颜色渐渐由深红色褪成粉色，落红时没有一点水分，状如匠人做的纸花，拿到手里发出纸张的

“嚓嚓”声响，微风拂过即可云游四方。也许这就是三角梅所祈求的“质本洁来还洁去，不教污淖陷渠沟”的意境吧！

养花要有情调，看花同样要有雅兴。同一种花，有人看刺，有人看玫瑰。而人们欣赏花，实际上是在体悟一段生命历程，领略其藏不住的韵致。也许，每个人心底里都曾有过一段朦胧而青涩的情感之花，只不过还来不及绽放，就已悄然凋谢。

草木一生，是活给自己的，而人一生，为什么要活给别人看呢？

三角梅，是花卉中的娇娘，它活得自在，活得洒脱，把生命演绎得摇曳多姿，风情万种。

# 榕树盆景上的秋景

北方的秋天总是那么吊诡。初秋的日子，浮云如絮棉般挂在天际，树木绿得像泼了浓墨，柿树悬挂起盏盏红灯笼，青纱帐在平畴千里逶迤。总之，秋日伊始，天地间万物倾其所有，把最美的景致一股脑儿呈献出来，让世人目不暇接，体会到自然景观的璀璨和绚丽。

晚秋则是另一番景致。白蜡树九月下旬就不再重蹈摇曳的舞姿，也不坚持性情中那些倔强的、兀傲的、清高的部分了，在飒飒的秋风中枯枝委弃，成了名副其实的光杆。垂柳三月底就柔枝披绿，在乍暖还寒的日子里轻抚湖面的冰凌，总体给人的印象是弱不禁风的。垂柳也有其过人的性格，秋声不能使其添得几分憔悴，但夜晚倏然而至的严寒，却能使翠绿的叶子全冻僵在枝上，在清晨和着凌厉的秋风满空飞舞。国槐的发芽时辰比柳树足足晚了半个月，在秋意浓烈的时光，婀娜多姿的柳树叶子迟迟还不发黄，它不愿让绿意盎然的盛装染上泛黄的秋色，一直熬到初冬的第一场瑞雪挂满枝头，才万般无奈地岑寂飘零。

养在阳台上的一盆榕树盆景，疏于养护或不忍剪枝，任其自在长成。不料其中的一个枝条长得竟有两米高，另外几个丫杈也是枝繁虬曲，生生长成了一棵树。凡见过的人都说没有一点盆景的样子，但我还是喜欢榕树盆景的荒疏和质朴，觉得从人为的束缚里解放出来，让其自由自在地生长，符合植物的本性。当然，在一个逼仄的花盆里，根系发达的榕树绝对不可能长成参天大树。但岁月的凿痕显而易见，舒展的丫丫杈杈，成了晾晒袜子、内衣的好晾架，物尽其用。

从暮春开始，榕树盆景每天总有几片黄叶挤在密密匝匝的绿叶里，看着分外刺眼。到了六月份新芽萌发时，几枝主干如一袭绿旗袍着身，让人恍以为是葱茏少女。而黄叶宛如沾在绿旗袍上的污渍，每天要像采茶似的摘掉十几片。有一年的五月底，我到云南采风，家人把电话打到大理，急恼恼地说不知什么缘由，满树都是黄叶子，喷了一些营养素也不起作用。说实话，落了叶子的丫丫杈杈不受待见，看着像老人嶙峋的瘦骨。但又如款款而行、荷锄葬花的黛玉，显得清癯瘦削，韵味悠长，别有一番风情。

垫在长形盆景瓷盆下面接水的锌皮盆子，十几年过来边框已锈迹斑斑，估计底部已经锈烂了，浇点水就淌得满地都是。买了个塑料盆要替换，膀大腰圆的朋友拽住榕树主干提溜起来，一大把纤细的毛细根从瓷盆圆洞里钻出来，在瓷盆底角与锌皮的空间内铺展成了一块网格地毯。顿时，给人一种心灵的震撼：当榕树无力穿越那些生命的困厄和障碍时，它宁愿卷曲或绕行，在长久的时光里，生命才不至于被浪掷。因为生命本身就是一种哲学。同样，榕树与人一样，对故乡的情结，缠绵于根。它对萌生自己生命的土地，充满了牵挂。

这些年阳台上的花花草草都是我在照料，各类情状了然于心，但始终也没有闹明白榕树盆景叶子发黄是什么原因。榕树是亚热带树种，福州因满城的榕树形成了风姿绰约的景观，而被称为“榕城”。小时候浪迹四川，每每夏日在浓荫如盖的大榕树下憩息，没有注意到树上有黄叶飘零的现象。后来，几次到广东、广西、海南，不管是燠热难熬的暑天，还是寒气弥漫的隆冬，看见的榕树总是郁郁葱葱，尤其是那或粗壮或纤细的气根，形成的状如瀑布似的壮观气势，令人叹为观止，不由感喟自然界的神奇。

最近，通过网络搜索才了解到，不是说南方长青的树木就不落叶，只不过是次第换装，这是树木正常的新陈代谢。榕树本应该在春节前后掉叶子，但在北方有暖气的屋里，会导致推迟掉叶时间。四五月份阳光充沛，适合榕树嫩叶生长，此刻，植物界与人类共有的劣根性就凸显出来了，即榕树的嫩叶就会“逼”老树叶“让位”。这时一批老叶掉下来，零落成泥，另一批自然生出来。

树木的生存规律是：春天抽芽展枝，夏天茁壮生长。这些年在造城运动的推动下，那些有幽谷般心灵世界的老树，遭人们贪欲之心的啮噬，不是“进城了”，就是被伐掉了，天然的格调被带走，留不下来。当人们都追求活在当下的时刻，树木的积淀自然而然稀薄了，但它生命的流线与伤疤、顺遂与劫难都刻在树身上，成为时代的印记。

园林艺术家说，要让一盆榕树盆景拥有盘曲雄壮之姿，必须耗费十年以上工夫，每天围绕着它对枝条进行梳理、短裁。

年华似水，秋声添得几分憔悴，也留得几分念想。在这座没有年轮的城市，养在家里的榕树是棵有年轮的树！

在这急管繁弦的大时代里，谁也不能保证自己的一切恒定不变。其实，生活就是这么回事，不需要焦虑，也不需要痛苦，春天总能萌发希望。

# 难以忘却的记忆

现在的人不知是忘本了，还是金贵了，总之被商家讽为矫情得可以。

前几天住宅小区门口见一个卖煎饼馃子的商贩，驻足观看了半天，饶有趣味。摊煎饼馃子的操作章法是：先舀一勺杂粮面糊糊倒在加热的平底煎锅上，然后用一个木柄小推子轻盈地沿着圆锅底一刮，薄薄的一张圆形煎饼生成。商贩就手从塑料篮里抓起一个鸡蛋，磕破蛋壳将蛋液倾倒在煎饼中央，依然再用小推子轻轻一刮，使蛋液与煎饼融为一体。这时，商贩一副气定神闲的架势，在煎饼上抹一点辣椒酱，撒上一些葱花，用小铲子顺着锅沿转一圈，将剥离开来的煎饼就势用手卷起一半，撕开小香肠的塑料皮，将香肠一切为二，分别摆在卷起一半的煎饼两端，再将平铺在锅底上的另一半卷起，刹那一个色香味美的煎饼馃子就摊成了。顾客趁热吸溜着吃了起来，颇有人间烟火味。

当然，这个煎饼馃子绝对是改良型的，传统的煎饼馃子里面裹的是现炸的油条，以前没有香肠可裹，油条成了最佳食材搭配。不用说，改良型的煎饼馃子绝对比传统的好吃，首先营养有极大提升。可是，令人不爽的是商贩在卫生方面倒把传统流程一丝不苟地传承下来，他用抓过鸡蛋的手麻利地卷起煎饼。要知道，鸡蛋从鸡屁股里下出来，经流通环节一路污染，不知上面沾染了多少灰尘细菌，一旦有禽流感病菌就贻害无穷。

过去，在科学知识不普及和食物匮乏的况境里，人们对食物的污染源、保质期、致癌物等浑然不知，认为能吃到嘴的就是好东西。

记得在很小的时候，离家不远处的邻居靠做小买卖度日。每到后晌，肩上扛一个芨芨草编的篮子，四街八巷飘逸着“酥油豆儿、酥油豆儿”的声浪。一听到这抑扬顿挫的叫卖声，肚里的馋虫蠢蠢欲动，缠着大人要上几分钱，叫住卖酥油豆的，气壮如牛地晃着分币要买酥油豆。卖酥油豆的小贩望着抬头不见低头见的邻家孩子，放下扛在肩上的篮子，笑眯眯地用翘边的圆形小铲子颤巍巍地铲上一小撮，放在马纸叠成的三角包里，再撒上些盐末子，一桩买卖成交了。吃相猴急的小玩意儿，急不可耐地抓起几粒蚕豆瓣放在嘴里，鼓着腮帮子咀嚼，半天舍不得咽下去。说真的，半个多世纪过去了，邻居家卖的那个酥油豆儿的香、酥、脆，始终叠印在记忆的荧屏上，时不时浮现在梦境里。

英国谚语说三代才能培养出一个有情调的城市市民，即绅士。在20世纪50年代的社会氛围里，按《论语》里讲，市民的一天从“洒扫应对”开始，家家天一亮洒水扫院、街道。相邻人家更是视诚信为生命，如果做买卖的人如有欺诈行为，会遭到众人唾弃，很难在一条街上生存。

在当时的社会环境里，卖酥油豆的既没有用地沟油炸菜的技术，更没有被人戳脊梁骨挨骂的勇气。但是，在人们对食品质量毫无意识的状况下，卖酥油豆的人可能不知道食用油经过高温多次烹炸，会产生致癌物质。遥想当年，他用来炸蚕豆的油说不定被炼成了油膏，仍舍不得倒掉，这也是情理之中的事。当然，卖酥油豆的所能做到的只能是恪守商道，童叟无欺，货真价实。

曾经，国内市场上的罐头食品从来不标生产日期或保质期。记得当时熟悉的一家教育机构的职工，按说也算是知识分子，其中有人得到了几瓶被视为稀罕物的水果罐头，尽管铁盖上锈迹斑斑，但在果腹和尝鲜欲望的驱动下，仍放开肚皮过了把水果罐头的瘾。不料食物中毒，命丧黄泉。

髫年家里雇人放牧着一群羊，经常要杀羊待客或自家吃，免不了有类似肠肠肚肚的下脚料。母亲将这些羊下水用碱面子搓了又搓，清水淘了又淘，盛在一口大砂锅里，用煤炉子慢火炖，往往要从傍晚炖至第二天早上。当晨风撩开黎明的面纱，浓郁的羊杂碎的清香刺激着人的味蕾，吃一口恨不得连碗都想吞下去，觉得原汁原味才是人间馔玉。

美食自有存在的价值，百年老字号就是佐证。现在，随着市场经济的繁荣，每到华灯初上，小区门口就会摆上一长溜小吃摊子，炕锅子、拉条子、搓鱼儿、羊杂碎、羊肉串、土豆饼等小吃散发出诱人的香气。十几年前，见到羊杂碎馋得不行，但又怕洗得不干净，于是买回家洗几遍再吃，但没了原汁原味的汤，吃起来寡淡。现在，对这些髫年钟情的吃食，竟然引不起一点兴味，闻到那股膻膻的味道还有点反胃。

当下，听当地的媒体披露，羊杂碎也施行了工业化流程，下水有专司其职的作坊，洗好后再批发给卖羊杂碎的小贩。按说这是市场经济的精细分工，是各得其利的必由之路。但是，竟有经营者用腐蚀性超强的工业烧碱洗羊下水，看着羊肚子雪白清爽、肠子滑溜透亮，其实隐藏了极大的健康隐患。

以前也曾爆出的上海外资企业福喜公司用过期、污染的鸡肉供应下游肯德基、麦当劳、必胜客等国际知名餐饮业的新闻，引发了严重的社会信誉危机。尤其是台湾1000多家食品企业中招“强冠馊水油”事件，把人性的贪婪昭示得淋漓尽致。

中国传统儒家文化提倡的“仁、义、礼、智、信”“己所不欲，勿施于人”等，其内涵就是倡导做人诚实。两千多年前，孟子认为一定要弄清楚人之所以为人，究竟有什么根本条件。他说：“人之所以异于禽兽者几希。”意为人和其他动物的差别，其实只有一点点。是什么样的一点点呢？在另一段话里，孟子归纳出了“四心”——是非之心、羞恶之心、辞让之心和恻隐之心，这是人和其他动物最根本的区别所在。日月流转，孟子弄清楚的命题，现代人依然惘然，这是社会的悲哀。

其实，在对待饮食的问题上，人不需要懂得多么高蹈的大道理，只需明白对食物的敬畏就是对生命的敬畏这个简单事理就可以了。

# 酒窖里的震撼

我不善饮，不管什么品牌的酒几口就醉意醺醺，目光迷离。但是，当顺着斜坡步入九粮液集团的地下酒库时，顿时被眼前的情景震撼了。

在恢宏深邃的酒库里，阑珊的灯光下，800 个大陶坛排列有序，犹如西安兵马俑坑里的秦军威武雄壮，在静谧中似乎能听到渴望征战的嗷嗷声。

每一个陶坛都储存原酒 500 千克以上，根据陶上贴的记载坛酒入库时间看过去，大都在 8 至 19 年不等。打开陶坛封盖，10 年前的种子酒散发着诱人的醇香，半杯入口，黏稠而绵甜，舌齿之间充溢着咂之不尽的余香，瞬间五脏六腑有了醺意，俄而好像在云端升腾，全身显得通透而舒爽。

现今，九粮液滨河集团有 3 座 1300 吨以上的地下酒库，可谓“酒之汪洋”，在西北乃至全国屈指可数。目前贮存的陈年原酒和调味酒多达 10000 多吨。其中贮存期达到 3 年以上的不下 6000 吨，贮存时间最长的优质酒达 20 年以上。

酒库里贮存的酒，上面标示的贮存时间都是自然贮存时间，而其“科学贮存时间”都超过二三十年，其中缘由需用科技创新来诠释。因为在特殊条件下贮存原酒，能促使成熟的速度加快。用专业的术语解释，就是促使胶核粒子加速扩散和加剧微量成分分子的布朗运动，贮存一年可达到传统贮存方法三年的老熟程度。这种特殊的贮存方法，是滨河独创的专利技术。

众所周知，白酒是地域资源性要求很高的生物发酵产业，自然生态环境对其影响极大。民乐地域海拔高，气候干燥，风沙凌厉，微生物繁殖受到严重抑制。为此，滨河集团经多方考察，提出了“借腹生子”的策略——在四川蒲江规划和建造万吨原酒生产基地。

四川蒲江有一种低调温暖的美丽，随意而不杂乱，安静却不沉默。暮春三月，桃红草长，杂树生花，群莺乱飞。即使到一个遵循减法的季节，几阵秋风，又一阵秋风，那些该黄的花木就黄了，该落的叶子正在飘落，而景致依然极美。假如时间再向前挪那么一点，哪怕是一点点，就能够触摸到冬天的雪了。

尤其是有了雾这层天然纱幔，江水就成了一位“犹抱琵琶半遮面”的妙龄女子，人虽无法看清她的全貌，但却能够领略到她藏不住的韵致。与这样的“女子”相遇，一切语言都是多余的，那种只能“悠然心会，妙处难与君说”的幽秘况味，想必只有其间的人知道了。

在冬季，异香异气也能烘托出温暖和醉意。人伫立在此，贪看的不是山，不是水，是水汽氤氲的一处红土沃野里酿酒的好地方。

浦江处于川西“美酒带”之内，森林覆盖率达到45.5%，丘陵、河滩土壤保水性佳，酸碱度适中，是白酒天然的发酵器。另外，这里属亚热带湿润季风气候，雨量充沛，相对湿度84%，特别适宜酿造高端白酒所需的微生物的繁衍。

地域只是酿酒的其中一个元素，而食材尤其是条件之一。

酒是粮食的精华，承传着悠久的文化内涵，映照着人类的精神风貌。传说杜康发明酿酒技术后，酒在历史的长河里不断发展。远的不表，在距今三十多年前，酒是稀罕之物，成了下井矿工的福利。用医用酒精兑水喝成了酒瘾子的不二选择，死人的事是经常发生的。市面上偶尔有河南人酿的红薯干酒，几杯下肚头痛欲裂。河西走廊军垦农场酿的青稞酒，那简直就是佳酿，有幸喝上几杯，足足在人前炫耀了好几天，在苦涩的嘴巴里咂巴了好一阵子。

现在，河西走廊成了真正的酒廊，各个酒厂生着法子酿好酒。九粮液集团酿的九粮液的最大建树在于突破了五粮型白酒原料配比的极限，开创性地将高粱、玉米、大米、糯米、黑米、沙米、绿豆、豌豆、小麦九种粮食荟萃一窖，使品质各异的食材既各主其味、各呈其香，又达到统于一体的和谐境地。

特别是独具特色添加的沙米，属藜科一年生的草本植物，夏季遇雨发芽，炎热时期迅速生长，七、八月份成熟，含有16%—17%的蛋白质、6%—10%的脂肪和6%的碳水化合物，是一种营养丰富的野生食物。滨河集团所用沙米主要产于巴丹吉林沙漠以东的沙地里，尤以民勤北部为主。仅此一项，九粮液的原浆酒即汇集了滋养人体的食材精华。

九粮香型的原料配比，不是异想天开的臆造，而是以科学为依据，在专家的悉心指导下，吸收了生物学、分子学、营养学的最新研究成果，经过15年无数次的酿造试验才最终确立的，蕴含了不少食材配伍的高科技。在酿造的过程中，投料时高粱的比重占多少，沙米何时投放窖池等，都有其严格的标准和程序。

科学的原料配比，与曲、窖的完美结合，使得九粮液的各项理化指标均达到或超过了国家特级酒的标准。特别是关乎酒质和醇香的脂、酸，要高出普通白酒一倍以上，高出液态发酵酒十倍左右。所以，稀贵的九粮液，称得上是名副其实的原创性成果，是具有多重保障的健康饮品。

酿酒业有句行话：水质是酒的血脉。

中国的名酒几乎都出在四川、贵州等西南地区，其得益于一条神奇的河——赤水河。沿江山势陡峭、林木葱茏、水汽氤氲，生态环境良好，水质清澈甘洌，于是就造就了一条有名的酿酒河谷。

因此，人们有理由怀疑甘肃河西走廊酒的品质，因为这里地处于旱地带，年降雨量始终保持在300毫米左右，一条古代有名的弱水河被截成了一段段腊肠，几乎成了季节河，水质更令人担忧。

然而，人们对滨河系列酒的水质问题，在思维定式上可以说是大错特错矣！

河西走廊是历史上著名的马场和粮仓，有天然的优良水源地——祁连山。祁连山平均海拔4000米以上，雪峰冰川面积多达1300平方千米，是河西走廊水源涵养地，是一方养育人的福地。亘古以来，有了祁连山森林和草原的鸟语花香，就有了人类的繁衍生长，且成就了古丝绸之路厚重的文化和历史。

烈日炎炎的七月，正是祁连山杂树繁茂，飞鸟穿林，气候宜人的仲夏时节，远视平畴野畈，都是一派澄和闲美之象。远山陂陀的峰峦，纤云弄巧，轻烟迎晖。浪漫和诡美的辽阔草原，青树集匝，绿草繁密，风怀其中，鸟鸣不绝。

河床两岸勾肩搭背的红柳丛，在微风的轻拂下绿浪荡漾。蓝天白云下牦牛悠闲地啃噬着鲜美的嫩草，时不时甩着牛尾驱赶牛虻。有着缎子般皮毛的山丹马，在牧人的吆喝下，像一阵狂风掠过，把一幅极具动感的画面投影在明镜似的民乐县双树寺水库上。

滨河集团酿酒的水全来自祁连山。云蒸霞蔚的自然景观，有云即有雨雪的湿润气候，使森林和草原上充沛的雨水、雪水顺着松根和草根渗于地下，历经炙热、冰冻、岩层过滤，再通过湿地的泉眼，汇成涓涓溪流。

凌元池是造物主赐予民乐县的一泓圣水，池水清澈甘甜，四季喷涌不歇，带着山川灵气，清澈的泉水沿着小溪流向洪水河，汇集于双树寺水库。酒厂通过 15 千米的地下管道引入厂区储水塔，经过多道净化工艺处理，再进入生产线。

滨河集团酿酒的水，既无上游的污染，水质又在软水与硬水之间，pH 值始终保持在 5 左右，仅是一般河水的一半。而且水里富含锶、偏硅酸等有益于人体健康的多种矿物质和微量元素，水体透彻清冽，带有天然的淡雅又绵甜悠长韵味，是最佳酿酒用水，堪比市场上优质的矿泉水。

滨河集团创建的滨河九粮九轮酿造工艺，其主要工艺环节就有 621 道。各环节环环相扣，哪一环出了问题，都会影响到一瓶酒的品质。好在滨河集团现在已经建立了系统而稳定的工艺流程，不仅能确保每一款产品的质量好，而且随着工艺的进一步优化，产品质量还会得到不断提升。

九粮香型是中国酒坛独一无二的香型，风格极其鲜明特立。若用文学语言来形容那便是——醇厚柔和的酒液里，沉淀着曲香窖香的厚重底蕴，洋溢着九粮升华的优雅细腻，呈现出晶莹剔透、留香持久、回味无穷的特质。

一瓶滨河九粮液，凝结了滨河人三十载的心血与汗水。而一路行来的风雨砥砺，展现了一幅酿酒人的众生浮世绘。

至此，不由得感叹：一瓶好酒实在来之不易！

# 画中的少女风姿

家里墙壁上挂有两幅画，一幅是装裱成立轴的写意国画，寥寥几笔就勾勒出黛玉自怜自伤的娇俏。她看到园子里的春花已红碎满地，翠叶披离了，不忍心花瓣被俗人践踏，于是荷把小巧的花锄，提一个精致的花篮，将万花丛中飘零的桃花、梨花、杏花等收拢在一起，挖一个浅浅的坑埋葬起来。

画面上荷锄的黛玉清癯瘦削，骨子里透着诗意，有种韵味悠长的艺术表现，将“质本洁来还洁去，不教污淖陷渠沟”意境表达得淋漓尽致，不由人掬一捧热泪。

而粘贴在旧挂历上的是一张署名提索特的油画印刷品《春》，画中的春树缀满嫩芽白花，三位少女在绿草茵茵的田野里休憩，面部神情像是沉浸在对过去时光的思念。画面上的人物个个乌发蝉鬓，细腰雪肤，明眸流盼，朱唇皓齿，是处在人生最光鲜的怀春妙龄之际的少女。从人物流露出的表情揣摩，她们没有世俗的纠葛，没有醉人的浪漫，时而娇羞欲掩春风面，时而幽怨邀秋月，有着柔美婉转的女性气质，只把女人的美丽留给自己。

在封建礼教的束缚下，尚在髫龄的黛玉，过着寄人篱下的生活。在小姐、丫鬟衣香鬓影的脂粉堆里，她追求爱情的向往不能张扬外露，但压抑不了对心上人的爱意，只能用使小性子的戾气发泄情感。她的清丽脱俗被园内姐妹视为“惊为天人”，人人对她敬而远之。

当然，黛玉在大观园的生活优渥悠闲，像潺潺的溪流，平静、恬淡地流着，不会有什么事能使她的心狂烈地跳出胸膛。但她清楚地知道，心在跳，平静地跳，跳到春夏秋冬，跳到花开花谢，这种氤氲缥缈的生活，不是她一生的追求。她向往自己像硕大的一朵至情至性的樱花，“哗”地怒放，然后如烟霞落天般訇然坠地。

而提索特油画《春》里的三个女郎，都身着维多利亚时代的时髦装束，衣裙飘逸，神态自如，与田野铺陈的古典遗韵相契合。同时，又不谋而合地与黛玉生活的情景相重叠，有了一种“游丝软系飘春榭，落絮轻沾扑绣帘”的奢华，构成一幅美丽而充满生机的和谐图景。

中国画善于用抽象的线条表现人物的细腻情感，使简单的技法让人生出千缕思，万斛情。而且在画里蕴含诗的意境、诗的话语，让人进入一种遐想的空间。面对黛玉葬花这幅中国画，在电视剧《红楼梦》背景音乐的哀怨舒缓奏鸣中，能感受到哀感顽艳的弱女子黛玉在含泪地倾诉：“花谢花飞花满天，红消香断有谁怜……独把花锄偷洒泪，洒上空枝见血痕……”

西洋油画的特长是浓墨重彩，不管是景物还是人物都细腻传神、呼之欲出。《春》画面上的三个少女，一个非常惬意地俯卧在了无杂草的草坪上，嘴里衔着一根草茎，瞅着优雅地坐在对面神色凝重的同伴，似乎在聊着不为外人道的闺中秘事。另一个稚气未脱的少女，倚靠在一棵枝叶繁茂的树干上，心无旁骛地用柔荑小手摆弄垂落在地的缀满白色小花的柔顺枝条。

在西方画家里，少有像提索特这样，用近似工笔的画技把英国上层社会描绘得如此之美，而且绝没有黛玉那种“未若锦囊收艳骨，一抔净土掩风流”的凄凉心境。

洞悉古今，女人的纯善、纯洁、才华，必将提升其爱慕者的品质。女人智，则时代智；女人雅，则时代雅；女人洁，则时代洁。

# 友情还是爱情

十七八岁是人生出彩的年华。情窦初开的少男少女，在缤纷的世界，对情意的表达既“酷”又雅，具有明显的时代特征。

在清晨早起的日子里，发现朝着我家阳台的对面楼口，随着一声门响，常有一对中学生结伴上学。不管天气如何，从不爽约。当时正是滴水成冰的季节，6 点 40 分虽然孤星点点，但天黑得仍伸手不见五指，小区一片寂寥。我为这对少年庆幸，同住一栋不期而遇，一起上学，该省家长多少心。哪像我上高三的女儿，每天得送到大马路上，看着她同晨练的人们融进阑珊的灯光，才一步三回头地裹着一身寒意回家。其中的辛苦不说，还担心她一路的安全。

春夏之交的一天，我给女儿做好早饭后在阳台上浇花，蓦然见一个满脸稚气的少年，穿着校服，扶着自行车，静静地站在对面的楼门口，神情庄重。过了一会儿，也许觉得伫立在空寂的小区马路上过于招眼，易受两栋楼中目光的夹击，他挪动身子躲在对面楼一楼阳台的凸凹处。旋即又雕塑般地挺立着，稚嫩的脸上透出一种神圣感。

这少年足足等了十几分钟，随着楼口防盗门“咣当”一声响，一个穿同样校服的少女，挎着沉甸甸的书包，迈着欢快的步子出来。她胸有成竹地朝门前扫了一眼，自信地跨出几步，伸长脖子瞅一眼，见少男在那里，就扭头下了地下室。

少年见到少女的那一刻起，没有了原先的安稳劲儿，屁股骑在车梁上，双手扶着车把来回蹭。几分钟后，他见少女还不出来，就把自己的车子一锁，“嗵嗵嗵”几下窜到地下室，不一会儿就同少女推着自行车上来，骑车上学去了。

我女儿也吃完了早饭，急匆匆地离家而去，时间正好是 7 点。这时我恍然觉得冬日里见过的结伴同学，其实并不住一栋楼，少年是专程来接少女的。

中午吃饭的时候，我把自己的发现当成新闻讲给家人听。可女儿是一脸的不屑，还挖苦我少见多怪。她轻松地举例说：“现在学校里男女生结伴同行的事很普遍，像今年冬天下大雪的那几天，班上一个男生早上打车到很远的地方去接意中人。尽管面临高考，充当护花使者的人却有增无减。住在我们这个区的女生都有人接送，男生每天要在路上消耗一个半小时，真是不辞辛劳。”末了，女儿也不无调侃地说，刮风下雪接一接也无可厚非，毕竟同学一场，可在朗朗晴日巴巴地跑来接，这些人不是有病就是犯傻。

听了女儿这番话，我既新奇又愕然。第二天又多了个心眼，给女儿做好早饭就站在阳台上，一边浇花一边目不转睛地盯着对面楼口，想掀起少男少女感情的一角，窥视年轻人的内心世界。

6 点 40 分，少年非常守时地来到楼口，他看了一眼巍峨静谧的楼房，悠闲地把一条腿搭在车座上，挺直身子耐心等待。时间悄无声息地流淌，渐渐地他的眼神流露出焦虑，但绝没有不耐烦的神态。十多分钟过去了，他见防盗门仍锁着，于是改坐等为游走，先顺着小区的路骑出十几米，停在横排的两楼间的空档，尔后又在这栋楼后的马路上溜慢车，晃晃悠悠从左边骑到小区马路上，目光却一直停留在楼门口。突然，他听见楼门的开启声，精神为之一振，很利索地把肩上书包的带子整理一下，做好了走的充分准备。可是，楼门洞里出来的是一位中年男人，少年又沮丧地把车子骑到了楼间空档处静候。等的时间确实过很久，少年情绪有点焦躁，不停地抬头往楼上瞅，楼上还是沉寂一片。只听见清扫小区的扫帚唰唰响，使霞光满天的大地有了音乐的韵律和生活的节奏，预示着新的一天的开始。

此刻少年真是失去了耐心，他拿出搏一把的劲头，唰一下子把车子骑到楼门口，正鼓足勇气敲门，倏然铁门哗一声打开，留着齐耳短发的少女灿烂地站在他身边。我原以为这少年亦会如成熟男人般在姑娘面前发发牢骚，最起码也在嘴上嘀咕几句，但他什么话也没说，用温顺的眼神同少女盈盈的目光对视了下就偕同骑车向学校冲刺。

我看着他们远去，不由瞅了下墙上的表，时间已是 7 点 20

分。我女儿早已走了，她向来对早晨的时间抓得紧，生怕7点15分赶不到校，因为迟到不仅要罚做一个星期卫生，还要点名批评。我无法预测这对同学迟到后的结局，但心里一遍遍地问自己，他们这是友谊呢，还是爱情呢？

如果是友谊，这种表达方式太奢侈，也太张扬。俗话说一日之计在于晨。面对日新月异的社会，为何不利用最好的年华和最佳的时间，多背几个英语单词，或者多做几道数学题？仅仅为了增进同学之间的友谊，浪费掉几十分钟的宝贵时间，真是可惜！况且，还连累父母早起。

如果是爱情，那就有点虚幻，甚至不妙。不知中学生还记否，几年前披长发的另类小子扯着嗓子吼："因为我们年轻，所以我们不懂爱情。待吃到了苦果，才知爱情的果实需以成熟的心理采摘。"确实，这是过来人的肺腑之言。爱情需要心与心的碰撞，更要用全部感情去领悟，绝非表象和浮躁的演绎。而且，消失了相邻相帮的氛围，在世俗和封闭的楼宇里能萌发青梅竹马的感情吗？

年轻，是人生的财富。但是，在浓密如树叶的时光里，不抓紧知识的积累，在绵长而悠远的日子里，财富将不敷支出。

# 春涌黄洋河

黄洋河地处荒原，因其如珠如玉般撒落在古丝绸之路上的垦区农场而声名鹊起。

阳春三月，江南正是莺飞草长和碧野涌浪之时，西北却狂风肆虐，天地混沌、春天的步履始终是那么蹒跚。但是，当汽车向东驰出武威 40 千米，然后从 312 国道向北拐，沿着一条平坦的柏油路向旷野腹地深入后，路边宛如直刺青天的利剑般的白杨树，在发青且透着光泽的树干部位，闪烁着像霓虹灯似的光柱，晃得眼睛极不舒服。

虽然眼下白杨树才绽芽苞，但那密似栅栏的树墙，依然向饱受严寒和风沙侵袭的生灵张扬着春的和煦，把粗犷汉子的心撩得柔顺如丝。同行的朋友这些日子已来过几趟，他无不炫耀地说："今天幸亏没有太阳，要不从树缝里透进来的阳光晃得眼睛都睁不开!"

站在垂柳依依和松树蓊郁的黄洋河农场招待所里，心里顿时充溢着春的静谧温馨。极目远眺，被白杨林带切割成方块的田野上，分布着错落有致的建筑群落。当状如棋盘式的曲径，把绿色苍翠的机关庭院、气势恢宏的俱乐部、烟囱高耸的工厂和玲珑剔透的白色小洋楼连缀在一起时，眼前便幻化出一幅活脱脱的色调素淡高雅的水彩画。

在暖融融的春风吹拂下，远离了城市的喧嚣和烦乱，置身其间，恍如来到了仙境，脑海里倏然冒出世外桃源的意境。其实，陶渊明臆想的桃源生活绝没有这般惬意，他理想化了人的精神世界，却忽视了物质文明对人生存的重要性。说实在几间茅房、几畦青菜、几树桃李、几只小鸡，仅能维持人最低的生活水准，遑论丰衣足食。况且，世外桃源的生活是静止的，人们鸡犬之声相闻，老死不相往来，颤动的画面顶多不过是暮归的牛羊和聒噪的乌鸦，以及袅袅上升的炊烟，哪有生活的享受。

现实中的黄洋河农场，既有自然形态的恬淡安静，又有文明社会的物质体现。特别是那一栋栋造型别致的小洋楼，好像要执意抹去人们在一刹那间不约而同地萌发的对世外桃源的想象一样，用强烈的存在感把思绪拉回现实之中。

人生来就对美好的生活充满向往，并一生孜孜追求。这不，原计划办完事就赶回武威，不经意间就有了停留的念头。想来可能是想把这儿的一切沉淀在心里，并且感受农场职工的丰裕生活。毋庸讳言，假如黄洋河农场仍处在荒草萋萋的贫苦境地，不仅外人罕至，就是不得已到了也会惶惶然一走了之。可是能创造出一种让人依恋不舍的意境，其付出的心血绝对是超量的，值得去探索其精神所在。

物质的超常增值提升了人的精神风貌。黄河洋农场的人真热情，端着自己酿造的葡萄美酒，一杯又一杯地敬，不让你喝上一两瓶都觉得不尽兴。本不胜酒力的我，盛情难却之下把醇和协调、酒体完美、风韵独具的“莫高牌”葡萄酒喝了个一醉方休。虽然腿软得像踩在棉花堆里，可头脑却异常清醒，怪不得唐朝王翰要用神来之笔赞颂：“葡萄美酒夜光杯，欲饮琵琶马上催。”

《凉州词》这个词牌名是什么人信手拈来的，确切的资料早已湮灭在历史的尘埃里，但古代的美酒出在武威却是事实。

武威在古代亦称凉州，早在2000多年前就有了酿酒业。张骞通西域后大宛的葡萄首先在这片绿洲上落户，随之用似琥珀如翡翠的葡萄酿出美酒。三国时期，魏文帝曹丕品尝了武威的葡萄和葡萄美酒后，情不自禁地赞美道：“酸而不脆，冷而不寒，味长汁多，除烦解渴。又酿以为酒，甘于鞠蘖，善醉而易醒，道之固以流涎咽唾，况亲食之耶。他方之果，宁有匹之者?”到了国力极为强盛的唐帝国，武威美酒在许多著名诗人的诗里有了不少的反映，葡萄美酒誉满天下，冠盖中华。

酒对于文化有一种酵母般的发酵功能，年代愈久远愈能体现酒文化的底蕴和韵味。

黄洋河农场地处腾格里沙漠边沿，古长城沿葡萄园蜿蜒蛇行。在得天独厚的自然环境里，农垦战士用心血和汗水培育的十几种良种葡萄，仍继承了远古的品质，酿出的葡萄酒赛琼浆，胜玉液，飘逸着醉人的醇香，在时间的隧道里同古代凉州葡萄美酒融为一体，演化出了中国的酒文化。当然，历史的长河毕竟流淌了那么多年，在临近21世纪的今天，环境愈来愈恶化，绿色食品成了奢侈品。令人欣慰的是凉州葡萄酒业有限责任公司酿造的“莫高牌”干红、干白、桃红葡萄酒，不但是名副其实的绿色食品，而且没有任何添加剂，一切都是自然天成。

夜半时分，我在沉醉中醒来，不见有头疼头晕的感觉。躺在招待所松软干净的床上不由得伸了个懒腰，竟听到了啪啪作响的关节声。我吃了一惊，转瞬间又一脸释然。这儿真叫静啊！悄无声息得连根针掉在地上都能听见金属声，更何况关节发出的动静了。在嘈杂的声浪里生活惯了，反倒对具有自然属性的环境陌生了。人啊，真是最能被异化的动物，但生活的习性是不会轻易改变的。这时，我突然产生近距离观察小洋楼住户的念头，想触摸亘古荒原上跳动的时代脉搏，感受农场职工在新旧机制的转换过程中的变化。

吃早饭时刚扯起这个话题，接待我们一行的小王就一口应承下来，因为他就同父母住在一栋小洋楼里，再不用去麻烦别人。而且他媳妇生了对双胞胎，总想找个向外人展示成果的机会。

随小王走在水泥路上，很短的一截路上竟有十几栋小洋楼在做最后的收尾工作。主人同工匠干得欢实，尽管累得汗流浃背，但从那舒展的眉眼和朗朗的笑语里，传递给外界的信息是安居乐业的自豪感。

跨进小王家里，只见两位在农垦战线上劳作了一辈子的老人，现在是一副怡然自得的神情，他们一人抱着一个婴孩，享受着含饴弄孙的天伦之乐。见有客人到家，老人高兴得一个劲儿往里让，并一再自谦家里乱得不成样，请见谅。

看来生活条件的改善，并没有把根扎在庄稼地里人的那种淳朴和善良的天性淡化，金钱划下的痕迹很轻很淡。其实这也难怪，黄洋河农场的职工仍远离市场，这也是区别于农民的地方。农场职工全部实行家庭农业承包制，但农产品统一由农场负责收购后进入市场，或者转化为深加工产品。农场收购时按市场价付款，天灾年份还给予一定的补助。

黄洋河农场实行的承包形式是科学且可行的，因为顾及农业是一种非常特殊的产业，不但生产周期长，而且易受气候条件的影响，其特征在很大程度上限制了农业，不能同工业一样施行流水线作业和严格的规章制度。可以说农业是一种良心产业，投入的资金和劳动力的弹性很大。但是，农业生产最终的产品须有互助性和集约性，这样才能拓展市场和适应市场。

黄洋河农场的做法颇有点美国农业的味道。美国农业纯粹是家庭式的生产方式，相当多的农场主几乎连季节工都不雇，全靠家庭成员。当然，这完全依赖于农业机械化。

在宽松而又和谐的农工商一体化的氛围里，黄洋河农场的3000名职工，在迈进21世纪的今年，将全部住上别墅式的小洋楼。楼的结构和风格是一致的，只有面积大小的区别。至于住什么样的标准，则摒弃了城市福利分房、按职务划分面积的俗套，依各家的实际需求和经济状况确定。三四万元住栋小楼实在潇洒，而且家家都能拿得出这笔钱。

小王现任凉州莫高葡萄酒业有限公司的销售部经理，全家六口人住一栋120平方米的小楼，很是宽敞舒适。但考虑到亲朋好友来吃住方便，在前院加盖了厢房、厨房和餐厅，整个住房面积不少于200平方米。

同行的小程始终露着羡慕的神态，城里人的优越感从进门时的那一刻起就荡然无存。她在一楼看着不过瘾，以女性的细腻好奇，羞答答地提出要到楼上看看人家的卧室。不善言辞的小王母亲自领着我们几个，踏着铺着化纤地毯的楼梯拾级而上。站在陈设新颖明亮的卧室里，我们望着水、暖、电话等一应俱全的设施，不由得感慨万千。

50多年前，新中国的缔造者为展望其共和国的未来，以他们能想象到的实物勾勒出一幅共产主义蓝图，即楼上楼下，电灯电话。后来，黄洋河农场的职工凭着坚毅的努力，终于圆了这个梦，建起了河西走廊乃至甘肃第一个小康村。但是，光有这个村不足以证明蓝图的实现，愿新时代宛如国画家饱蘸浓墨的一支画笔，在光洁如绢的宣纸上渲染出一个又一个小康村。

在寻寻觅觅中，离开黄洋河农场已近中午。这时，太阳廓清了茫茫天际，袒露出春日的艳丽，使原野充满了勃勃生机。阳光执着地穿过公路两旁密密匝匝的树隙，映照在滑腻的白杨树干上，使急遽后退的白杨树成了反光的镜子，晃得人头晕眼花。

汽车是跑不快了，但我的思绪像放飞的风筝，在浩茫的天空自由翱翔。突然，一句具有哲理性的话脱口而出：西部的希望在绿色的田畴上。

# 绿叶的情怀

人们都说万物生长靠太阳，其实也不尽然。

摆在案头的一盆绿叶植物，藤蔓样的虬枝上，挑着桃形厚实发亮的大叶子，绿得发蓝，翠得发黑，流溢着闪亮的色泽。

近十年了，始终也没有弄清楚这是什么植物，既懒得问人，又疏于查资料，只因太过庸常了。但这盆绿色植物以自己的方式不怨尤不自弃，一年四季待在黄昏一缕阳光洒入窗玻璃的书屋里，望着绿影蓊郁的窗外，老僧入定般打发着淡然宁谧的日子。在季节的转换中，洞悉世情，逐渐发黄的叶子适时从枝蔓连接处枯萎，恋恋不舍地掉落在盆泥里，像古诗说的“落红本是无情物，化作春泥更护花”那样，浪漫了一把！

这盆绿叶植物也曾有过好时光。那时，枝叶横逸在盆外，疏朗有致一大蓬，素雅如宋人“春梅绽雪，秋蕙披霜”的花鸟画，又带有一种超脱实际的狂放，自有一番别样的风情，惹人停睛落目，心荡神驰。

美好的东西都太脆弱。在一个寒风刺骨的三九天，因开窗透气一时疏忽，没有将绿叶植物置于暖和的地方，使其直接受到严寒的侵扰，冻伤的枝干渐渐脱落，最终只剩下了光秃秃的主根。

庄子云：“哀莫大于心死。”植物的根就是它的心，根不死，说明生命有复苏的希望。可不，绿叶植物对养育它的泥土盈满了牵挂，当年春季就从根部冒出了两个芽，经过七八年的历练，嫩芽长成了20多厘米长的枝条，上面排列了层层叠叠的叶片，依然是那么硕大厚实。只是枝蔓不能挺立，匍匐在花盆的边沿，且枝干稀疏，营造不出盘根错节的意境。

从来没把劫后余生的绿叶植物当成细草幽花般的佳人，内心自然少了一份怜香惜玉的柔情，因此就谈不到悉心照料。绿叶植物常年被放在一个远离窗户的架子上，与阳光无缘，与雨露绝迹，享受的待遇仅是一杯冷水，隔三岔五丢在盆土上的几粒颗粒肥料。不过，大抵还是绿叶植物肌骨好，不擦红粉也风流。

想当年，风华正茂的绿叶植物被视为心头肉，在案头摆几天，生怕影响生长，巴巴地端到阳台上晒几天太阳。之后，又周周正正摆在案头，仔细地欣赏从嵯峨有致的形态里呈现出来的美姿媚态，倾听从交头接耳的叶片中传递出来的窃窃私语，一来二去，人与植物彼此眉目间仿佛有春山秋水。

在读书或写作感到累的时候，每当看到绿叶植物不靠阳光照拂，依然绿意盈盈，心头便觉得它的生长太具一种仪式感。在时辰里安然而宁静地度着光阴，活像一个老实巴交的人，在淳厚质朴的外表下，内心却散发着悠久的香，让人生出千缕思、万斛情。

人们常挂在口头上的一句话是：草木无情，有时飘零。但人活到一定的年岁，感悟最珍贵的还是草木的真性情和真原色。每次在泽畔行走，滋润的不同层次的绿色调迎面而来，其韵味使人心情愉悦，一眸一睇之间，默默凝视中是无言与深情。尤其是在南方的暮春，任何心结都会如同饱满的花苞一样“噗”地打开。

中国有句老话：“入芝兰之室，久而不闻其香。”香花与君子的操守之间有着怎样的珠联玉映，是现代人需细细意会的。而绿叶与寻常人直接的联系，却是与生俱来的。

而自己所有的忙忙碌碌，营营役役，却都是为了那些看似无用的常规生活。

# 音乐相伴阅读或写作

喜欢在读书或写作的时候，让似江南山水清俊秀润的音乐在耳畔萦绕，将思绪带入一种缥缈、虚幻的状态，使读书读得如醉如痴，击掌称奇；写文章则文思泉涌，触绪纷至。

最近，特别喜欢电影《山楂树之恋》的主题曲，从打开电脑的那一刻起，美妙的旋律就从两个袖珍喇叭里缓缓流淌出来，刹那间把心境熨烫得平平展展，进入一种阅读或写作的最佳状态。

《山楂树之恋》主题曲是一首叙事性的抒情曲，曲调朴素情切，感情炽烈。尤其是黑鸭子组合以精准到位的三个声部，在比较低的音区，以缓慢的速度，宽广而又沉重的节奏，把人带到夏日荒草萋萋、树木葱茏的原野上。脑海里浮现出一幅唯美的画面：一棵突兀在山岗上的山楂树，在周边矮山丘陵、陂陀阡陌的衬托下，午后阳光穿过细密的树叶碎出一地金黄，俨然一幅百般风情的国画长卷。顿时，阅读或写作的心境变得静谧，盈满了对土地的牵挂和对世界的依恋，寻求佛说的大情怀和大境界。

实则，当沉浸在读书或写作的意境里，曼婉的旋律只是一种陪衬，甚至消弭于无迹，只是在思绪停歇的间隙，偶尔有“歌声轻轻荡漾在黄昏的水面上……山楂树的白花开满枝头，哦！你可爱的山楂树为何要发愁……”不连贯的歌词飘入脑际。可往往这不经意间揳入的歌词，会在刹那间拨动心弦，随即在人生记忆荧光屏上已模糊的生活景象，鬼使神差地清晰影印出来，与书中看到的情节或正在书写的情节相吻合，不由得使人感慨良多和思绪绵绵。

鸢飞鱼跃，是人的境界；黍稷芳华，亦是人的情感。也许，每个人心底都有过一段朦胧而青涩的情感，只不过有的未曾开花，就已悄然凋谢。

书籍是人类汲取精神食粮之源，更有着传承生存之道和贯通历史隧道的功能。雨果有一句被人频繁使用过的名言：“有一种景象比海洋更壮观，那就是天空；有一种景象比天空更壮观，那就是人的心灵。人的内心世界，是一座迷宫，一个斯芬克斯之谜，一道哥德巴赫猜想。”

不言而喻，阅读能使人腹笥丰赡，于浊世中留一丝清雅。同时，内心强大得能面对世间的陟罚臧否、飞短流长，一笑置之。

人生如多变的天气，免不了有仓促而踉跄之时。那时，前面的路是无限延展的荒漠，落日是无限的凄清晦暗，自己生命卑微如草芥。此刻，阅读那些书籍，书中哲人的鞭辟入里的分析和见解，给人以启示和智慧，有一份从容笃定的气势生发，影响无远弗届。

当今，令人遗憾的是那些心若空谷幽兰的智者一个个离开了，有些格调被带走了，留不下来，心中充满悲惋之情。要明白这些人的风骨只能从留存的典籍中汲取了。

在社会急遽转型时期，许多人在埋首刷朋友圈和晒娃露富，如果能稍稍腾出点时间，让心境舒缓沉静下来，捡起一本自己喜欢的书籍，保持一种阅读的姿态，拥有一份阅读的心情，享受一种阅读的况味，那无疑是一种净化杂念的享受。

不可否认，工业文明时代的人在体现自我价值的路径上，不可能还如农耕社会的读书人那样，十年寒窗苦兮兮，孤灯如豆倚窗夜读，曦光初露勤苦诵，夜拥薄被埋书卷，才能实现“朝为田舍郎，暮登天子堂”的愿景。在选择日渐多元化的当下，欲登庙堂之上，做一个“肉食者”，无须像古人那样使蛮力，在没有科举制度严格遴选的情势下，面对天量的官员群体，有些人一凭运气，二凭钻营，就可以稳稳坐上胥吏的位子。

这种社会现象堂而皇之地存在，无形中造成了对社会结构和文化传统的解构，这对自古以来崇尚读书的泱泱大国而言，不是一个好的方向。

自古以来，读书，实则是读人，更是读人生。因为每个人都是一本色彩斑斓的书，你读着别人，别人也读着你，在潜移默化中弘扬正气，遏制邪气，创造一个和谐的社会环境。

白居易有言：“心宁是净土，心安是归宿。”看来，在这个物欲横流的时代，人在权力和金钱的裹挟下，想摆脱戾气和显摆的焦虑，求得心灵的平静实在难。在近一个世纪的几代人成长过程中，人人沉醉于相互攻讦，哪怕“山无陵，江水为竭”，这缺失了传统文化与民主精神的教育和养成。

而写作是迸发思想火花的富集之地，绝非庸俗扰攘之地。凌空蹈虚得多了，笔意里就多了一些不经和荒诞；而愤世嫉俗的意味浓烈了，目光流眄则显得火辣。在写作寻字觅句的过程中，有青葱岁月到白发苍苍的成长痕迹，其间现实与梦境交错，文字与记忆纠缠，编制出美丽而不逾矩的境界，力排人生带来的苦郁烦扰。

虽然文化消费越来越呈现及时性的趋势，但是文学不是流星，它是恒星。

荀子曰：“言而当，知也；默而当，亦知也。”这个“知”在此等同于智慧的“智”。如果在此引申，衡量一个真正的写作者，绝对不是凭其喙尖嘴硬，写作不但需要勇气的辅翼，也需要理性的驰援。

人生如戏，写作者如一个缟衣素裳的旦角，一开口就唱得九曲回肠，撼人心魄，那就是一个好的写作者；如果一时不被读者读懂，那也只是时间问题。以下为证：

鱼说：“没有人知道我在流泪，因为我在水里。”

水说：“我知道你在流泪，因为你在我心里。”

# 罗汉松

植物命名甚有讲究：有环境为之，有地域为之，有形态为之，有果实为之，而罗汉松一名，窃以为以佛门不得存窃香盗玉之心为之。

海南岛的罗汉松姿态甚美，四季可以抽出紫红芽，真似佛门罗汉披上紫红的袈裟，显得格外俊朗和洒脱，于是就有了此等充溢着佛门清规的独特称谓。

以前，既没有见过罗汉松这种植物，更对其习性一无所知，只是在六七年前与朋友逛花店时，见一小巧玲珑的花盆里栽着几株小苗，那蔽芾的线形叶片紧贴在纤细的枝干上，弱得让人徒生愍惜。当即决定买下，摆在案头当盆景，让佛的气息弥漫开来，化解俗世的种种烦恼，心灵得到一种解脱。

上网查了下资料，才知道罗汉松不简单。罗汉松亦称“土杉”，常绿乔木，栽种在家里，显得格外挺拔美丽。据说罗汉松的风水作用甚佳，可以消除煞气，并且旺家催财，世上流传“家有罗汉松，世代做富翁”一说。

心想买回家的罗汉松必有佛门戒律，疏离了小家碧玉盼顾生情的情愫。可摆在案头没几个月就发现罗汉松纤纤细细的枝干变得粗壮，而且颜色渐渐发黑，没有了先前那种简雅疏淡的气象。尤其令人讨厌的是不懂得藏愚守拙，丫丫杈杈争先恐后竞比高，青花瓷小花盆已有点承受不住其闹腾了，发出了紧急求援的信号。无奈，只好将罗汉松撤离案头，移植在一个直径 40 厘米的大青花瓷花盆里，垫上一层厚厚的底肥静观其变，实在不知道能长成什么样子，也不知能否有旺财的运道。

罗汉松真像一个不受约束的小罗汉，望着绿影蓊蒙的窗外，由着自己的性子进退裕如、纵横捭阖。当然，万物的成长自有节奏，整个过程就像庄稼地里春种秋收，一切需要天作地合。不几年的工夫，几枝主枝上的横枝便有规律地斜逸，就像垒罗汉垒了一层又一层，不经意间垒到了 2 米多的高度。那形态近凝远视俨然就像是一众有谐趣且顽皮的小儿垒起的罗汉阵，梢头犹如站立顶端的大胆佛门罗汉，手搭额头颤颤巍巍遥望着远方和诗。也许他隐约听到了观音佛语，心里叹想人生何世，为什么这样缥缈。喃喃自语愿上苍眷顾，来世转世俗人，与一个风姿绰约、纤秾合度的姑娘结为秦晋，安享天伦之乐，不枉人世走一遭。

疯长的罗汉松尽管没有了先前时那种谦卑若愚的形态，但罗汉松枯瘦赭黑的枝上叶片依然风姿娟然，长 7 至 8 厘米、宽 5 至 8 毫米的呈广线形的叶片，有种了然于胸的气定神闲，又有种不怒自威的气势。

罗汉松有别于其他常绿植物不同，几乎看不到黄叶飘零的情景，始终是一袭绿莹莹的曳地长裙，诡诡然自得其乐。当然，它不是长生不老的怪物，偶尔有枯黄的叶片掉下来，但不会零落成泥，而是像戈壁上的胡杨树死后千年不枯，始终保持着干巴巴的形态。

罗汉松枝干上嫩芽乍出，颜色是一种淡淡的黄，像柳梢上的月色那样朦胧，带着淡淡的矜持的韵味，还有对自然界深深的牵挂。

自然界真是奇妙无比，樱花盛开时遮天蔽日、气势惊人，花朵之美又兼具柔弱与繁盛、浪漫与壮烈、灿烂与皎洁。而罗汉松沉潜淡定的眸子，低头的温柔，凄迷的味道，能唤起人心中最柔软的感动。

古希腊哲学家德谟克利特说过：“身体之美，若不与聪明才智相结合，是某种动物的东西。”同理，植物的形态之美，若不能唤起人们心头的良知，那植物仅是自然界可有可无的点缀，乃萋萋荒草如弃物。

但愿养在家里的罗汉松能长成大乔木，起到避邪又旺财的作用，不虚一番精心照料。

# 朦胧中的诗意

最近有一个概念，被男女老少赶时尚般地使用，更被不少文章笔触哀婉地引用，即“远方和诗”。不知道它出处在哪，更不知道它是在什么样的语境中牵惹起思绪，却深深打动了我，脑海里远方和诗的意象呈现在眼前，霎时被带进了烟霭朦胧、若隐若现诗的意境中。

20 世纪 60 年代初的一个深秋季节，乘坐刚运行的宝成铁路来到成都，再换乘成渝线在淫雨霏霏的夤夜到四川江津，住宿在临街的小旅社。因为是第一次出远门，加之不适应阴冷的气候，小小年纪心里有了些许惆怅，晨曦微露之时就醒过来了。

伫立在二楼窗前眺望，窗外云烟氤氲，眼前一片模糊。透过雾气见市廛檐角犬牙交错，屋脊上层层叠叠的瓦片在淫雨中泛着清冷的光泽，静静地述说着这个古城巷陌渐渐老去的故事。

冬雨湿漉漉的街上，那一角飞檐、一堵斑驳老墙，在光影下流露出姑苏的韵味。回想当时那情景，好像细雨蒙蒙的青石小巷里，有个手执油纸伞，娉娉婷婷走着的一个结着愁怨的姑娘，她温润如玉，温柔似水，好似一个江南梦。真如佛祖那句偈语，在茫茫人海中，一转身，一回眸，已擦身而过，渺渺然消失在视野里。

院子中央有一丛茂盛的毛竹，一如书页里温婉的古代女性。那细细密密的箭型叶片像媚娘头上的青丝，滚动着的水珠犹如稚嫩小儿嬉戏，有一种人间烟火味。

四川自古沃野千里，土壤膏腴，细烟含雨。但令人不快的是早晨空气里充溢着一种异味，下楼探究，原来是家家户户往粪车上倒马桶，然后就近在长江边上涮洗。而来来往往的船家俯身舀一瓢，洗衣做饭全靠一江水。按现在的环保意识和饮水标准来衡量，那情状实在令人咋舌。在四川当时的生态环境中，上游涮马桶下游饮水是顺理成章的事，不值得大惊小怪。

现在城市所谓的中产阶级说来有点矫情，成天跋扈着要吃质优价高的有机菜，否则就活不下去。但在20世纪六七十年代这确实不是问题，当时吃有机菜就是寻常日子。

在泥泞不堪的红泥巴田埂上，形销骨立的农民挑一担从沤粪池沤好的大小便，用长柄粪勺洒脱地一甩，有机肥料像天女散花般散落在藤藤菜、牛皮菜、油菜、鸡毛菜、莴笋、茄子、辣椒等叶面上，菜地顿时生机盎然。可是，当有幸路过菜地，看见菜叶上挂着排泄出来的菜叶等污浊物时，才知道有机菜原来是这么种出来的，胃里顿时潮乎乎只想吐。当年粮食缺少，上级提倡“瓜菜代”，农民在人民公社食堂顿顿吃米粒菜瓜掺半的稀饭，拉出来的自然就是消化不了的菜叶。俗话说眼不见心不烦，不知此景吃了也就吃了。

更不可思议的是四川农民喜欢把牛养在家里，与自己同住同吃，那味儿可想而知。其实，在当时的住房条件下，修建几间住房并不是难事，竹编的墙壁茅草的顶，涂上一层泥巴就能乔迁新居了。杜甫在《茅屋为秋风所破歌》所说的“八月秋高风怒号，卷我屋上三重茅”，就是四川房舍的具象表述，绝不像现在农民盖个房动辄三层，建筑材料七荤八素，还要装修装饰，钞票花得似流水，没有经济实力只能歇菜。

让人讶异的是城市里刚吃得肚儿圆的爱狗人士，也遵循川人在家养牛的习俗，将壮如牛犊的恶犬养在家里，同住同吃同睡同散步，生活的全套程序就差个同劳动了。

其实，这所有的忙忙碌碌，营营役役，都是为了脸面，这些非常规生活，与诗意就差了点，不管是在遐还是迩。

半个世纪后，千里迢迢回到魂牵梦绕的客居地江津，这儿不仅陪伴我度过了穰少仓空的荒年，也慰藉了少年时期一段精神孤寂的岁月。可当怀着朦胧诗意踏上故地时，发现这儿的一切都变了。水乡气息和中国古建筑的上翘房檐都不见了，一条沿长江边的通衢把诗意全抹掉了。当然，江水浩浩汤汤，比以前流畅宽阔。连绵起伏的丘陵蓊郁苍翠，穿梭在沿江公园树上的鸟儿啁啾啼鸣。远眺那些山坡上的水塘和庄稼地，它们正呵护着山村。门巷里闾尽是暖暖的春意，不由得感慨，没有一个时代是可以挽留的，觉得心神一清如洗。

有人戏谑地说，中国二十来年把几百个大小不同的城市改造成一个模式，走到哪里都没有陌生感，有种天下是一家人的亲和感。这话说得真好，不由得感慨中国当代人怎么了，曾被西方人啧啧称奇的唐韵古风和明清风格的建筑艺术怎么就销声匿迹了，崛起的全是些令人啼笑皆非的建筑，华而不实。《清明上河图》里那种舟船樯楫、商铺勾连、饭肆酒幌的商业氛围统统消亡了。

“建筑和城市之魂是文化”。吴良镛认为，中国建筑和城市建设的危机，实际上是文化灵魂的失落。在房地产商的蛊惑下，中国城市建设的步伐不免走得太快了，结果就显得仓促踉跄。

年少轻狂时期，出差到河西走廊边沿的酒泉，适逢金秋十月，看空寥的蓝天亲切不已。一条主街道两旁的钻天杨在半空勾肩搭背，撑起硕大无朋的遮阳伞，人行其间树韵仿佛构成了人的魂。让人惊诧不已的是天地间毫无风吹草动，纹脉清晰的片片金黄色的树叶宛如鹅毛大雪般在空中翩翩飞舞，洋洋洒洒飘落在街面上，霎时铺就了一条逶迤数里的厚地毯，以天生天养的气质感天动地，完成了现实与梦境的交错。

边塞之地河西走廊，是古代文人骚客向往的远方，而且是诗的渊薮之地。这里不仅使唐代边塞诗人渐行渐远的背影有了诗意，当代诗人们那一低头的沉思，往往也会诗兴大发，文思泉涌，倚马可得史诗般的鸿篇巨制。

我对故乡的情感却越来越淡漠了，甚至有点厌恶。这既有自身的原因，更有其历史的渊源。但是，那具有诗意的环境，却始终留存在心里。

孟夏，被四四方方高耸的城墙围起来的小城，棋盘似的四街八巷中白杨树浓荫如盖，庙宇庵观牌楼处处可见，全城流溢着祥和的佛禅况味。穿过两道深邃的城门洞，放眼望，原野芳草萋萋，湿地茵茵，冲天的佛塔倒映在明镜似的海子里，海子①有了种严峻肃穆的神秘色彩。

北城门外真是一块风水宝地，泉眼喷涌，泉水叮当，汇聚成一条条溪流，争先恐后地汇聚到海子，充盈那朗朗明月似的人间仙境。

髫年的我最爱在城边的一条小溪流里逗蝌蚪玩，捉了放，放了捉，看到蝌蚪尾巴后长出两条小腿，顿时心生怜悯，大呼小叫地赶快放生，生怕小精灵的生命有个闪失。

海子里的泉水缠绕在耸立白塔青山的鬓边，温柔而妩媚。四围几十棵两人合抱不拢的白杨树，夏日晴空里把遒劲沧桑的梢头冲向天际，欲与天公试比高。下游河道里的河柳，将柔软的枝条浸淫在河水里，轻抚着清凌凌的生命之源，祈祝在旷野上随欲而

① 海子：小湖泊，北方人多称其海子，如沙漠中有一泓清泉，也称海子。

为，不分彼此地哺育万物。

秋风起，雁南飞，宋朝词人姜夔的诗句“白杨多悲风，萧萧愁煞人”，最为传神地描绘了边城秋天的意境和诗意：看浮云过去，黄叶辞柯。白杨树的黄叶飘零在小城的街道上，在田野里零落成泥，萎靡凋零于惨淡的秋日。人的思绪凌空蹈虚得久了，远方和诗就多了一些浪漫和荒诞。

小城庵观箫鼓向晚，一些往事淡忘了，一些陈情薄义如烟，雪花不管不顾地飘洒，山脉古道变得银装素裹，一首感天动地的史诗在酝酿之中。

远方和诗，每个人的感悟是不一样的，甚至有千差万别。当然，有一种视线可以熨平心灵的皱褶，有一种体验只能个人独享。

# 饥饿的年代

回忆是经过沉淀的岁月。有“少不入川”之称的巴蜀之地，因慢生活的熏陶，凋敝、荒芜的经历至今留存在记忆皱褶深处。

对往事总有一种伤感。在四川泸县新民小学的南墙后，有一棵十里八乡独领风骚的柚子树，浓荫如盖的树冠能遮住半个篮球场。金秋十月，繁茂的树柯间硕果累累，坠满了状如金葫芦般的柚子，馋得一帮孩童直流口水。但是，穿着长布衫的小啾子们没有生非分之想，只是咂巴着嘴仰头望了又望，然后悻悻离去。

而我这个在川人眼里的外地小蛮子，却没有他们那样的守诚心态，多少次伫立在树荫下，趁人不注意捡起一块硬邦邦的红泥块，瞅中心仪的一个柚子使劲甩出去，往往是一无所获。在川南这个地方，遍地是雨天滑腻如油、旱天坚硬如石的红土，想找块抛掷柚子的石头很难。

《左传》云：“一之谓甚，岂可再乎?”在新民小学偷砸柚子的糗事，在我生命过程中留下一道风景线般的痕迹。

在自古沃野千里、土壤膏腴的天府之国，一年四季，繁云迷天，细烟含雨，连绵起伏的丘陵蓊郁苍翠，穿梭在林间的鸟儿啁啾啼鸣。但在 20 世纪 60 年代初，百姓不要说吃点水果，连果腹都成大问题，饥馑困扰着每一个人。

城市居民每月只有 23 斤的粮食定量，吃干饭绝对熬不到月底，于是大量地往稀饭里掺藤藤菜。这种菜品相低贱，匍匐于畛畦之间，掐去一节嫩藤，一瓢粪水一洒，不几天就生机盎然地爬满地垄，菜畴整年绿油油的，不言而喻成了救命菜。人们说三十年河东三十年河西，这话一点不假。就拿饥荒年低廉的藤藤菜来说，当下命运陡转，成了养生和减肥的高档菜，菜贩子的要价使价格敏感者退避三舍，连连说吃不起。

因为新民小学离家有十几里路，中午的饭就在学校解决。饭食就是粗粝二字，根本谈不上营养，纯粹是为了糊弄肚子。

从家里拿上一撮米，学校伙食房提供红泥饭钵，自己将米淘洗后摆放在灶台上，厨工把上百个饭钵放在一个大蒸笼里，然后往炉膛里填柴草猛烧，中午时光米饭就蒸好了。遗憾的是伙房从来不做菜，个人也没菜可带，最多就是豆瓣酱之类的咸菜，就着米饭呼噜噜填进肚子，嘴巴一抹便万事大吉。有时实在馋得不行，拉上几个同学在学校前面的池塘里摸上几条泥鳅，直接搿到米里蒸，米饭熟后有斑斑油迹，觉得是一顿美味佳肴，那滋味能美滋滋地回味一个下午。

俗话说：人造孽不可活，天造孽犹可恕。三年自然灾害造成了全国大饥荒，其实也未必。1200 多年前的唐朝诗人刘禹锡所作的《竹枝歌》，正是描写巴渝地区浓厚的生活气息的诗歌：“东边日出西边雨，道是无晴却有晴”，这里的晴雨的“晴”，是用来暗指感情的“情”，但借喻的“晴”足以说明旱象有其局限性。中国960万平方千米的土地上，飘浮着无数块云彩，东边这块云不下雨，不等于西边那块云也不下雨。

20世纪50年代末，实在是个丰裕年。当我来到川南江津石龙峡，看到隆冬季节大片红苕地得不到收储，眼睁睁看着溜圆浑实的大红苕烂在地里，让人看着心疼。小孩子不懂得世风凶险，碰见一个老婆婆口无遮拦地问她缘由，一缕枯槁白发裹在破旧的帕子里，眼角放射状地密布着皱纹的老婆婆，左右环顾嗫嚅道：“青壮年都到山里砍树炼铁去了，哪还顾得上收红薯，稻子还囤在场上任雨水糟蹋，真让人心痛啊！”

在入川几千公里路途的颠簸中，不管是夤夜还是白昼，浓烟弥漫的小土炉群和铲煤添柴的男女老少，不时在车窗前闪现，一幅举国大炼钢铁的宏伟景象。而在四川看到的却是庄稼丰收，任其糜烂糟践的情景，总角之年的我搞不懂这个是何逻辑。

青春的岁月像一条河，如烟往事大多静静地流走了，但在四川泸州一中食堂吃饭的情景历历在目，几乎成了自己一生的梦魇。

当时，泸州市仅有四个中学，泸州一中按现今流行的说法应归类于重点中学。说实话，依当时的办学条件来衡量硬件确实不错，甚于有点奢华。葱郁温婉的爬山虎藤蔓枝叶纷披，装饰得肃穆凝重的办公楼在妍媚的朝阳或者幽凉的夜月中一片苍郁。校园中间的一个池塘始终是水波涟漪，荷花盈盈，几只鸭子游来荡去，拨动着跳动的光斑和静谧的夜幕。办公楼前的小花园，杂树集匝，尤其是那一株桂花树，春夏秋冬如一袭旗袍着身，让人恍惚以为是葱茏少女。而到金秋十月，满树似颦非颦笼烟眉，那盈盈然的花香，最是令人回味不尽。校园曲里拐弯的小径两边是梧桐树，到该落叶的秋天，一阵微风掠过，巴掌大的树叶御风而行，漫天飞舞。

泸州一中是个封闭性管理的学校，入学后不管是初中生还是高中生全部住校。每到中午、傍晚开饭时间，各年级先在饭堂前排队，然后按顺序鱼贯而入。八人一桌是一学期固定的生员，再细分为四人一小组。尽管偌大的饭堂里声浪起伏，但一听见饭车的轮毂声，顿时鸦雀无声。炊事员推着放满白瓷脸盆的饭车，每桌放上两盆，紧接着另一个炊事员推着菜来了，每桌放上四碟，上饭上菜的程序就结束了。

这时，学生们的情绪调动起来了！四人小组按照之前排定的顺序，先有一人将瓷盆里米饭划为四份，划饭的人最后一个挑饭。这可是个技术活，划不好自己吃亏。于是，划饭的人拿根筷子在饭盆里比画来比画去，琢磨了又琢磨，长舒一口气，瞄着当墨线的筷子将米饭一划为四。

接下来的程序说容易也不容易。头一天划饭的哥们这天该他头一个挑饭，因头天划饭尽管精心谋划，仍不免筷走偏锋，挑到最后的一份竟比头一份差了五毫米，吃了大亏，寻思今天一定要将损失补回来。于是他心惕惕然，端起饭盆瞄了又瞄，看了又看，最终选中一份，快快挑在自己的饭盒里。之后，其他三人按排定的顺序依次挑饭。

一学期的一百多天里，划饭和挑饭的次序按顺时针变化，既做到了公平公正，又避免了相互猜忌，达到了团结互助的目的。而分菜就容易多了，一个盘子刨成八堆，一人一份无须挑挑拣拣，顿顿都是一成不变的素菜，不是牛皮菜、茄子、藤藤菜，就是莲花白、油菜、萝卜、鸡毛菜等。

我至今困惑，学校食堂用晒干的茄子蒂炒的菜，当时觉得特别可口，似乎就是一道佳肴，经常念念不忘。十几年后巴巴地晒了一堆茄子蒂，大火大油炒下来竟难吃得不能下咽。看来，这都是时代的错觉。

在寡淡的岁月里肉还是有得吃的。学校的规定是一个星期打一次牙祭，红烧肉一人能吃上两三小块，其余都是小肉片炒蔬菜。别看这是现今不屑一顾的家常菜，在忍饥挨饿的年景里，简直就是一席盛宴。

而盛宴就要享受盛宴的排场，于是大动干戈的事儿随之而来。首先，打破之前分菜的常规，八人里面选出一人担任分菜司仪。他将每样菜在盘子里分成八堆，然后贴一个数字标签在旁，再做八个纸阄，标上 1 至 8 号，按抓到的阄码将对应盘中编码的菜堆拨到自己的饭盒。一番烦琐的分菜过程折腾下来，饭盒里的菜冰冰凉，但个个吃得喷喷香。

四川不愧是富庶之地，一年四季生长着鲜灵灵的蔬菜。泸州一中初中一年级学生寝室紧挨着一大片菜地，刚离开家的学生起夜懒得跑外面的厕所，打开窗户就酣畅淋漓地解决了。不经意间浇灌了窗下的菜地，靠墙边的牛皮菜长得叶茂帮实，特别招人喜爱。我的挚友是新民小学的同学，一个毕业班60多人只有3人考上初中。他家在农村，对农作物有着天然的亲近感，想出一个做宵夜的办法，不会让肚子饿得咕咕叫。他趁着月色潜入菜地，将大伙精心浇灌的牛皮菜掰上十几片，用衣袖擦吧擦吧，用小刀切成小条，放点盐巴，一道蔬菜沙拉就做好了。一帮人忘了用尿灌牛皮菜的恶心事，筷子、叉子在洗脸盆里碰撞，很快一盆生菜见底了，不久寝室里响起轻轻的鼾声。

在那不堪回首的日子里，真是奇葩迭出。星期六从家回到寝室，大家总要摆摆龙门阵，分享奇闻趣事。一个家住农村的同学洋溢着忻幸的表情，说回家在堂房里逮住一只大耗子，趁着鲜嫩做了道辣椒炒耗子肉，那个香呀，堪比天鹅肉。天鹅肉没有见过，但耗子肉倒是屡见不鲜。家里打死的小耗子丢弃在墙后，邻居家的小孩捡起用小刀在耗子头部划一个小口子，指头抠进脑袋轻轻一扒，一团红腻腻的精肉攥在手里，瞬间变成烧烤的食材。

听了同学吃耗子肉的炫耀，大伙没油水的肚子被香味诱惑得饥肠难忍，不知是哪个同学提出个馊主意，说牙膏可以解饥。寝室本来就是个小社会，奇奇怪怪的事情层出不穷。于是，几个同学真的吃起了牙膏，满嘴冒起了泡泡，看得人心里只想笑，可又怕管寝室的老师发现，只好在昏暗的灯光下乖乖睡觉。

岁月的暗陬里，20 世纪 60 年代留给我的是一个复杂的历史图景，想起不禁泫然欲泪。

市民 23 斤的口粮已是顿顿稀汤寡水了，粮食部门还嫌四体不勤者安安逸逸在城里吃商品粮，于是想出更损的法子。十月份红苕开挖，干脆把市民撵到地里，一斤口粮顶两斤红苕，自己挖自己扛回家。至于是纯吃红苕还是搜刮点米煮藤藤菜稀饭吃，那是自家的事。事情到此地步，家家只好不是煮就是炒，想方设法混个肚儿圆，硬撑着活下去，盼望着日子能好起来。

学校的日子也越来越难了。尽管二两一小块的米饭丢在没有油水的肚子里仍饥肠辘辘，但比起后来吃高粱发糕还是强许多。说句笑话，刚开始吃高粱发糕的时候还觉得挺不错，这东西实诚，吃了肚子一天到晚都觉得涨乎乎，消弭了时时折磨人的饥饿感。但是，令人尴尬的是课间上厕所实在费劲，十几个蹲位人满为患，门口还常常排长队。

这个荒谬的世界有时比人所能想象的还要荒谬。

俗话说，人无远虑，必有近忧。为此，家里四五口人从牙缝里省出一点定量，换成地方粮票以备急用，一年也不过积攒区区一二十斤，小心翼翼藏在犄角旮旯。让人猝不及防的是三番五次的政策突变，地方粮票统统作废，只能重新启用新粮票，让人欲哭无泪。

住校的学生每个星期六回家，家里同样没有解馋的东西让你吃，总之不管是在学校还是在家里，肚子总觉得空空如也。一次回家，姐姐煮了一锅藤藤菜稀饭，贪吃就多喝了一碗，感到肚子胀得不行，就沿着房后的田埂上溜达。

眺望远方，无限延展的竹林，无限扩大的寂寞，无限凄清的落日，总让人感到自己卑微如草芥。随之寒夜阒寂，疏星寒彻，茅草房在烟雾缭绕间，似有人用湿笔作蓊郁山水，空蒙有无，云气与天相接。霜降之后，池塘里的荷叶凋敝，一片枯萎，满眼都是生死的伤感和垂怜。此刻，看到一个蛇蜕的皮囊挂在枯草上，不由得眼圈涔涔。

70 年足以淘漉几代人，靠泥鳅茄子忽悠普罗大众是行不通的。前几年回到四川，看到葱茏山野，陂陀阡陌，清澈的河流所彰显的是百般风情，淳朴民俗、憨厚民众所表现出来的是一份纯粹。追忆着自己潦草、懵懂的童年，单调却纯粹的青春，不由得为新天地欢欣鼓舞。

而此时亚热带的春天，铺秀叠翠，枇杷金黄，柚林层染，满山遍野的栀子花，从灿灿花蕊里飘逸出的浓郁幽香，一直飘到窗下……

# 受困的鸟儿飞走了

晚秋的一个中午，做饭时听厨房抽油烟机烟道里“扑棱扑棱”响个不停，不知是什么缘由，心里好生奇怪。这时首先想到的是风，因为秋季是风肆虐的日子，经常吹得烟道发出笛箫似的鸣叫声。有诗为证：“萧萧秋风愁煞人”，吹出了深秋的简略意象。可瞅瞅窗外秋意明艳，枝柯婆娑的国槐披挂着一袭翠绿襟袍，摆出一副与世无争的劲头，纹丝不动地享受秋阳的滋润。那是什么东西在烟道里折腾呢，百思不得其解，饭点到了只好打开抽油烟机做饭。

在油烟机的轰鸣声中，烟道里的异常的声音消减了，几乎与平日没有什么区别，于是放心吃饭。在洗碗的过程中，烟道里重新响起了“扑棱扑棱”的声音，无意间隔窗玻璃一瞥，见烟道伸出墙外的一截塑料管上有三只麻雀，一边喧扰聒噪地叽喳，一边扑棱着翅膀颉颃，焦虑的样子像遇到了性命攸关的大事。

我恍然大悟，有愣头青麻雀钻进了烟道出不来了，麻雀的亲朋好友赶来救援，这真是让人飙泪的喜剧。而救出相濡以沫的同类，对小精灵们来说有点力有不逮。弯弯绕绕的塑料烟道经长时间油烟熏染，沉积的油垢滑腻，麻雀要想出来须先攀缘一尺长的直管，通过平行管道才能到出口。这谈何容易，攀缘直管对麻雀来说犹如坐滑梯，稍不留神就得重来，跌跌撞撞不一定能脱离险境，在烟道里煎熬是它顽皮应有的遭遇。

家人实在看不下去，怜悯心大发，让我想办法救救小麻雀，说不能眼瞅着一个小生命夭折。望着被清洗油烟机的人用胶带缠了一圈又一圈的烟道接头，心里有点犯难，实在不是自己力所能及的事。抑或是因为不能救助一个小生命，中午时光心里一直忐忑不安。

下午两点左右，当我怀着愧疚的心情探究麻雀的情状，并下定决心费再大的劲也要救麻雀脱险时，烟道里一片沉寂，上午喧阗的景象不在，窗外的麻雀也不见了，看来烟道里的麻雀凭着自己的坚韧得救了。此时满心惭恧，不由感喟天不绝雀啊！

据鸟类学家说，麻雀的生命也就大致两三年时间，可在这短短的生命历程里，却是命途多舛。曾记得在那荒诞的年代，麻雀被定谳为“四害”之首，于是从首善之地到荒野山陬，到处是碎金裂帛的呐喊声。麻雀两眼除了惊慌就是绝望，有窝归不得，有凉纳不成，饥渴难挨纷纷坠地而亡，万里长空一片岑寂。这非惟天意，实赖人谋。其实，麻雀是大大的益鸟，主要啄食昆虫，顺便捡拾洒落在大地的谷粒。尤为重要的是这一群群有鲜活生命力的小精灵，清晨树柯啁啾，黄昏御风归巢，使天地间始终有一幅月地云阶的境地。

麻雀可以在寥廓的大地上自由飞翔，撒着欢儿唱歌，由着性子生育，不懂得藏愚守拙。可随着国人学粤人“只有天上的飞机、地上的轮胎不能吃之外，其他皆可入口”的食性，麻雀成了男人壮阳的不二食材。于是，在树林里挨气枪打，在田野里被网罟捕，麻雀遭到了大肆杀戮。

悲乎！“劝君莫打枝头鸟，子在巢中望母归。”唐代诗人白居易写了这首七言绝句《鸟》，道出了对生灵更深刻的悲悯。我曾劝人“为先人留遗泽，为后人惜余福”。而经历过吃糠咽菜苦难岁月的国人，才不听那不疼不痒的说教，于是从饭馆里的旺油爆炒，到烧烤摊上的“吱吱”冒烟，用袖头子抹着吃麻雀的油嘴成了时尚。

提起白鹭，几乎所有的人都会联想起那种白色的鸟，高洁而优雅，专注而富有情感。而在祖国辽阔的大地上，一条河，一棵树，一块石头，或者一根小草，一只欢蹦乱跳的麻雀，都昭示了生命的意义，这才是“天似穹庐，笼盖四野”。

看着麻雀们相亲相爱、相互救援的情景，我想到它们“最浪漫的事”是彼此允诺来生。当然，我不知道它们是否是一家，中国皇帝的后宫在它们那儿存在不存在。如果没有这等事，那便更加坚定了它们执子之手、死生契阔的信心与勇气。

而人类社会要比麻雀社会复杂得多，且险恶得多。在各种利益的蛊惑下，人情社会变得不堪。有句话说得好：人熟不堪亲。因为人若互相知了底细，大都唯恐避之不及，只有重新戴上面具，社会生活才会继续。

在变老的路上遇上麻雀相互帮衬的趣事，也算幸事一桩。在爱的滤镜下，看到一个相互支撑的画面，是会让人百感交集的。

我喜欢苏东坡的“人似秋鸿来有信，事如春梦了无痕”。这儿的秋天很短暂，一叶不落依然可以知秋。

时移事往，岁月更迭……

# 挖锁阳的老汉

北方的春天乍暖还寒，阴晴不定，前两天还寒风呼啸，刚脱下的棉衣棉裤赶紧上身，没想到这天的气温又急遽飙升到二十多摄氏度。许多人说北方没有春天，熬过漫长的寒冬节气，气温就像过山车般来回波动，一不留神就切入燠热的夏天了。

下午 3 点，春杪的腾格里沙漠腹地烈日炎炎，遍布四野的戈壁滩石，反射着太阳光弧，穿破巨大的岑寂。放眼望去，随风堆积而成的大沙丘，在无数个星星点点小沙丘的护卫下，像大海里的旗舰，引领帆樯如云的船队在蜃气蒸腾的瀚海上破浪前行。

春天总能萌发新的希望。沙丘上集匝的白刺等沙生植物，在寥廓的天际下挺立着瘦骨般的丫杈，枝头却绽开了密密麻麻的绿芽，像幼儿园的一群天真烂漫的孩子嬉闹着，童趣丛生，妖娆盎然。

耄耋之年的李老汉，肩上扛把铁锹，手里攥只破旧的编织袋，迈着不是他那个年纪应有的矫健步伐，以猎人般炯炯有神的眼光，巡查着沙丘上丛丛白刺的四围。

在自然条件严酷的环境中，生命力顽强的白刺是沙漠的招牌植物。白刺细密的根须有见缝插针的本事，能深深扎进沙丘底层汲取水分和养分，让浩瀚沙漠披上蔚为壮观的绿衣。锁阳是肉质寄生草本植物，缺乏白刺的扎地取水能力，为了自然界的多样性和绚丽性，它只好寄生在白刺的根须上。

这就是自然界的奇妙之处。在沙漠上，一棵骆驼草，一丛沙葱，一株沙地柏，都昭示了生命的意义。这才是古诗说的“天似穹庐，笼盖四野”。

李老汉发现在一个沙丘的白刺右方有地皮微微翘起的痕迹，用铁锹利索地刨开松软的沙土，一株锁阳戴着暗红色绒线帽出土了。第一次见识锁阳的人们，顿时被以岁月赋予它的从容优雅的形态，唤起了心中最柔软的感动。

李老汉这天运气格外的好，竟然挖到了十年八年难得遇到的一窝 16 头锁阳。这些状如小女人的锁阳，似乎在聚会或过生日，壮硕的茎块浅粉中带点赭黑，碧绿乍出。

李老汉高兴得合不拢嘴，像发现刚出土的珍贵文物似的把四周沙土扒开，小心翼翼将这一窝连体姊妹从根部轻轻剥离，趴在地上用双手将其托出一尺深的土坑，放置在一个大塑料袋里，喜滋滋地踏上归途。

农民懂得一个最简单的道理，只要心存敬畏，无论处境如何艰险，有生命就有希望。

秋叶化为春泥，枯枝融入大地，这本是自然循环的重要过程，但在一些贪婪者的手里，“生命接力”却常常中断。为此，李老汉不仅将自己挖过锁阳的沙坑细心地回填，但凡见到被不知餍足的无良之人攫取而不回填的锁阳坑，他都用铁锹一一填好，这样觉得心安神定。他多么希望挖锁阳的人多一份惕厉之心！

锁阳是一种具有极强生命力的草本植物，生命的赓续如是：只要能做到随挖随填，来年就能从根须萌发新芽。否则，将根须裸露在旷野，在沙漠凌厉的狂风和如火骄阳的关照下，不一会根须的水分蒸发完了，一株具有顽强生命力的锁阳就夭折了，小家碧玉似的花莛再也不能享露水的沁寒。

这位住在沙漠边沿的李老汉是个认真方正的人，对锁阳的这份情义源于农民骨子里质朴纯洁的感恩思维。在国内 20 世纪 60 年代的大饥荒中，锁阳被当成富有营养的食品救过许多浮肿病人的命。至今，乡亲们对这种被誉为沙漠人参的神奇植物，既心存感激之情，又不得不狠心地刨挖，生活的艰辛和急欲脱贫的焦虑交织在一起，人与植物呈现了一种极不和谐的图景。

而李老汉对锁阳有一种更特殊的情义。七八年前，李老汉得了肠胃病，吃药打针都不管用，家人都暗自担忧他的病症。听了乡党的话，李老汉把挖来的新鲜锁阳擦成细丝，与面粉拌一起放笼屉里蒸，做成当地人爱吃的布拉子；或者用榨汁机把锁阳打成液态，和面炸油饼、蒸馒头，早晚当饭吃。不久，令医生束手无策的病症奇迹般痊愈了。

对于锁阳的使用方法，李老汉自有一套妙招：新鲜锁阳不好保存，切片晾干后泡水喝，也可以泡酒喝，甚至当零食吃。

李老汉说得没错，李时珍在《本草纲目》中对锁阳推崇备至，称其为补益药，主治阳痿及其他病症。

锁阳，春秋两季均可在沙漠里寻觅到。春季最好在五月十二日之前采挖，冒头的花莛养分集中其上部，地下的块茎几乎没有药效。花莛呈圆柱状，暗红色，无叶绿素，可长到 20—100 厘米，叶退化为鳞片状。夏季开花，花序顶升，之后萎靡，匆匆孕育的生命即告完成。相较于人的寿命而言也不算短促，人生到死有多远，呼吸之间。正是“天地不仁，以万物为刍狗”。而秋季生成的花莛不露面，除非是有相当经验的采挖者，一般人很难找到，弥足珍贵，是沙漠人参中的人参。

# 古代文人的情韵

在北宋词史上，张先是一位承先启后的重要词人。他既善于写传统的小令，又努力创作长调。他的词有传统的含蓄之美，尤其善于刻画女性天地之灵气，一姿一态，盈天地之众美，给错彩镂金的词坛吹进一丝较为清新的空气，增添一点乡土的气息。《后山诗话》中提道："张先善著词，有云：'云破月来花弄影''帘压卷花影''堕轻絮无影'，世称通之，号张三影。"

张先历官都管郎中，晚年退居乡间，但不惮情欲，80岁时娶了个18岁的小妾。当然，小妾嫁与张先不乏有家境困顿纾难的原委，另一方面真如张爱玲说，爱情中，女人要崇拜才会快乐。

新婚不久，大诗人苏轼和朋友去拜访，一干人一脸坏笑地问耄耋之年的前辈，新婚之夜得此美妾有何感想。张先毫无愠色，随口念道："我年八十卿十八，卿是红颜我白发。与卿颠倒本同庚，只隔中间一花甲。"见此情景，风趣幽默的苏轼当即和诗一首："十八新娘八十郎，苍苍白发对红妆。鸳鸯被里成双夜，一树梨花压海棠。"众人闻听此言，觥筹交错，笑声晏晏，张先也更加坚定了执子之手、死生契阔的信心。

有人认为，文人不必“有行”，“文人无行”才好看。但无行的文人必有歪才甚至奇才，把这些人的“才”和“行”都写出来，天下才显得多姿多彩。

赵佶既是北宋徽宗皇帝，又是著名的书画家，真书学薛曜，自称“瘦金书”，狂草传《千书文卷》等书迹。绘画重视写生，以精工逼真著称，工画鸟相传用生漆点鸟睛，尤为生动。就是这样一个才子型的最高统治者，身上却呈现着癫狂轻浮的浪子气质。

中国皇帝都有群雌粥粥的后宫标配。宋徽宗宫中有三千佳丽，终日过着纸醉金迷的奢华荒淫生活，但他仍不知足，时刻惦记着宫外的“野花”。这种吃着碗里瞅着锅里的心态可能是应了民间那句“妻不如妾、妾不如婢、婢不如偷”的俚语，于是宋徽宗不顾天子威严，经常在太监陪伴下着黑衣披风出外嫖妓。

当然，这事搁现在绝对行不通。可是，在无成像技术的封建社会，不管是威震天下的皇帝还是被通缉的逃犯，人物的图像只能用技法粗糙的线条勾勒，且还不是广而告之，皇帝隐身民间百姓不识非诳言。

一天，宋徽宗带着边臣进献的新橘想给相好的京师名妓李师师一个惊喜，怎料臣子周邦彦正与那尤物鬼混。皇帝莅临，躲逃无门，周邦彦只好躲于床下听欢。才子就是才子，且听床戏跌宕起伏，周邦彦即兴编一曲新词。当宋徽宗再一次找李师师求欢，李师师唱咏无心，宋徽宗听出玄机，怒发冲冠将周邦彦逐出官场。

李师师似乎对周才子有割舍不了的情怀，新词一唱不舍，宋徽宗为博名妓一笑，赶忙下旨让情敌回朝执掌国家最高音乐机构。

古代的文人大多为同时代的卓荦倜傥之士，恃才傲物是其天性，但像宋徽宗、周邦彦如此荒唐搞怪的举止，真让人匪夷所思。在皇帝嫖妓风气的教化下，天下官员、士人竞相奔赴青楼画舫玩乐。在北宋外患猖獗的情势下，官员与文人雅士狎妓起兴、娶妓成风，形成了所谓的始乱终弃的雅兴，最终国破山河碎就在所难免。

当然，也有旷世奇才有至真性情。南宋诗人陆游躬逢多事之秋，平生乖舛艰难。闲居在家的他不负春光，来到沈园游玩，不期与前妻唐琬相遇。前妻唐琬是他的表妹，初时夫妻感情甚笃，心中都认为可白头偕老。但不知什么原因，陆游的母亲就是不喜欢这个甥女和儿媳，而且关系恶化到越来越不可收拾，终于，婆婆下了一道不能违抗的“母命”，迫使陆游休弃了与他情义缱绻的娇妻，这事成了他心中最大的块垒。

过了些年，当另娶妻室，且有三个孩子的陆游，碰到已嫁作赵士程之妇的唐琬时，对妻子无辜被弃的愧疚难以自持，悔恨不已，心酸得泪眼迷离。天生感性的唐琬见到陆游，也是百感交集，但她恪守妇道，在赵士程面前极力掩饰着自己的感情，表现出一副豁达开朗的样子，还让仆人给陆游送酒肴，却再也无从互通情愫了。

陆游这位南宋伟大的爱国诗人，二十岁就立下了“上马击狂胡，下马草军书”的壮志，虽然三十四岁踏上仕途后坚决主张抗金，改革弊政，一直受到投降集团的压制，然矢志不移。与唐琬相遇在沈园时的陆游，三十一岁尚未入吏，心灵和情感未受官场利欲的熏染，全身充溢着诗人的激情和文人的多情，特别是对爱情生活比常人有着更多的理解和追求，于是他挥笔写下了《钗头凤》。

“红酥手，黄縢酒，满城春色宫墙柳。东风恶，欢情薄，一怀愁绪，几年离索。错、错、错！春如归，人空瘦，泪痕红浥鲛绡透。桃花落，闲池阁。山盟虽在，锦书难托。莫、莫、莫！”

当然，生活总有其明艳的一面，何况爱恋是一泓清波潋滟的涟漪，是一抹余晖中缱绻的红杏，是一场淅沥春雨中悱恻缠绵的意趣。《钗头凤》里有回忆新婚温馨的情景。那是一个明媚的春日，陆游和唐琬在郊外一道宫墙旁，在柳枝婆娑的树荫下，摆上酒菜小酌。在才华横溢的陆游眼里，唐琬那一双细腻红润的手，捧着一杯黄縢酒含情脉脉地同他对饮的样子，宛如折桂的嫦娥仙子，使他心里充满说不尽的柔情蜜意。

在诗人之后的岁月里，人们都把红酥手理解为女性的柔美，有了一种情色的风姿。可是，在古代文人笔记中说，红酥手是江南一带的特产点心，因其形状如佛手而得名。

红酥手的做法是用普通面粉、猪油、水拌匀，揉成光滑的面团后饧半个时辰，然后擀成大面片，再从上向下卷起，压扁后分剂。之后，把做好的豆沙馅包进去，用蛋黄刷表面，收口捏紧，将收口向下搓成鸭蛋形，把稍大的一头压扁，在上面竖切七至九刀，然后在生坯表面刷蛋黄液，放入炉子烘烤至焦黄熟透后，染成胭脂红就可以吃了。

陆游在《钗头凤》中写的“红酥手”，应该不是纤纤红润的手指，而是红酥手这种甜食。

有关史书对红酥手还有另一种说法，说红酥手是五代时期和宋朝时的冰激凌，这就把冰激凌的生成年代和原生地做了一个不折不扣的颠覆。

# 古代女子服饰之法

女子之服饰，早在生产力低下、物资匮乏的古代，就已摆脱御寒的单一功能，成为体现社会文明程度的标志。因此，在各个历史时期出现风格各异的女子服饰，生动地演绎了社会生活的五彩缤纷。但是，从人们实践中体验出的穿着规律，始终如一根红线贯穿于绵亘的历史，形成了中华民族璀璨的服饰文化。

## 一、衫的品位

古人认为女子之衫，不贵精而贵洁，不贵丽而贵雅，而贵与貌相宜。其意思是说华丽的且质优的衣衫，如果油迹斑驳或垢尘蒙面，反不如不值钱的布衣穿上好看。而色彩张扬的艳丽之衣，如果不注意整体的搭配，倒不如素洁淡雅的衣衫令人赏心悦目。当然，这带有文人所依托的那个阶层的宏论偏见，即所谓贵妇宜穿华裳和贫妇当披陋衣的衣物与人相称的经验，在物质极为丰富的社会已没有一点教诲作用。看今日神州大地，有钱没钱的女人都徜徉在服装商场，尤其是在互联网上购物，贵的贱的、宜穿不宜穿的一概收入囊中，抓住机会时髦一把，当一回败家娘们。更何况在社会开放的大环境下，人已无贵贱之分，都是商家眼里的消费者。

然而，穿与面色相配之衣，衣有相配之色，却是不能违背的法则。拿一件色彩艳丽的衣衫，次第让几个女子试穿，必有几个中看，几个不中意，究其原因就是面色与衣色有相称或不相称之别。气质高雅、面容姣好的女子，不宜华丽而适素静，否则就破坏了贤淑的格调。因为这类女子的穿着比起与家庭的经济条件相称，更重要的是与自己的气质相宜。

面色白嫩似雪、体态轻盈如柳的女子，穿啥都相宜，而且色之浅者显其肤白，色之深者愈显其肤白；衣之精者形其娇，衣之粗者愈形其娇；此等非同色，也离其不远。然矣！这样冰清玉洁的女子必定世上少见。

退而求之，那些一般人就应该量体裁衣，求得相依之处。如肤色近白者，衣衫颜色可深可浅；肤色发暗者，则不宜穿浅色而应常穿深色，因为浅色衣衫会把皮肤衬托得更暗。而肤色间乎黑白者，衣衫可精致可简约。

## 二、履的演变

履、屣均是鞋的别称。古人对履有独到的审美情趣，认为婀娜多姿的女子穿高跟鞋，使纤纤玉足小而愈小，瘦而愈瘦，达到尽善尽美的境界。而丰腴足大者穿高跟鞋有东施效颦之嫌，其效果适得其反。

然而，此招不但没有遏制一窝蜂赶时髦的风气，反而人人向高跟乞灵，穿高跟鞋成了时尚。结果三寸无底之鞋与四五寸有底之鞋同立一处，倒反觉得四五寸鞋小了，而三寸鞋大了。面对这种情况，不甘平庸者想出了个折中办法，即在鞋的用料方面凸显效果，大鞋用厚料，避开薄料不藏脚拙的劣势；鞋小则用薄料，解决脚痛不能行走的问题。用极薄的材料做成极小的鞋，则似鹤立鸡群，不求异而自异，成为佳人的专利品。

古人之履，男女一制。《周礼》有屦人，专门给王及后做鞋，后世女子之脚缠得如纤巧弯月，以小为贵，自然男女之鞋就有别了。

## 三、袜的搭配

古代女子不管春夏秋冬皆穿袜，有别于当今盛夏女子赤脚穿鞋直接展现在世人面前。

唐朝李隆基的贵妃娘娘杨玉环因兵变死于马嵬坡时，一老媪捡到她脱落的一只锦袎袜，视之为艳物，过客把玩一下需掏一百钱。想来人娇艳，袜也艳。

袜子在古代曾有名叫“膝裤”，顾名思义是穿在膝盖下面的服饰。并且男女袜统称，原无分别。后女袜取其雅名叫“褶”，男取其俗名叫“袜”，其实均是一回事。古尚取女袜云“凌波小袜”，其名最雅，不识后人何故易之。

古袜有底，不穿鞋就可以行走，非今日袜不着鞋寸步难走。张衡云：“罗袜蹑蹀而容与。”曹子建云：“凌波微步，罗袜生尘。”李后主词云：“划袜下香阶，手提金缕鞋。”

古代女子对穿袜颇讲究，崇尚白色或浅红，且深通袜与鞋的色泽搭配之道。遵循的基本规律为：袜色与鞋色相反，即袜宜极浅，鞋色极深。

风姿绰约的女子玉足上裹一双绢绫白袜，再穿一双深红或深青的高底绣鞋，那万种风情似风摆杨柳，秀色可餐。跟风的风气古今一致，有心机的玉女于是又玩出了与之不同的花样。“有以异香为底，围以精绫者；有凿花玲珑，囊似香麝，行步霏霏，印香在地者。”此等穿着更展示了袜色的秀美，具有一种摄魄勾魂的魅力。

奇怪的是古人用蚕丝作出的衣衫巧夺天工，却没有发明丝袜。而西方偷窃了华夏的蚕丝技术，织出了女子穿的长筒丝袜。

# 耳根清净的“伪”与“真”

在心情烦躁的时候，总爱对周遭的人说一句“能不能少说点”，让耳根清净一些。其实，这是一句自欺欺人的话，真要是耳根清净了，那滋味确实不好受。但是，能感受到另一番天籁的情致。

一个月前，左耳朵有点痒痒的，就用一根棉签往外掏，突然觉得电视的声音变小了，原先开在 20 几档的音量需调到 30 几档，窃以为是有线电视线路有问题。为了印证此问题，便问家人是否电视声音比以前小了，家人信誓旦旦地说没有变化，于是信以为真，每次看电视都将音量固定在 30 几档。

更让人奇怪的是以前走在马路上，不绝入耳的汽车鸣笛声、路人叫嚷的嘈杂声、小贩扯嗓子的叫卖声，都一股脑儿萦绕在耳畔，让人心烦意乱。现在，徜徉在大街上，觉得轰轰隆隆的汽车声小了许多，尤其是刺耳的喇叭声像轻风掠过，没有了喧嚣烟尘的纠缠。日常占道经营的小贩，跨越了从委顿到枭起的路程，现在却与买家甚相得，无任何扞格。彳亍在人行道上的红男绿女，呼朋唤友打手机的声音，仿佛让人看到阳光映照新叶时的一抹绿，又如聆听树影间鸟类的清唱。

在这座没有年轮的城市里，这种现象犹如一棵有年轮的树，显得细腻，敏感。

过了十多天，感觉有点不对头，早上起床，左耳觉得有东西堵在里面，且有轰轰然响动。用手指在耳畔使劲按压几下，耳道有了畅通的感觉，响动也随之衰减。这时，记得两年前也曾出现过这情景，走在马路上觉得清爽了许多，汽车喇叭声不再刺耳，在错觉的误导下，在十字路口差点与汽车相撞。情急之下跑到医院，正好遇到一个熟识的大夫，他带上透视镜用一柄长耳勺掏了半天，只掏出一点结成块状的耳屎，揶揄说我的耳道长得与众不同，底部拐了个弯，耳屎掏不出来。之后开了药水，滴在耳道里，泡软后用棉签沾出耳屎。按医嘱滴了两天的药水，耳道里也沾不出什么东西，去医院再开一瓶药水，半夜竟在枕头上流了一摊黄乎乎的东西，早上起床后觉得神清气爽，秋叶落地的沙沙声也清晰可闻。

这次，当听力下降迁延一月时，感到毛病有点严重，到医院大夫戴上透视镜往耳道一看，言之凿凿地说耳朵里有东西。依然是开一瓶药水，叮嘱一定要侧身不间断地将药水灌在耳道，于是一晚上时刻惦记着滴药水。第二天下午，大夫拿起一把头部细细尖尖的水枪，往耳道里冲水，一堆耳屎顺着水流在托盘里，治疗完成了。出了门诊大楼，汽车的噪声、鼎沸的人声、商贩的叫卖声，全一股脑儿灌进复聪的耳朵里，觉得有点猝不及防。

看空寥的蓝天，突然觉得我们这个民族从未像现在这样迷恋速度，太多的细节被狂飙突进甩在了身后。

我倒是非常认可易中天在《中华史总序》里说的那几句话："夏的质朴，商的绚丽，周的儒雅，汉的强悍，唐的开阔，全都变成了明日黄花。时代风气由宋的纤细，元的空灵，直至明的世俗，清的官腔……"全都不复存在。在文化积淀深厚和丰腴的中国，治国方针应该是避免"过偏而失其中，执一而忘其余"的片面性和绝对化。老百姓富了以后要"教之"，要富而崇文，富而好礼，举手投足都洋溢着文化味。

但不幸的是些许人一生奋斗，曾经的穷人有了钱，攀龙附凤进了富人的圈子，实现了早年"等老子有了钱，买两碗面汤，喝一碗，倒一碗"的誓言，跟在原先的富人后面，摇旗呐喊，张牙舞爪，殊觉可恶。

城市是人口密集的生活区域，烟袋斜巷尽管没落，但在宜人的环境中矜贵着，有一种低调温暖的美丽，随意而不杂乱，安静却不沉默。

深秋到了，该欣赏漫山遍野的枫叶了。人们挚爱彤红的枫叶，实质上是因为人生过程同枫树息息相通，该长叶时就泛出新绿，该生长时就郁郁葱葱，该成熟时就红红火火，该收藏时就默默凋零，该谢幕时就倾情奉献。

人生只有像枫树一样，才能真正生活得丰富多彩，也才能真正生活得有声有色。当然，吸纳声音的耳朵，最好如古人说的，春听鸟叫，夏听蝉声，秋听虫声，冬听雪声。

# 居家茶馆倒闭了

居家茶馆的门楣摇摇欲坠，阶前荒草萋萋，窗棂灰尘盈尺，温婉雅致的休闲场所颓败了。

这里曾是一个友人精心打造的高品位茶馆，本意为解决家庭窘境及在边陲之地提供一个文化聚集之处。

友人 8 岁的儿子被公交车撞伤，稚嫩的肌肤从胸部一直撕裂到后背，造成六级伤残，生命危在旦夕，当即被救护车送往省城抢救。其间，因给儿子疗伤，他停薪留职经营居家茶馆。

我喜欢喝茶，十多年来各式精致的茶叶筒少说也积攒了一麻袋。可是，对开在小区门口的居家茶馆，尽管高挑的酒幌下门面装潢得颇具江南茶馆格调，但始终引不起我的兴趣，总觉得里面卖的不是陈茶就是劣茶。因为在物欲横流的年代，茶叶市场已被无良商人搞得良莠不齐。

一日，在朋友的邀请下怀着忐忑的心情踏进居家茶馆，兀然眼前一亮，镶嵌在粉白墙壁上的一溜明清风格的窗棂和雕刻在仿古门柱上的楹联，让人宛如来到了江南水乡傍河而开的茶馆，嗅到了茶的芳香、茶的气韵。而穿过长长的走廊，来到一个被辟为休憩之处的空间，纸窗朦胧，鸟笼里鸣叫着的虎皮鹦鹉，原木仿造的银杏树，树桩形的靠背椅，仿佛置身在因唐代刘禹锡的“朱雀桥边野草花，乌衣巷口夕阳斜。旧时王谢堂前燕，飞入寻常百姓家”一诗而得名的王谢故居。在这幽静而充满书卷气的廊庭里，弥漫着历史的厚重气息，凸显着茶文化的源远流长，刹那间平抑了文人对世俗社会的郁怨，生发了种向上的心态。

当然，这只是居家茶馆的外在形态，更重要的是茶馆以货真价实的茶叶和娴熟地道的茶艺赢得了人们的喜爱。因为在品茶的过程中，茶超越了日常生活必需的范畴，赋予人以精神享受和艺术美感。

有人说过这样的话：作为一个男人，一生没有醉过，那将是最大的遗憾；同样，作为一个男人，一生不嗜饮茶，那将是最大的悲哀。酒，能使人被压抑的能量得到充分的释放；茶，能使人积蓄的才气得到最完善的表现。但茶与酒不同的是，人对茶乐而不乱，嗜而敬之，在冷静中对现实生活产生幻想，在深思中产生联想。而这种联想是冷峻的、透明的。

居家茶馆的茶有青茶、绿茶、红茶、苦丁、黑茶五大类。青茶有铁观音、大红袍、高山金萱、杉林溪、阿里山、翠玉、毛蟹等；绿茶有龙井、碧螺春、黄山毛峰、君山银针、竹叶青、龙顶、黄山三杯香、高香茶韵、糯米香沱；红茶有滇江、宜兴红、蜜香金芽、荔枝玫瑰桂圆红；苦丁茶有青山绿水、海南苦丁；黑茶有千年古灵芽、陈年普洱茶、宫廷普洱茶、女儿贡茶。尤其是被居家茶馆奉为镇馆之宝的千年古灵芽，是普洱茶精品中的精品，由千年古树发的芽经精细加工而成，冲泡后飘溢出淡雅的陈香，含在口中有甘、滑、醇、厚、稠的口感。一盅茶喝下去，瞬间引发出“石碾轻飞瑟瑟尘。乳花烹出建溪春，世间绝品人难识。闲对茶经忆古人”的思绪。

几个志趣相投的朋友，坐在典雅舒适的茶室里，在舒缓悠扬且轻柔似风的江南丝竹乐的意境里，享受着由穿着蜡染衣裙的清俊茶妹子演绎的茶艺。在一套精致茶具烘托的祥和氛围里，透过袅袅上升的雾气，茶妹子先将茶的历史款款道来，把茶道里的“韩信点兵、关公巡城、三龙护鼎、春风拂面”等茶艺一一予以展示，然后把泡好的茶斟在外呈朱红内衬奶白的茶盅里，当你端上茶盅轻轻呷一口，一股清香沁人肺腑。这时，突然感到了生命的价值和生活的欢愉，有了与茶割舍不断的联系。

在居家茶馆的一次品茗，使我这个半拉子文人有了种说不尽的感慨：在绵绵的历史长河中，茶与文人结下了不解之缘。茶，使文人远离浮躁，性情变得淳厚闲适；茶，使文人思想升华，进入一种理想世界，带来了文化的多元化和载体的多样化，让人类生存的空间变得深邃而丰盈。同样，在今天社会生活多元化的情状里，茶带有高品质生活的特质不言而喻，渗透在每一个人的生活经历和人际交往中，直观地体现着人的价值和人的品位，茶已经超越了其自身的价值，被赋予了一种社会价值。

友人在经营居家茶馆的这些年，由于当地茶馆众多，竞争激烈，利润微薄，前期投入的回报遥遥无期。而儿子的伤情需要大面积的植皮整形治疗，做一次手术不仅需要约 3 个月时间，且医疗费颇高。这样的手术还不能连续做，一年只能做两三次，每次都要带着伤残的儿子辗转上海、北京的大医院求医，需要持续花大笔的医疗费。

几年下来，友人儿子身上的皮肤像补丁连缀的褴褛破衫，做父母的不忍目睹，心里的痛苦无以言表。在漫长的手术治疗过程中，儿子有炼狱般的煎熬和痛苦。但是，毕竟能从居家茶馆拿得一些利润延续儿子的治疗，这样既有抚平伤痕的希望，也能减轻各自的痛苦。

居家茶馆的房屋产权属于国企，当房东将居家茶馆改成派出所办公场所时，不啻对友人全家是个天大噩耗。不仅就此断了一家人的生计，儿子后续的整形治疗也会搁浅。儿子当年 16 岁，洗澡总是瞅准没人的时候潜入大池子，他内心自卑，羞于见人。

面对友人被撵出居家茶馆的遭遇，许多人为之咨嗟。而友人一次次恳求，诉说居家茶馆不适于做办公用房的理由，以及自己的困厄潦倒，可没有人听他声泪俱下地诉说，仅有的是冷漠的表情和傲然的态度。结果是不堪的，自 2012 年茶馆就被断电断水，眼睁睁看着茶馆凋敝。在万般无奈之下，当他提出给予一定的装修赔偿时，却反而被人嗤之以鼻。当一切各归为零后，他只能默默惕厉。

友人的遭遇，让人徒生怜恤，同时也烛照了一个时代的沧桑历史。

# 记忆中的开封之行

很多年前，在河南开封的相国寺文物展览厅里，看到了名画《清明上河图》临摹本，内心不只是惊奇，简直是震撼。画面上舟船来往，水街相连；商铺面街而立，街上行人熙攘。尤其令人遐想的是整幅画品用纤细笔触描绘出的细枝末节，总有看透人间万态的玄妙。

因年少轻狂，不懂得欣赏画作的艺术价值，只盯着画面上瓦舍勾栏里的酒肆茶坊看。酒肆坐着戴帻巾的客人，桌上菜肴铺陈，划拳行令，煞是热闹。吆吆喝喝的店小二，肩头搭条手巾，忙不迭地招呼楼上楼下的客人。看着客人大快朵颐的饕餮样，心想桌上的菜品必有脍，因为宋人饮食中脍非常时尚，“野鱼可脍菰可烹”，欧阳修、苏轼、陆游都是鱼脍的发烧友。脍也就是现在的生肉片，传入日本后称为“刺身”。

据《东京梦华录》《都城胜记》《西湖老人繁胜录》《梦粱录》《武林旧事》等两宋典籍记载，宋朝人一般喜欢快餐食品，而且清淡简单，鲜有炒菜和生猛海鲜。但是，面食十分丰富，仅面饼类就有环饼、油饼、白肉胡饼、莲花肉饼、炊羊胡饼、天花饼、烙饼、馒头，等等。肉食也是花样百出，如肉类有连骨熟肉、爆肉、肉脯、干肉等。羹汤类有缕肉羹、肚羹、玉糁羹和各种各样的汁水。

茶坊里茶客在点茶。在中国历史上，宋人的烹茶方法是独一无二的，有一套烦冗的程序。首先用复杂的工序将茶叶制成茶饼，再用专门的茶焙笼存放起来。烹茶是从茶焙笼取出茶饼，用茶槌捣成小块，再用茶磨或茶碾研成粉末，用罗合筛过，确保茶末是匀称的粉末状。用茶釜将净水烧开后，马上将调好的茶膏舀一勺子放入茶盅，注入少量开水。然后一边冲入开水，一边用茶筅击拂，使沸水与茶末交融。击拂数次，一盏清香四溢的宋式热茶就出炉了。这个烹茶的过程，就是“点茶”。

至于《清明上河图》上有多少个摊贩，多少个匆匆行人，多少匹骡马牲畜，全然不入我的眼帘。可看了《清明上河图》上宋人吃肉喝酒的情态，一下子把肚里的馋虫勾了起来，哀叹几乎被职工食堂成天的白菜萝卜刮瘪的肚子，以及让偶尔吃到嘴的咸肉麻木了的味蕾。

宋朝是中国历史上存在时间仅短于汉朝，而疆域又最小的一个朝代，但同时又是经济文化最发达的一个朝代，甚至超过了以前的汉、唐及往后的明、清。《清明上河图》正是宋代经济发达的真实写照，这幅画以纪实的手法再现了当年首都汴京（今开封）繁荣发达的商业状况。据记载，当年汴京有百万人口。另据国外一位用计算方法研究中国经济史的学者估算，按购买力而言，宋代的人均 GDP 达到 520 美元，是中国封建社会各个朝代中最高的。

坐在开封开往邻县通许的公交汽车里，颠簸不平的狭窄公路上，沿途人力架子车像迁徙的大雁排成望不到头的阵势，车轱辘发出的吱咯声犹如雁阵的嘎嘎声。隔着窗玻璃一瞅，见车上拉的全是成捆的红薯粉条，不知这些粉条是自家吃还是交供销社。令人顿生悬念的是什么缘由聚集起了如此之多的架子车和粉条，演绎了时代特有的那种声势浩大的气势，把河南人爱吃粉条的嗜好放大到了无以复加的地步。

到通许县城已是中午饭时，几个人饥肠辘辘，想找家饭馆果腹，可空旷寂寥的县城愣是见不到挂幌子的饭馆。寻觅半天，见一家房舍像饭馆就闯了进去，里面只在紧靠里墙的地方盘着一个三角大灶。问明是饭馆后，提出炒几个家常菜，可厨子说不会炒，我强压着无名火，和颜悦色地问能炒什么菜，厨子随口就是烩粉条。可不，案板上堆得如小山样的粗细粉条就是最好的明证。

这有历史的渊源。川菜里有道名吃叫“东坡肘子”，相传是北宋文化名人苏东坡发明的。苏东坡被贬到黄州（今湖北黄冈）后，曾大发感慨地说：“黄州的猪肉真好啊！”并讥笑黄州人“富者不解吃，贫者不解煮”。

中国古代在六朝以前基本的烹饪方法和现在的欧洲差不多，

到了宋朝才开始出现炒菜。由于技术过于繁杂，且厨具要求苛刻，初兴时期也只有在汴京的酒肆才有。另外，宋人的饮食习惯很独特，采用的是“分而食之”的方法，决定了饮食的快餐化、简单化。

一路到了豫北的汲县，去看望一位忘年交的同事，顺便领略一下春秋战国时期卫国都城的风貌。

在食品供应极度匮乏的年代，走南闯北总惦念着什么地方有特产可大饱口福。火车上正好遇见一个汲县人，问起当地有什么特产时，他沉吟半晌，才嗫嚅地说：“汲县的点心能砸死人！”果不然，下车后见到一个食品店，拐进去一看，见像老人瘦骨嶙峋般的点心，可不能当打群架的投掷武器。更可笑是如此其貌不扬的点心，竟能装作上品凭票供应。

第二天清晨，同事带我到城外踏青。汲县的三月，春风在郊外的护城河上恣意荡漾，两岸桃花明艳，新柳如烟，处处呈现着春意盎然的生机。一马平川的原野上，青菜起薹了，带点点细细的菜花。静谧中，忽然几只鸭子划过水面，水中的树木瞬间随着泛起的涟漪摇曳起来。

在汲县走街串巷的闲逛中，竟然在一间不起眼的民房里看到一个卖烧鸡的小店，从支棱起的一扇小窗户望去，鼎沸的油锅里翻腾着焦黄的烧鸡，香味直冲鼻腔。同事见我迈不动腿的样子，满脸欢忭地说，这是我们汲县的特产，只要钱不要票证。同事为了验证他的话，当即买了一只替我解馋，之后又买了一只烧鸡赠予我。从汲县返回西安的十几个小时路途上，没有吃其他东西，饿了就撕下一块烧鸡啃噬，一天工夫将一只大烧鸡报销，下车后感到肚子隐隐作痛。

生活的体悟告诉人们，大家并不只生活在所属的时代，每个人身上也扛着历史。

四十余年转瞬即逝，其间纷纷扰扰，人生如戏。少时的知交好友，亦凋落殆尽，一切尽归尘芥。

# 生死由命　寿多则辱

前些日子看了《读者》杂志一篇文章《读〈一个人老了〉，联想开去》，思绪浮想联翩，既为“朱颜辞镜花辞树”的老境酸楚，又感慨于脱贫的芸芸众生为“最是人间留不住”的生命祈求长寿。现实情况是一个人的生命历程里，人生的秋天很短暂，常见的景致是“黄叶辞柯，浮云过去”。

综观中国悠久的历史，无数骚人墨客、巨儒硕学不到天命就陨落，令人唏嘘人生何其匆遽。但是，他们在短暂的生命中散发出的熠熠光辉烛照大千。真如樱花的刹那芳华，瞬间的寂灭使其短暂的缤纷更加绚丽。他们的生命亦如此。

每当看到电视上那些老翁老妪在骗子的诱惑下，囤积大堆保健品，以求包治百病，延年益寿，不由得浑身觳觫。

“一壶天地小于瓜”，这话源于元代诗人，表明清静大观、身心愉悦，自然长寿。心静则百病息，“静则寿，躁则夭”。由此可见“静”是养生之道。尽管历代有不同的养生流派和众多见仁见智的养生方法，但对“静”的重要性认识则是一致的，并留下了许多名言警句，“养身在动，养心在静”。“心乱则百病生，心静则百病息”。古人崇尚饮食养生，认为饮食要以“五谷为养，五果为助，五畜为益，五菜为充”。否则，会因营养失衡，体质偏颇，五脏六腑功能失调而致病。

曾听开诊所的朋友讲过一句话：疾病是人生的放大镜，也是检验那个生活中对你来说真正重要东西的试金石。

养生养到“食非所欲，行非所喜”，活着也仅仅只是苟且活着。且活得战战兢兢、唯唯诺诺，看别人的脸色讨生活。为此，古人早在天地混沌时期就曾说“寿多则辱”，用白话文来说则是——人老了，就要遭受到很多欺负。

朋友鲐背之年的父亲，在病床上、在迷离和颓废中挣扎了一年多，已经到了医药罔救的地步，其间因费用、陪床等具体问题兄弟阋墙，为琐事整日咻聒。在一来二去的争斗中，母亲这条河流，也在他们日渐贫瘠的心里干涸了。

父亲去世后，四个儿子别别扭扭坐在一起商定，每家一月轮流赡养母亲。按序排列的第一个月，当老太太兴致勃勃来到大儿子家，大儿子坐在沙发上乜了一眼，大儿媳妇则忙着自己的事，两人连杯水都懒得倒，全不顾老母亲曾帮他们带大两个孩子的艰辛付出。老太太心中不免惕惕然，手不断地摩挲衣襟。俄而，悍妇拉开架势算旧账，叨聒婆婆当居委会主任时，没有帮她解决工作问题，使其一辈子当家庭妇女，人前没有颜面。眼看中午吃饭时间到了，家里仍是冷锅死灶，丝毫没有开伙的意思。无奈，老太太只好向三儿子求助。

三儿子接到电话立马赶到，把泪眼婆娑的老母亲接到自己家。此刻，老太太按捺不住的委屈回荡在心间，对着多年无微不至照顾父母的三儿子撕心裂肺地哭了一场。在老太太生命的最后几年里，三儿子感念母亲的舐犊情深，一直尽心照顾其饮食起居，让风烛残年的母亲过了几年舒心日子，走时脸上荡着盈盈笑意。

兄弟疏离的几年时间，老大、老二及孙子孙女没有一个人探视过老太太，连一个嘘寒问暖的电话也省了。但时时念及儿子是自己身上掉下来的肉的老母亲，多次佝偻着弱不禁风的身躯，站在路口眺望不远处儿子们住的楼宇，了却觌面无缘的悲慨。

悲乎！人做事，天在看。人活在世上是应该有所牵挂的，情感的牵挂使人与人之间有了紧密的联系，尤其使家庭的每一个成员内心始终暖意涌流。那些抛弃“百善孝为先”名言的人其实最是可悲，他们活得轻飘而空虚，闭上眼睛仍舛误缠身。而父母对孩子的爱与责任乃是基因绵延的需要，是不学而知、不学而能的“良知良能”，是花钱买不到的。

另一位朋友的父亲，八秩又七的高寿，活在子孙四代绕膝的恬静岁月里，特别是每月不菲的养老金这等美事很令人们艳羡。但是，四个子女轮流三个月的伺候实在熬不下去了，最近改为一人一月全天候陪护。毕竟，儿女们也都是退休的老人，特别是女儿女婿还生活在远离老人的三线省会城市，且疾病缠身，来来往往的艰辛和日夜的操劳难为外人道也。

“人生寄一世，奄忽若飙尘。”

妻子最爱说这样一句话：谁谁谁的“回寿”好。意思是说该到死的年龄，呼吸之间就驾鹤西去，自己不受罪，也省了麻烦家人。我母亲就是这样的人，她一辈子没有住过医院，甚至没有正儿八经到正规医院看过一次病。有头疼的老毛病，止疼片是家庭常备药。在她79岁的那年秋天，不知是因为感冒还是其他症候病倒了，请来熟识的医生用听诊器听了下，说全身器官衰竭，没有必要诊治。于是，她在床上静静地躺了三天去世了，沉睡的面容安详。

世事如流水，苦难似烟云。母亲年轻时含辛茹苦捻羊毛挣下的家业，在私有财产不受保护的乱世里一切化为乌有，这些年念兹在兹。此刻，一切随华发结髻、羸弱伶仃的小脚老太太消失了。子女们的回忆如浪花更迭，那里有流金岁月里的斑驳光影，有寡母泪水打湿的中年，风中飘飞着的缕缕白发，霎时间在眼眸间鲜活生动起来。同时，一些往事淡忘了，一些陈情薄义如烟水。

朋友的母亲97高寿，在层层叠叠密如槐树叶的日子里，始终给人一种矍铄瑞淑的形象。她去世的那天傍晚，儿子觉得她神情有点恍惚，在外屋的沙发上坐了一会就挪到卧室，仅仅过了一个多小时，就萎靡凋零于惨淡的秋日里。

当十几年前相濡以沫的先生撒手人寰，老太太神情凝重地坐在黄土垒起的新坟前，身后的大地是一片片洒落的黄叶，其凄苦肃然之气袭面而来，她不得不在苦闷迷茫中度过余生。但是，她以刚毅的神情示人，始终带着淡然甚至于漠然的表情，说着很实在的曾经切身的体会和未来的生计打算。

老太太与夫君住在几代祖传的老宅子里，一辈子没有离开过小县城。在以邻为亲和慈爱为怀的心境化解下，生活倒也像城外小溪里的潺潺流水般波澜不惊，挨着光阴过了一天又一天。就是在家里最有作为的大儿子突然离世，白发人送黑发人的悲切日子里，老两口仍以坚毅的神态搀扶着度过了心碎时光。现在，最让她不能释怀的是自己没能守住老宅子，老宅在家乡野蛮推进城市化建设的进程中化为乌有，自己连家里的一件物件都没能拿出来。听人说老宅的东西被集中堆放在城郊废弃的一个仓库里，几年时间家具已损坏，铺盖衣物已发霉，拉回来也是一堆垃圾。每想到这桩事，老太太眼眶里打转的眼泪就扑簌簌流下来，想到百年之后无法向老头子交代。

老年人只能活在当下，因为生命随时会出问题，这是现实。

老岳母出生在美女如云的陕北米脂，生养了六个姑娘，当了一辈子家庭主妇。虽然不识一个字，但那气韵完全是知识女性的派头，六七十岁的光景，坐在火车上常有邻座问她在哪个单位上班。桑榆暮景，那闪烁着年轻人未曾到过的银质世界，是她老人家焕发出的勃勃生机。尤其是对命运掌控的清晰和坚强，即使知道有个终点在那，她心不慌不抱怨，因为每个人都曾亲历过同花朵昆虫、明月清风生活在一起的岁月。

岳母活到91岁的年纪，也是一辈子没有住过医院。她在一个临近春节的日子里沉疴不起，女儿们从不同的地方赶来，日夜陪伴在她身边，端水喂饭精心照顾。但是，老人家已认不得自己日夜思念的女儿，在浑身痛楚中挣扎，十几天后在女儿的怀抱中静静逝去。

妻子一说起她母亲去世的情景，泪水涟涟，哽咽凝噎，觉得那么仁慈宽厚的一个老太太怎么就走了。其实，人的一生何尝不是历经磨难，难有预想的完美。往往是当华美的叶片落尽，生命的脉络才历历可见。尽管岁月在老太太身上濡染了许多沧桑，当初的芳华尽失，但她仍像庄周梦见自己变成了蝴蝶一样，翩翩飞舞在陇东高原无垠的青纱帐上。

岳父在93岁寿诞的夏日，好像冥冥中感知自己大限已到，平生唯一一次理了个平头，向照顾他的姑娘提出要到三百千米之外，曾经工作过的单位看看，以了乡愁。在姑娘和外孙的簇拥下，老人兴致勃勃地在挥洒了青春岁月的地方盘桓，回忆起了因严苛执行公路交通规章而被司机调侃为“兰西公路四大害”的趣谐，不由得咧开没有几颗牙齿的嘴巴呵呵笑了起来。之后，老夫聊发少年狂，在崆峒山林荫蔽日的山道上寻觅岁月的印痕，悲戚往昔的同事一个个消遁。尔时，望着一个幽蓝湖泊，安然偃卧在枝叶披拂的山涧，为其嗟叹生命的无常。

岳父在姑娘家吃了自己最爱吃的韭菜馅饺子，在朦胧的灯光下谈天说地，朗朗的笑声在客厅回荡。凌晨，姑娘们听到老父亲几声不同寻常的咳嗽，跑过来察看，已安然离世。

望窗外，繁星闪烁，城市盛满夜的静谧。

三天后，当姑娘们目送老父亲的棺木缓缓滑向墓穴，与母亲的棺木并排放在一起，她们才深切地体会到："所谓父女母子一场，只不过意味着，你和他的缘分就是今生今世不断地在目送他的背影渐行渐远。你站立在小路的这一端，看着他们逐渐消失在小路转弯的地方，而且，他用背影默默告诉你：不必追。"

孔夫子曾骂他的老朋友原壤"老而不死是为贼"，原因是他"幼而不孙第，长而无述"。就是小时候不知道友爱兄弟，长大了又没有任何作为，到老了一直不死，只会浪费社会资源。

医学史时间尚短，人类对于人体和疾病的了解还有很长的路要探索。因此，面对很多疾病，人们无能为力。

死生，天地之常理，畏者不可以苟免，贪者不可以苟得也。

# 老照片

偶尔翻拣一堆老照片，两张两寸大小的黑白照片映入眼帘，仔细一瞅，原来是 1978 年与妻子旅行结婚，在北京天安门广场花钱照的。照片背景上的天安门城楼轮廓清晰，留白的路面行人寥落，远不如现在广场上游人如织，啥时候都熙熙攘攘，好似一年四季有赶不完的大集，唱不完的大戏。

照片上的我俩在穿衣要布票的年代，托人找了点这证那票，在上海、北京买几件的确良、涤纶等化纤衣服，就觉得很时髦了。尽管当年结婚时衣着简朴，但依然洋溢着青春的气息，以及对新生活的美好憧憬。

蓦然回首，四十年的光阴悄然逝去，皓发连鬓，生命进入倒计时。回想走过的路，经历过的事，恍如一场梦。深深感到人生世间，婚姻不过是一种偶然，必须经受过种种历练，才能成为一份生活的经验。

遥想当年，仅仅因为姐姐的牵线，相距一千多公里的两个陌生男女见了一次面，其间既没有言语情感交流，更谈不上花前月下浪漫，就匆匆回到各自的工作岗位，鸿雁传书成了后来的常态。

实践证明，天下没有不努力就能成功的婚姻。开始传递感情的书信言简意赅，怀有各自试探的意味，只能谈谈身边琐事和工作状况，远没有卿卿我我的意味，简直可以说是言语淡如水，思念亦茫然。时间久了，打个电话想问候几句，可那种费劲是今天的年轻人想象不到的。

抱着占公家便宜的心态，先在自己办公室话机上报出单位长途电话的密码，再报上接收方的详细地址及工作单位，之后就是漫长的等待。几个小时算是快的，一天时间甚至接不通是寻常事。电话好不容易打通了，可话筒里全是刺啦啦的杂音，扯着嗓子吼对方也听不清，只好由一路的长途话务员鹦鹉学舌，私密的话儿哪敢说得出口，想表达的情感全成了外交辞令般的套话。

经过五年的爱情长跑，终于在1978年的孟夏完成了人生大事，在北京照下了第一张合影。当时，人们的肚子刚刚吃饱，还没有什么心情和条件拍婚纱照，在生命的重要历程留一张青春的倩影就心满意足了。现在看着这张黑白照片恍如隔世，感慨良多。

有缘千里来相会，无缘对面不相逢。在人们的婚姻生活中，许多人都说两人结合在一起是一种缘分。的确如此，在茫茫人海里，两个家庭背景不同、生活阅历迥异的男女，在毫无成长关联的情况下走到一起，组合成为一个新的社会细胞，真是太神奇了，而这就是人们常挂在嘴边的缘分。而所谓缘分，按哲人所说的乃是冥冥之中的照应。有时可以找对称的关联，有时就根本没有任何关联。

也许，在组成家庭之前，每个人心底里都曾有过一段朦胧而青涩的情感，只不过还未开花，就已悄然凋谢。在寻找新的爱情时，这无疑是一种借鉴和警示。

很多人在探讨爱情是如何产生时，叽叽喳喳、七嘴八舌，但结论往往不得要领。德国人类学家海伦·费希尔曾给出了详细解释：爱情其实由三种需求而生，第一种是“性”的需求，它激发你去寻找那些“合适”的人；第二种是“渴望浪漫”，类似于那种初恋的眩晕的感觉，但这种感觉大多数人只能珍藏于求爱时期；第三种对于爱的需求，是由人们大脑里的“婚姻系统”发挥作用，产生对生活伴侣的深深依恋。

孔子说：“饮食男女，人之大欲存焉。”爱情担当着生命赓续的角色，关系到社会发展重任。含苞待放的少女与鲜衣怒马的少年，应是爱情最好的榜样，于是就有了《西厢记》里的张生与崔莺莺令人向往的爱情。但是，世界之大，哪能事事顺遂。《红楼梦》里的贾芸，因其出身为庶出，他向往大观园里温润如水的女人，但对此时的贾芸来说，姻缘是指合适的、有可能的女人。

一个男人挑选什么样的女人做妻子，无形中就决定他以后过什么样的日子和走什么样的路子。然而，在爱情面前，不管是高富帅的男人还是白富美的女人，很少有人会去理智地分析尺长寸短，也很少有人能够坚决地在怦然心动之时果断地关闭情感的闸门。所以，在这个世界上才会有那么多迷茫的错爱、疏离与怨恨。

但是，话又说回来，情感如不折磨、不纠结、不反复、不思量、不计较，一直理性客观，从来进退有度，一辈子安贫处顺，那还叫情感吗？我们每个人的人生都是经历了无数次的心碎和意外之后，一点点用碎片和碎块堆砌起来的。

婚姻久了，味儿就淡了，但是，寡淡的味道，就是世界上最好的味道；它像夕阳里的余晖，观照着山河的俊美；像荣华初谢的山涧的潺潺溪流，源远流长地恬静地流着；它不会使你的心狂烈地跳出胸腔之外，但是你清楚地知道，心在跳，一下一下规规矩矩地跳，跳到春夏秋冬，跳在花开花谢中。这种风平浪静的快乐，是一生最大的追求。

婚姻生活有其恒定的法则，无数平凡人用他们自己的故事告诉我们：男人落魄时，女人不嫌弃；女人老了时，男人也不嫌她丑，这才是真正的爱情。唇齿相依也会不小心咬到彼此，更何况是有生理或生活情趣存在差异的两个人。在陪伴相互变老的过程中，能互称对方一声老伴，其实就是两个永不放弃的人，共同寻找着在每个阶段结合的方式。

但愿老照片上的我俩，经过岁月的磨砺，依然光彩熠熠。

# 贾骗子轶事

霜降之后，柳叶凋敝，一片枯萎，满眼都是生死的伤感和垂怜。

骗子非名也，他姓贾字骗子，别人绝对不会把他当成真骗子。其实，他有个很阳光很乡土的名号，意蕴着贫下中农的红色基因。

文人贾骗子近几年身体欠佳，病恹恹是生命的常态。最近，侄女在北京某医院进修时给他挂了个院士号，想对其病症做个确切诊断，寻找治愈的最佳方案。贾骗子感念这份孝心，于是在老伴、儿子的陪伴下欣欣然前去就诊，希冀院士妙手回春。

院士级的专家就是不一样，仔细透彻地检查，慢声细语地询问。之后，慢悠悠地对贾骗子说，癌症是慢性病，存活时间或长或短，现在关键是你的心脏病严重，手术风险太大，还是回去保守治疗，静养的效果可能更好。

当得知贾骗子吃 3000 多元一板 7 粒靶向抗癌药时，院士一脸苦涩地摇了摇头，无不愤慨地说怎么能给你开这种处方，这不是仁医的做法。这种靶向抗癌药对患有严重心脏病的人有致命风险，在临床上用之须慎之又慎。

俗话说：树怕藤来缠，人怕病来磨。贾骗子欲求速达，臆想一下子把癌细胞杀个精光，一次性自费购买了 10 板，足足花了 3 万多元，心还固守着起涨消落的日落烟霞。

人生有多长，民国著名诗人徐志摩说，不过是午后到黄昏的距离。这话纯属浪漫诗人的谵语。面对生命的厚重，最不可信的或许就是诗人了。升斗小民绝不能把此话当真，以至于把青涩走到耄耋的漫长生命历程糟践浪掷。对更多人来说，人生只是一段不记得开端的旅程，它的意义只是：一直走下去。

贾骗子是读书万卷的文人，尤其喜欢读徐志摩的诗，常常在办公室里吟诵："最是那一低头的温柔，像一朵水莲花不胜凉风的娇羞，道一声珍重，道一声珍重，那一声珍重里有蜜甜的忧愁"。面对院士给出的诊断结果，贾骗子顿时释然了。他感到比起徐志摩说的午后到黄昏的生命距离，自己经历过无数个白昼到黑夜，今年七秩高龄的古稀之年，算是在人世间漂泊很久了。

黄昏日落之际，贾骗子神情凝重地坐在京城的一个地阶上，身后是一片片洒落的黄叶，肃然之气袭面而来。古人云：修短随化，终期于尽。一时间，平生的种种向往和追求，也如烟如云地涌现眼前。人生何其匆遽。当年卡车拉来的几十个乡党，工作数十年后先后涉过了忘川，踉跄在故乡的黄泉路上，与古浪六步沙六老汉结伴治沙去了。自己算是"硕果仅存"，在其形骸之下，还想着能留下点什么，也算是没有虚度此生了。

人不免有个行差踏错的时候。贾骗子仗着出身贫苦，在贫瘠荒凉的故乡放过羊，种过地，沙漠里挖过锁阳，经受过严酷生活的考验，认为怎样的苦楚身体都能承受住。

贾骗子时常流露出对酒能增加诗意甚至意志力的肯定，于是喝酒不讲究品质，几乎天天处于醺醉状态。有时到朋友家串门找不到过瘾的白酒，就到人家厨房里搜寻，见有做菜的料酒扬起脖子灌到嘴巴里，喝得醒醒然。之后，伸出舌头把嘴唇上的几滴料酒舔进口腔里，呈现出一副非常享受、非常陶醉的情态。

一年夏天，贾骗子独守空门，百无聊赖中一瓶白酒很快见了底，他赤身醉卧在厨房地上，汗涔涔的身子紧贴在冰凉的瓷砖上，透彻冰凉沁入骨缝。亏得在半醒半醉的状态中给朋友拨了个电话，朋友费了死劲才把他弄到床上，看着他嘴里吹泡泡沉睡过去，算是捡回了一条命。

在酗酒的男人看来，世界上有三种东西最下酒：花生米、美女和猜拳行令。对农民出身的贾骗子来说，花生米易得，清煮还是油炒随意吃。猜拳更是他的拿手好戏，几个相好的哥们吆三喝四能把屋顶掀翻，常常在醉迷的情态下，唱个《十三摸》荤调调，过一过嘴瘾。至于侑酒的温润如玉的美女，贾骗子并非不想，实在是没有这样的艳遇，只有望梅止渴的份儿。悲乎！

有人认为，文人不必“有形”，“文人无行”才好看。色情消费被恩科斯称为“最古老的行业”，是与经济景况相关联的。贾骗子白花花的银子倒是掏得起，但毕竟在传统职场有个一官半职，未免顾忌的事儿太多，尽管酒能乱性，他也是有贼心没有贼胆。

生命的渡船就是朝飞暮卷的一个个日子。作为欲望的两大代表，食与色皆为人之性。玉液珍馐，浮世男女，或许是打开《金瓶梅》的一把钥匙。

人必有所寄，然后能乐。贾骗子嗜烟如命，弱得令人担忧的身子骨成天笼罩在烟雾中。他烟抽得很有特点，具有僻壤山村、破败房舍里烧土炕的模式，把香烟当成柴火和羊粪等燃料可劲儿往嘴里填，鼻孔异化为烟囱成天青烟袅袅。放在桌子上的烟灰缸里，过滤嘴烟头垒得像宝塔，烟灰如砌塔的水泥把过滤嘴缝隙勾得严严实实，有千年古刹不倒的况味。

贾骗子为了写一部腾格里沙漠发生的情爱小说，买了一整箱劣质香烟，跑到一个破旧颓废的古庙里，在萧瑟的晚秋里，披着一袭露着棉絮的军大衣，苦思冥想情爱的细枝末节。室外的温度已降至冰点，冻得他不停地往手上哈气，跺着脚在屋子里转圈圈。此时，杨柳岸晓风残月，人生最为萧条的意境也会在笔底畅快地勾勒，他的文字跟意境非常熨帖。而有关风流韵事的情节远没有同样出身农家的陈忠实、贾平凹等所写的跌宕起伏和鲜活，思维略为凝滞。贾骗子恨自己平日实践经验少，修炼不到家，抓耳挠腮恨不得一头抢地儿，一遍遍问自己是不是到了江郎才尽的境地。

最终情爱小说没有写成，他却在心力交瘁和极寒天气的侵袭下，病倒在荒凉的古庙。当银行行长的连襟把他接回家，顺便把抽剩的半箱子劣质烟拉了回来，扔在楼下的储物间。家人和朋友看着这凄凉的情景，又气又笑，纷纷劝他丢掉幻想，好好过日子。

在文人看来，喝茶喝出的不仅是健康，更是一份淡然。沏一杯香茶，看着茶叶一片片在杯中舒展看来，心也会随之一点点婉转，而后沉落下去，烦闷似乎在一瞬间得以浓缩，转化为沉静。

贾骗子总角之年家里穷，长辈们喝不到正经的茶叶，就捋上一把柳树叶子泡水当茶饮，柳树叶子必须把茶罐塞满，水须一点点往里添。当凭着自己的能力当上银行的科长后，初心不改，不管好茶还是孬茶反正一大把，丝毫不亚于父辈，往往是茶杯里添点水就溢出来。贾骗子惜茶水如油，对着杯沿吸溜，常常不是烫着嘴巴就是呛着气管。

别人看着贾骗子那股难受劲儿，告诉他茶不是这么个喝法，淡茶养生提神，太浓的茶不但失去了茶的清香，而且会对身体造成伤害。可他生就一种执拗劲儿，不但听不进别人的好言相劝，还变本加厉拿茶叶出气，一把换成了一大撮，把那些柔嫩的、载沉载浮的、散发出氤氲香气的茶叶糟践了。

贾骗子就这德行的人，却娶了个家庭背景极好的贤惠媳妇，培养了个研究生学历的孝顺儿子。在琐碎漫长的家庭生活里，拖地擦桌、洗锅刷碗、买菜做饭全是媳妇的日常家务。贾骗子的第一要务就是吃完饭用袖头子把嘴一抹，躺在红木沙发上用葛大爷的姿态看电视，看到高兴处放开嗓子吼几声秦腔，调门高得响彻云霄。再者就是拽出墙角蒙尘的乐谱架，扛起把咿咿呀呀的破提琴，奏上一曲《梁祝》，抒发一下他对俊男靓女的向往情怀。他那些狐朋狗友气不过，无不酸溜溜地不分场合贬损他，说你一个十足的烂人却有如此的福分，真是老天不公。

生命是个非常深奥的现象，人们对其认识尚处于浅表阶段，但绝不能过分损耗生命。

贾骗子无节制地喝酒、抽烟、喝茶，把自己的生命当成了老家的手扶拖拉机，随心所欲地糟蹋，最终身体出了问题。但身体毕竟不同于能随意拆卸的手扶拖拉机，零部件磨损了，可以花钱轻而易举地换件修理，仍撒欢儿耕地或跑运输。身体弄不好就面临着停摆，花再多的钱也扭转不了阳转阴的悲情。

贾骗子有凌晨三四点钟起床写小说的习惯，认为一日之计在于晨，清晨小家碧玉似的花莛才会飘然出现，才能写出惊世之作，流芳百世。

在一个春光明媚的凌晨，贾骗子秃顶在灯光映照下熠熠生辉，劲头十足地在键盘上敲打小说情节时，突然脑子一片空白，一头栽地昏死过去。当他媳妇公园晨练完，心情愉悦地回到家，一看贾骗子直挺挺躺在地上，吓得哇哇大叫，银行同事赶紧把他送到单位定点医院，经检查是大面积心梗。而这个医院没有能力开展心脏介入手术，只好赶紧联系市中心医院，而能做这个手术的医生下班回了家，于是同事们搜肠刮肚找关系，联系到医生，做手术介入两个支架，贾骗子躲过生死一劫。

出院时大夫的医嘱是绝对戒烟戒酒，否则还会有发生心梗的危险。可对于烟酒茶成瘾的人来说，远离恶习真是难于上青天。

贾骗子刚开始的几天，打着哈欠流着哈喇子，烟酒一概谢绝。可熬了不到一个月，实在馋得不行，心想白酒不能喝啤酒该没事吧，总之不能活活被憋死，瞒着家人偷偷在外面喝个一瓶或半瓶啤酒，解馋过瘾的感觉真好。之后，胆子越来越大，不但白酒喝上了，香烟也叼上了。一次，在医院住院期间，与探视他的哥们躲在医院安全通道吸烟，被他儿子发现，吓得战战兢兢地给儿子承认错误，总算对抽烟喝酒有所收敛。

前年，贾骗子说想孙子，到省城后参加了几场人情活动，身体感觉不适赶紧上医院，造影检查后又发现是心梗，又一个支架立马介入到那千疮百孔的心脏。孝顺的儿子看着形销骨立的父亲，建议他做个全身检查，又发现肺上有个结节，省医院考虑到他的心脏经受不住微创手术，才有了北京找院士诊疗这一幕。

朋友担心他的病症，前些日子给他发了个信息，说回来吧，咱们去吃手抓羊肉。贾骗子回电话不改狂妄的秉性，笃定地说回去一定吃手抓羊肉，叫上画家牛老师，不让你们掏钱，咱们好好吃一顿。

贾骗子年轻时是一个有梦想、有追求的人，认识的人都说他慧黠，他也以此为傲。依他农民思维的认知观，觉得在春天播种及时一点，在夏天辛苦一点，在秋天还是能收获一点。

前年，在蒹葭苍苍的季节去看贾骗子，他依然焚膏继晷，兴趣盎然地写了一篇短文，蕴藉有趣，追悔韶光虚掷，痛自鞭策，又不乏闲定雍容的气度和潇洒的心态，真令人延伫望之。但又哀叹朋友们都老了，老得那么的彻底。感喟人生只有三天，昨天越来越多，明天越来越少，让我们过好每一个今天。

文人贾骗子知道，自己的才华只能注定在岁月的幽炉里空焚。

# 下辑　人生杂谈

# 耄耋老人的眼泪

有些日子没到朋友家了，前日中午溜达到他家门口，顺便进去做个礼节性拜访，没承想人家麻将正酣，没有时间搭理你，只是在码牌间隙有一搭没一搭地扯了几句闲话。朋友是个鳏夫，儿女在外地成家立业，六十多岁的他与母亲住在一起，退休后的生活不是炒炒股，就是打打麻将，日子过得倒也洒脱自在。

百无聊赖之时，我拐进了朋友母亲的房间。老太太已经 **86** 岁了，矮小的身材有点佝偻，可看起来精神矍铄，脸上稍黄的皮肤显得光洁细腻，说话思维清晰明了，浑身透着曾经钟鸣鼎食人家富裕雅致的生活印记，从气质上有别于当今那些权贵和暴发户的粗俗戾气。

当问及家乡房子拆迁的补偿情况时，老太太顿时神情黯然，皱纹环绕的眼眶里溢满了泪水，声音哽咽地诉说了她难以抚平的精神创伤。

老太太与夫君住在几代人祖传的老宅子里，一辈子没有离开过小县城，尽管经受了多次政治运动的冲击，但在以邻为亲和慈爱为怀的心境化解下，生活倒也像城外小溪里的潺潺流水，波澜不惊地挨着光阴过了一天又一天。就是在家庭最有作为的大儿子突然逝去，白发人送黑发人悲痛的日子里，老两口仍以坚毅的神态搀扶着度过了艰难时光。现在，最让她不能释怀的是自己没有守住老宅子，老宅在家乡大力推进城市化建设的进程中化为乌有，自己连家里的一件物品都没有拿出来。听说东西被城建部门集中起来堆放在城外闲置的一个仓库里，经过几年时间，想来家具已损坏，铺盖衣物肯定已发霉，拉回来也是一堆垃圾。说到此，老太太眼眶里打转的眼泪顺着脸颊流淌下来，感到百年之后无法向老头子交代。随着老太太压抑的唏嘘声，她稀疏的白发在投射进房间的阳光下缥缈不定，刺得人心灵震颤。

其实，老太太和几十户乡亲也不是不支持城市建设，只是房屋的补偿太低，有失社会公允。老太太一个四合院，大大小小的房子有十几间，每平方米的补偿款仅有一百多元，总共不到 5 万元，四五年前房价没有飙升时，这笔赔偿款连一套小间都买不上。而开发商在老太太拆迁地上开发的商用楼盘，一平方米卖到两三千元。

无奈，老太太与十几家拆迁户告到法院，中级人民法院审理了几个回合，认为事实清楚，最终官司判赢了，可房子却在一天之内被强制推倒，拆迁户们只落了一纸空头判决书。不过，让拆迁户欣慰的是总算得到了法律的认可，这便是一种阿 Q 式的精神抚慰。

老太太与她的邻居又回到行政诉讼的路上。在两年的维权拉锯战中，一个姓胡的老太太被强拆的房屋砸成植物人，艰难生存一年多后凄凉死去。一个事业单位退休的花甲男人，同意按政府制定的补偿条件办理手续时，负责拆迁的部门却摆起了虎威，说他是“钉子户”，不能按原有的条款办理，要给予惩戒。他彻底对公理失去了信心，经历长久病魔的袭扰之后，倏然长逝，留下了无业的老婆和下岗的儿子艰难度日。

我讶异于老太太惊人的记忆和抽丝剥茧的叙述，心里像有把刀子在剜心。而这位出生在中华民国还没有成立时期的普通善良的家庭妇女，一个踏在阴阳两界的垂暮老者，对自己的遭遇痛心疾首，那种伤害一定是刻骨铭心的。

古语说：世无定法，唯人而已。而现代人说，强者弓正，弱者安全，这样和平才能持久。

听着老太太悲切的叙述，耳边又传来一阵哗啦啦的麻将声，两种声音的重叠似乎传递着草民生存的万般无奈情怀。在老人停止哭泣的间歇，我赶紧抽身而退，走在路上觉得浑身不爽，望着被烟尘污染得灰蒙蒙的天空，心里如压了块大石头一般沉重。

其实，老人给我讲这些事体，她并不指望能给她拿出什么解决的办法，只是她觉得心情太压抑了，把我当成了泣诉的对象，这样她可能觉得心里好受些。毕竟，在生命里程还没有走到尽头时，她还要以寻常人的心情接着过寻常人的日子，尽管是那么的琐碎和烦恼，这可能就是所谓的过日子就是问题叠着问题吧。

沈从文去世前不久对友人说过这样一句话：“我对这个世界没什么好说的。”这话对没有多少文化的老太太来说，显然是没有意味深长的体悟，但与她失去祖宅的体验也许能产生相同的感觉，隐约能意识到文化巨匠说出了她心里想说的话，而且还说到了她的心坎上。

# 人生长河谣

在人的心路历程中，有欢乐中的喜极而泣，抑或悲伤中的号啕大哭；有事业成功后的弹冠相庆，有仕途受挫后的消沉饮恨。对这社会生活里屡见不鲜的市井现象，且称之为人生长河谣。罗素就有“生命是一条江”的天才比喻。

其实，在人类历史的长河里，个体生命始终在风浪里颠簸。翻开浩如烟海的史料典籍，芸芸众生的坎坷遭遇，达官贵人的宦海沉浮，像一幅图像全景式地呈现在世人面前，让活着的人感受到生命的重负和世事的难料。回观现世，由于人口大幅增长，生存空间越来越狭小，相互间的竞争日趋激烈。

人没有办法延长生命的长度，但可以拓展其宽度。可让人难以悟透的是这个涵盖量非常之大的词汇——拓展，因为它包容了生物间最有灵性的人的全部欲望。而“欲壑难填”一词，又把人的本性概括得入木三分。于是，人与人之间就发生了奇妙的差异，有怎样的思想，就有怎样的生活。

如果把仕途当作人生的追求，那当今社会持竿的乐手能组成无数个恢宏的方阵，奏响一曲直冲霄汉的官场惬意曲，撩拨得急于改变命运的人，像赶庙会的滚滚人流，争先恐后地托门子找路子，也想挤在人堆里鼓着腮帮子吹阵子竽。而一旦挤进这些方阵，顿时身价百倍，骨头轻了，派头有了，昔日常挂在嘴边的俗言俚语消失了，代之以拿腔捏调的文件语汇，以此表明自己身份和生活层级的与众不同。毕竟在中国几千年的文明史上，官本位的意识曾占着主导地位。

以龙作为图腾的国度从来讲究实际，也就是实惠。现代有人直言不讳地说，经商做官，为了吃穿。久远的有“天下熙熙，皆为利来；天下攘攘，皆为利往”。古话虽然说得文绉绉的，但刻薄的程度不亚于作家李敖把人的姻亲关系喻为“生殖器大串联”。当然，现今的官员们肩负着为实现共产主义理想的使命，承担着带领小民奔小康的义务，绝非封建社会的官僚那样“三年清知府，十万雪花银”，贪婪成性。

其实，当官也难。在河南省内乡县的古县衙，有这样一副有名的楹联，上联是“得一官不荣，失一官不辱，莫道当官无用，百姓全靠一官”，下联是“穿百姓之衣，吃百姓之饭，别说百姓可欺，自己也是百姓”。乍看这大白话粗俗直露，仔细琢磨真还蕴含着深奥的哲理。道理很简单，作为纳税人养着的“公仆”，不管其出仕的途径如何，有责任心的在其位要谋其政，总想为百姓办点事。可面对错综复杂的社会关系网，就算使出浑身解数左突右冲，最终也仍囿于其中。如果不甘堕落或同流合污，让人用一个冠冕堂皇的无懈可击的理由踢出局，职业生涯就将彻底断送。当然，坏良心的投机钻营者又当别论。在风狂浪高的宦海里，他们驾轻就熟，玩权术于股掌，其做法可能受到人们的诟病。

老子云：“功成、名遂、身退，天之道。”而对于那些在仕途上半途而废的倒霉蛋来说，无穷的遗憾将伴终生，长吟短叹成了打发岁月的余音。当然亦不尽然。有真才实学的佼佼者，从泥淖里抽身而起，另辟蹊径，成就一番事业。这正应了四川青城山的一副对联：“事在人为，休言万般皆是命；境由心造，退后一步自然宽。”说实在话，只要日子过得去，闲适也未必不是一件好事。许多时候，人们往往对自己的幸福看不到，而看别人的幸福却很耀眼。想不到，别人的幸福也许对自己不适合，更想不到别人的幸福也许正是自己的坟墓。更何况人生处处布满驿站，挥挥手就成离别。

不可否认，被排斥在仕途之外的人，可能整日沉湎在往日的辉煌中，回味着陈酒的醇厚和绵长。这也难怪，想当初像龙鳞甲上的鱼虾被无意间带上九天，自以为已羽化，说起话来丫丫杈杈，做起事来盛气凌人，在朋友圈子里总想以我为中心，容不得别人有不同意见，一副首长派头。发生这种变化自己尚不觉察，因为官升脾气长是人性的恶习，使初入道的当权者在惯性的作用下情不自禁地误入歧途。对这现象钱钟书说得好：“猴子蹲在地上，其后部被尾巴挡住，你是看不到的。一旦它爬到高出，便露出了尾巴下面的后部，而且爬得越高，暴露得越清楚。”

鸣呼！生命只是时间的匆匆过客，在人生的漫漫历程中，春风得意也罢，坎坷蹉跎也罢，人总得背负着自己往前走，哪怕自己不再有风景。况且有古人“不为无聊之事，何以遣有涯之生”的处世哲学作借鉴，足可以化解心头的烦恼。

# 觑视上海男人

在回上海的中巴车上，与我同座的是位消瘦、满脸褶皱的上海人，凭腰际挎的传呼机和手机难以确认其职业和身份。因为同车游周庄的旅人十有六七有这标志现代社会色彩的劳什子。一路上振铃声此起彼伏，但大多是闲话连篇，难得有公务和商务入耳。

而给我印象深刻的莫过于这位上海男人，在近 3 小时的路途上，一张瘪瘪的嘴巴一刻也没有闲着。刚落座就用一双干枯的手不停地按传呼机的键，似乎在寻找什么信息，一会儿手机响了，在众人低头查看各自手机的忙乱中，他叽叽咕咕的上海话在车里响起，颇有点唱独角戏的味道。接完电话不足 10 分钟，他又捣鼓起传呼机，不知什么信息触动了他敏感的神经，又匆匆拨通了手机，用北方人难以破译的上海话侃了起来，“阿拉”两个字不绝如缕地从嘴里蹦出。

几个电话打完，他从亢奋状态中稍事平静，将花白的头靠在座位上稍微歇息一会，又耐不住寂寞地把一袋菱角拿出来，龇牙咧嘴地咬破皮吃将起来。

当然，他吃什么别人无可指责，可招人烦的是他将吃下的皮壳随手抛出窗外，在车流卷起的气浪里翻飞，抛洒在公路边如茵的草地和似锦的花丛间，污染了江南如画的景致。这时，我突然想起媒体报道过的一件事：几位似是作家的人物在欧洲旅行，其中一位老兄随手把烟头从车窗里扔出，陪同的主人赶紧让司机停车，跳下车巴巴地把烟头捡起来，放在自带的垃圾袋里。

诚然，即使是在发达国家也会有国民不自觉地破坏环境。作为生活在国际大都市的“阿拉”们，在用高科技武装自己的同时，更应具有环保意识，展现出一个现代城市人该有的文明修养。

# 《梦溪笔谈》杂谈

这些日子翻看沈括的《梦溪笔谈》，发现里面有许多清廉诚实的好官，他们的言行放到当今社会，简直就是做人做事的样板或学习的榜样。

沈括在其中写了一个官员戏耍走门子谋事的举人，情节饶有趣味。

许怀德任殿前都指挥使时，曾有一个举人凭借着许怀德乳母的关系，请求其收他做门客。举人衣冠不整地在堂前阶下行礼，许怀德高坐着安然接受。有人认为许怀德不懂事体规矩，便悄悄告诉他说："举人没有在阶下行礼的礼节，应当稍稍下阶相迎。"许怀德回答说："我得到一个利用乳母关系说情的秀才，只需这样对待他。"

但沈括笔锋一转，又写了一个性情温和且宽厚待人的官员。

"王文正太尉局量宽厚，未尝见起怒。饮食有不精洁者，但不食而已。"具体意为，一天，太尉家里人想试一试他的气量，把一点点墨粉放到汤里，但他只是吃饭而已。家里人问他为什么不喝汤，他说："我有时不想吃肉。"过了些日子，家里人又把墨粉放到他的饭里，他看了看说：“我这天不喜欢饭，可以准备一点粥。”

又过了些日子，家里的年轻后辈告诉他，说厨房里的肉被厨师偷吃了，他们吃不饱肉，请惩罚一下厨师。王旦（王文正）问：“你们这些人估计要吃多少肉?”年轻人说：“以前一斤。现在只能吃半斤，另外半斤被厨师藏起来了。”王旦问：“整整一斤可以吃饱吗?”年轻人回答说：“整整一斤应当可以吃饱。”他说那以后就按每人一斤估算可以了，这就是在小事上不揭露别人的过错。

可是，当王旦觉得自己轻慢别人时，会毫不犹豫地及时改过。有个驾马的士兵服役期满向他告辞，他问：“驾马几年了?”士兵答：“五年了。”他说：“我不记得你。”士兵转身离开后，他又赶紧让他回来，问：“你就是某某人吗?”于是送给他许多财物。原来是每次驾马，王旦只见他的背，不曾见过他的面，当他离开见到他的背时才记起来。

沈括又写了一个关于晏殊的逸事：

“晏元献公为童子时，张文节荐之于朝廷，召之阙下，适值御试进士，便令公就试。公一见试题，曰：‘臣十日前已作此赋，有赋草尚在，乞别命题。’”

皇上对晏殊的坦白十分喜爱，让他到阁中任职。晏殊在阁中任职期间，天下太平，皇上允许大臣们挑选好的地方宴饮作乐，当时在馆阁供职的士大夫，纷纷摆酒设宴，以至于楼阁酒馆都陈设了帏帐，成了士大夫们游乐休息的地方。晏殊那时非常贫穷，无法外出游玩，独自留在家里与兄弟读书学习。有一天朝廷挑选东宫官员，突然从宫中批准任命晏殊，宰执大臣不明白其中缘由，第二天进宫询问，皇上告诉他说："近来听说馆阁中臣僚无不宴饮游乐，夜以继日，只有晏殊闭门与兄弟一起读书。这样谨严稳重的人正该做东宫。"晏殊接受任命后，轮到他进宫应对，皇上当面向他讲了任命他的原因。晏殊的对答质朴无华，他说："臣非不乐燕游者，直以贫无可为之具。臣若有钱，亦须往，但无钱不能出耳。"

皇上对他的坦诚更加欣赏，对他的信任逐渐加深。在仁宗朝时，晏殊终于得到了重用。

官员的孝廉始终是历朝历代关注的问题，在此，不妨再看看沈括记述的当时的一个实例吧！

"朱寿昌，刑部侍郎巽之子，其母微，寿昌流落贫家，十余岁方得归，遂失母所在，寿昌哀慕不已，及长，乃解官访母，遍走四方，备历艰难，见者莫不怜之。"后来，朱寿昌听说佛教书中有水忏的方法，说是想见父母的人，只要口中念诵佛书就会如愿以偿。于是，他就捧读念诵不分昼夜，还刺破手指用血抄录佛书，又刻板印刷送给别人，只求找到母亲，这样过了许多年。有一天，他到河中府找到了母亲，母子相扶悲恸欲绝，路过的人都被感动。迎接母亲回家后，朱寿昌侍奉母亲，极为孝顺。后来，朱寿昌又出来做官，担任过司农少卿。士大夫中有好几个人为他写传记，丞相王安石以下官员写的《朱孝子诗》共有几百篇。

另外，《梦溪笔谈》还有一则言行专一和一诺成金的笔录。

“朝士刘廷式本田家，邻居翁甚贫，有一女约与刘廷式为婚。后契阔数年，廷式读书登科，归乡闾访邻翁，而翁已死，女因病双瞽，家极困饿，廷式使人申前好，而女子之家辞以疾，乃以佣耕，不敢姻士大夫。廷式坚不可，与翁有约，曰：‘与翁有约，岂可翁死子疾而背之?’卒与成婚。”之后，夫妻二人和和睦睦，他的妻子行走必须要牵着才行，生下了几个子女。

好心必有好报。刘廷式曾因小过而受处分，监察官本想斥逐他，却赞赏他的德行美好，因此就宽恕了他。后来，刘廷式主管江州太平宫，妻子病死，他哭得极其哀伤。苏轼很欣赏刘廷式的信义，写了称颂他的文章。

《梦溪笔谈》是北宋时期沈括撰写的一部笔记著作，是他晚年的见解和见闻的笔录，内容涉及天文学、数学、地理、物理、生物、医学、文学、史学、考古及音乐等学科，是在中国古代史上占有显著地位的科学家。

沈括现存最负盛名的著述《梦溪笔谈》《补笔记》《续笔记》《梦溪忘怀录》《良方》等，以笔记的体裁，记录、稽考订正了大量的当代和前代的典章制度、掌故逸事、文物考古、物产民俗等资料，这一切都成了后来文史研究的可信依据，更为人瞩目的是其中还记载了众多惊人的科学技术知识和创见。

# 阮籍的女人情怀

阮籍的狷狂和放浪形骸是中国文化史上的一道奇特风景线，近两千年来一直为人们津津乐道，成了文人性格特征的群体性的参照坐标。其实，在阮籍的骨子里，并不是一味地癫狂嗜酒，还有着对女性缠绵绕骨的柔情和惊世骇俗的行为。

公元 200 多年的洛阳，阳春三月槐花在枝头一派朦胧，满山遍野，恰似江南二月。牡丹尽管没有四百多年后唐朝武则天被贬其地时那样葳蕤，但硕大的花朵和艳丽的色彩，还是引得游人如织。此时，阮籍出了他当时居住的洛阳上东门，对明媚的景色视而不见，坐在一挂破车上，满脸悲戚的神情，用褴褛的袖头遮挡住晃眼的阳光，任由老牛拉着在乡间崎岖的山路上踯躅。

是什么事让这位旷世才子与桀骜不驯的中年人如此伤感呢？还是看唐朝房玄龄所写的《晋书·阮籍传》记述的事实吧。

“兵家女有才色，未嫁而死。籍不识其父兄，径往哭之，尽哀而还。其外坦荡而内淳至，皆此类也。”

说起来这阮籍做事确实有点荒唐和孟浪，他既与兵家没有任何亲戚关系，又不认识兵家女，可以说是没有任何瓜葛，却巴巴地跑去祭奠人家，还哭得伤心欲绝。当然，阮籍痛惜不只因兵家女的才与貌，而且还因其是个女儿身，他内心深处那种文人“好色”的情怀显现了出来。不过，这种“色”是秀色可餐的色，是一种对美好事物的向往和追求，是文人的一种精神享受，与肉欲有其本质的区别，因此“好”也就顺理成章了。但是，作为一个有敏捷才智和意志过人的儒生，有再荒诞的想法也不至于做出这样怪异的事体，除了千年之后贾宝玉似的痴情外，还能找出第二个人吗?

也许，谦谦君子提出质疑，阮籍对女性有那么高尚的情操吗?对“色”只停留在向往中，连意淫都谈不到，天下真有柳下惠这样的男人不成?

明朝陈继儒写的《小窗幽记》里讲了一个故事:“阮籍邻家少妇，有美色，当垆沽酒，籍常诣饮，醉便卧其侧。隔帘闻坠钗声，而不动念者，此人不痴则慧。我幸在不痴不慧中。”

在漫长的历史浸淫中，尽管许多文人把女人比作红颜祸水，但他们对美色依然追求，依然趋之若骛。所以孔子说:“未有好德如好色者。”于是，阮籍生在乱世志不得抒，眼看好德不成，转而好色。但是，把握“好”与“色”的度非常关键。如果，色乱情迷，迷失自我，那就不是一个真正的文人做派，而阮籍中规中矩，没有越过迷乱的感情红线。

阮籍邻居的美妇当垆卖酒，他佯装醉态躺在她身旁，在醉眼迷离中痴迷地看着美妇头上晃动的头饰和俏媚的脸庞，心里顿时有股暖流荡漾。他慵懒地将眼光下移，发现了新天地。

美妇纤巧脚上穿着一双绣花鞋，红缎鞋面上各绣有一朵白生生的牡丹花，在罗裙和罗袜的陪衬下，花朵似乎摇曳生姿，从花蕊里散发出沁人肺腑的幽香。此时的阮籍似乎有点把持不住自己，他变得神情亢奋。但是，他很快控制住了自己的情绪，他清楚地知道，美妇不是自己的，自己只能花钱买醉后欣赏，绝对不能造次。酒可以喝，色可以好，醉翁之意不在酒，也不在色，图得一醉一赏足矣！

在这里没有世俗的纠葛，只有醉人的浪漫。阮籍与少妇之间，始终发于情，止于礼，温情也罢，无奈也罢，才荡漾开来，便戛然而止。

话又说回来，阮籍若不是不痴不慧之人，换作别人，估计是做不到阮籍这样“醉卧美人旁，欲念不曾动”的。

阮籍作为“竹林七贤”的中坚人物，既有王勃在《滕王阁序》里的“孟尝高洁，空余报国之心；阮籍猖狂，岂效穷途之哭”的行状，又有着想象中的神奇理想。而且他把自己朦胧美好的理想，寓寄在一个美丽的女性身上。

在阮籍一生仅存的八十二首咏怀诗中，其中的一首尽情地描绘了一个他心目中的女子形象。

“西方有佳人，皎若白日光。被服纤罗衣，左右佩双璜。修容耀姿美，顺风振微芳。登高眺所思，举袂当朝阳。寄颜云霄间，挥袖凌虚翔。飘摇恍惚中，流眄顾我傍。悦怿未交接，晤言用感伤。”

阮籍那灵动秀逸之笔，描绘了一位飘摇云端的美人形象，那高蹈的舞姿，简直就像太阳的光波在舞动跳跃，令人心荡神摇。身材曼妙的美人穿着华丽罗衣，在佩戴着的双璜璧玉的叮当作响下，像天际的霓虹般绚丽耀目。修饰过的容貌浓淡相宜，光彩照人。随着和畅的清风，美人身上散发出淡淡的芳香。她突然登高远望，似乎在远眺思念中的情人。又见她揽起暗香幽幽的袖子，用娇媚的神态遮挡刺眼的朝阳。她的身影寄托在云霞之间，又挥舞着衣袖凌空飞舞。她虽然飘飘欲仙地在空中游荡，但分明又在阮籍身边流连徘徊，感觉目光频频地盼顾。然而令阮籍遗憾的是如此让人爱慕的佳人，可惜只能在迷离的幻觉中看见，未能真正与她交往接触，心中不免有着绵长的念想。

不可否认，阮籍的这首咏怀诗，实际表达的是他所处的那个时代政治的黑暗和生命的无常，有着精神的寄托和情感的宣泄，深切地表达了自己的世界观与价值观。阮籍在此展开想象的翅膀，不但把自己心中的女性描写得熠熠生辉，而且产生了一幅有意象的政治蓝图。

从古至今，日本人赞赏樱花的刹那芳华，瞬间的寂灭使其短暂的缤纷更加绚丽，人的生命亦如此。不难想象每一个衣香鬓影的女人在阮籍心目中的地位，因为生命是情感编织而成的。

# 享受一种阅读的况境

我不上网，不拿手机，更不会发微博，家里的固定电话一个礼拜也听不到几次响。但是，并不等于我的身心处在封闭状态，几百篇随笔、散文、杂文由女儿和朋友上传到网上，阅读量和评价还算不错。

有朋友劝我上网，说互联网是个巨大的资料库，我仍无动于衷。其实，我并非愚顽不化，女儿前年回家开通了 3 个月宽带，两个月后回了上海，还有一个月才到期限。我有时瞅一眼，买的基金跌得一塌糊涂，电视剧觉得无聊肤浅只好关机。

手机我曾拥有过，那还是五六年前，别人托我去南京办事，怕联系我不方便，送了个翻盖的摩托罗拉手机，我办完事就将其束之高阁。我一个月除了给女儿打几个长途电话，市话寥寥无几。倒不是为了省钱，座机办的是包月资费，通话的空间很大，关键是不知道电话打给谁，说什么事。有时其兴正勃，打给不错的朋友，他说正在接待领导，无暇扯闲谈，弄得我悻悻然。

手机成了相当一部分人须臾不离身的东西，走路在看，吃饭在看，半夜醒来再瞄上一眼，患上了信息强迫症。而手机在日暮黄昏的人手里所起的作用，不外是老翁老妪询问饭好了没，孙子孙女回来了没有，以及家长里短无关紧要的事。而年轻男女的通话又当别论，看他们神神秘秘的样子，不说也能猜出三分。总之，在月上柳树梢的时光，走在马路上，只见前后左右全是手机贴在耳朵上的人，行状不是窃窃私语、笑意盈盈，就是恣肆张狂、声震旷野。

实事求是地说，中国的复兴之路离不开中华民族坚实的传统文化。《论语》的博大精深，《孝经》的人伦规范，《离骚》的文采飞扬，唐诗的奇思妙想，宋词的摇曳生姿，元曲的幽怨绵长，明小说的云谲波诡，这些作品美得那么缥缈、朦胧和妩媚。这文化精品值得当下人从中汲取养分，升华精神之璀璨，提升文明之程度。对读书人而言，治学应含英咀华，厚积薄发。

我不喜欢上网、拿手机，因仍喜欢纸质的读物。手握一本书在阳台的花丛间，在光线和煦的台灯下，保持一种阅读的姿势，拥有一份阅读的心情，享受一种阅读的况境。当然，与古人相比，读书况境还是逊色：孤灯如豆倚窗夜读，或曦光初露院中晨诵，或夜拥薄被低首埋卷。

读书，实则是读人，是读人生。每人都是一本书，你读着别人，别人也读着你。从中了解中国的社会结构和文化传统，品味几千年的文化内涵，无形中拓宽了人生的厚度，无意间使平淡琐碎的生活变得斑斓多姿，使生命具有了一种庄重感。

受毛泽东手不离屈原《离骚》的影响，在几个月的时间里将《离骚》看了五遍，越看越心潮起伏，拍案击掌，惊于屈原之才华绝艳又志高行洁。

古代的中国真是重泉厚壤，鸿儒硕彦毕集，西人难以比肩。一本《古赋精华》不知翻了多少遍，宋玉的《风赋》《高唐赋》、欧阳修的《秋声赋》、杜牧的《阿房宫赋》、曹植的《洛神赋》等名篇，真是百看不厌。为作者非凡的想象力，生花的妙笔，以及其内敛、诗性的散文写作风格所折服。

在社会进入泛娱乐时代之后，浮躁之风弥漫于社会各个层面，连一向被认为宁静的学界，也不例外，真正下潜的学者少得可怜。

最近，朋友送了一本明朝张岱的《夜航船》，真是越看越有味道。以前陆续接触过《夜航船》里的一些句子，还以为是一本文学书籍，实际上是一本百科书籍。作者以扎实的史料功底，介绍了经史文化、风俗人情、植物花卉等包罗万象的知识，让人爱不释手。

凭中央电视台《百家讲坛》声名鹊起的于丹，已经丧失了用日常语言表达情状的能力，什么场合都是对偶铺陈，妙语连珠，字字珠玑，听久了也会索然无味。最近，在北京大学昆剧雅集庄重的场合，当台下观众还沉浸在舞台化作一片旧时月色的平淡而美好的优雅中，呼唤着老艺术家返场和讲话的时候，坐在头排位置的于丹，身着黑丝袜、短裙，脚蹬恨天高，被主持人“隆重”

邀请上台作为代表发表感言，却立即遭到观众的嘘声。看来，观众并不需要这些曲解典籍的学霸。

一个民族，如果毫不吝啬地把至高的荣誉都献给那些整天受媒体追捧、处处被鲜花和掌声包围的文化人，那才是国家最大最深的悲哀。

做学者，要有冷静的头脑；做文人，则要有炽热的心肠。

俄国作家洛扎诺夫说：“文学本质并不是在于虚构，而在于内心对倾诉的需求。”何况，文学并不是消遣，文学有一种批判的精神。

而融入文人情愫的茶，在市场经济的环境里，品种纷呈，质量上乘，彰显品茗论道、品茶品人生的禅境。当代文学应以茶的风骨和历练为基调，重绽盛唐文学奇葩才是正道。

# 国人乍富后的浅薄

前几天社区开座谈会，可能是抽签抽到了妻子，她有点不愿去，我极力动员她去反映一下民意，能杜绝楼上人家往下丢垃圾、楼前楼后乱停车的陋习，使大家有一个舒适的生活环境。

回家后问起开会的情景，她说了一件事，倒觉得挺有意思，颇能反映国人乍富后的浅薄。

一位在楼前或是楼后的邻居，虽不是时尚达人，穿着倒也不赖，在座谈会提到有私家车的苦恼，也不乏显摆的成分。她盛气凌人地说，她是小区最早买车的人家，可也是受祸害最深的人家。因为小区设计上没有车库，停在楼下的车不是叫小孩划得伤痕累累，就是被人盗去车灯等零部件，弄得全家人神经兮兮的，没有个好心情。为此，她强烈呼吁社区能有所作为，为私家车保驾护航。

主持会议的社区书记是个当地籍的小年轻，可能是对历史的掌故了解不深，或是急于拉近与小区居民的感情，不知轻重地说，听这位大姐的口音，好像是宁远堡的人吧？这个女人一听这话，就像霜打了的茄子，坐在座位上一声不吭，与先前滔滔不绝的神态判若两人。

当前提倡的干部年轻化，固然为社会管理机构输送了新鲜血液，但其工作经验的欠缺和对民情民意的无知，成了做好工作的软肋。以社区书记为例，他的原意是拉近老乡之间的关系，显示亲民的姿态，可不知犯了当地的民情大忌。在这个移民占多数的工业城市，当地人最不受待见，不管男女老少一律被外地人蔑称为“老汉”。尤其是城市周围的农民，尽管乡音已改，衣履光鲜，但依然受到不应有的歧视。其实，歧视他们的那些人，本身就是由地地道道的外地农民“蜕变”而来的城市居民。

在中国经济强势发展的势头下，汽车工业成了支柱产业，仅几年的工夫私家车就进入家庭，速度之快令世人咋舌。当前，不仅是一二线城市车满为患，就连偏僻的四五线小城，街面的拥堵也成了常态，简直有点不可思议。当然，大城市的上班族路途远，公共交通拥挤且不方便，买一辆车也情有可原。可有的人上班最远车程十几分钟，有的人单位距离近在咫尺，且小城公共交通方便，这样的家庭仍开车上班就显得有点夸张了。

更何况，买车的人家并非富得流油，绝大多数的人也仅两三千元的工资，还赶不上当前快递员、泥瓦工等的收入。当然，也仍有不少底层职工生活状态异常艰难，没有均等地享受到经济社会发展的成果。

诚如卡尔维诺所说：“人与人的生命质量不可能同样厚重。”

而且，按照马克思·韦伯的社会学理论，衡量社会地位的变量主要有三个：收入、声望和权力。企业的中高层管理人员是经济增速的最大受益者，薪酬是职工的数倍甚至十几倍，可以说富得流油，至于是否“物有所值”另当别论。

在露富心理的驱动下，小区的公共空间胡乱地停满了各类车。这些在极短时间积累起财富的人，修养和习惯不好，没有一点公共意识。

前几年，在中午和傍晚时分，企业雇用的几个治安管理人员，在楼宇间转悠，甚至坐在汽车旁守护。有人向他们的头儿说，在一个契约社会，有私家车的人既没有缴纳看护费，又没有订立契约，车辆真出了问题你能担得起吗？而且，在一个法制社会，参与这种没有契约精神的买卖，不是自找不自在吗？

在这个半封闭的小区，每平方米两毛钱的物业费，物业部门绝对没有给私家车看车的义务。解决的办法只有一个：自家的孩子自家养，自家的车子自家看。

国人的腰包猝然鼓胀，其心态犹如叫花子捡了个大元宝，手足无措不知道该如何花。于是，实现自己的夙愿：买上两碗汤面，喝一碗，倒一碗，报店小二撵人如撵狗的一腔之仇。

中国人真富到嘚瑟的地步了吗？在巴黎抢购奢侈品只是个特例，拙劣地上演了暴富后炫耀的闹剧。也许，说不定这些人自以为有强烈的民族主义精神，向腐朽的西方资本主义示威：中国人民站起来了，骄奢淫逸的资本家专享的奢侈品，今天不也为具有中国特色的社会主义民众享用吗?

当前，在清廉世风的推动下，一个以服务为宗旨的政府、一个关注民生的政府，首要的任务是对老百姓富了以后要“教之”，要让百姓富而崇文、富而好礼，举手投足都洋溢着文化味。

# 一个非球迷眼中的世界杯

暑天在巴西打得如火如荼的世界杯，我一场都没有看，连即将开战的半决赛是哪四个队都不知道，可以说是名副其实的球盲。可是，我对四十年前看过的一部关于世界杯的纪录片还记忆犹新，那种人高马大的外国球员在绿茵场上拼杀的情景深深镌刻在脑海里。

我看这部纪录片纯属是虾米粘在龙鳞上——混上去的。

当时，当地的一个领导酷爱打篮球，我又特爱看文艺书籍，尽管年龄有所悬殊，但不影响我们成为关系特铁的忘年交。一天下午，他让我与他的那一帮球痞子坐车三个多小时，来到地区军分区的俱乐部看电影。随着一束强光打在幕布上，映出的片名是《把世界踩在脚下》，才知道这是一部有关世界杯的纪录片，心里颇感新奇。

随着放映机咔咔咔的转动声，幕布上的足球明星魔幻般的传球、攻球、守球的洒脱动作，令看电影的“井底之蛙”目瞪口呆。当两队球员为抢一个球发生激烈碰撞，还有球员受伤倒地。

足球运动血腥的思维定式在我心里延续了许多年，认为中国足球运动不发展有其儒家社会的基因，传承了一种平和睦邻的意识。尤其是在 20 世纪 90 年代偶尔看了场中国足球的联赛，顿悟足球并非一味地拼死相搏，亦有着温柔缠绵的一面，似乎不必为一个球的得失像乌眼鸡似的拼命，使之既伤了和气，又瘪了钱包。

当“洋和尚”米卢把中国国足带到首尔的世界杯比赛竞技场上时，我难得地瞅了一眼比赛，想了解一下冲出亚洲的中国人是个什么样子。当时，中国铁杆球迷为中国足球冲向世界豪情万丈，花费不菲的资金到韩国助威。可是，毕竟仅在脸上贴上一层金箔的菩萨骨架是泥捏的，是经不起正经摔打的。

2006 年 6 月 4 日上午 10 点整，当我在键盘上敲打一篇稿子时，距中国足球队应战哥斯达黎加还有四个半钟头，可心里总是忐忑不安。虽然我不是球迷，而且几乎不看踢球的过程，只扫一眼输赢的结果，但西亚土财主沙特被欧洲老迈的德国战车剃了个 8：0 的大光头，使我的心一下子悬了起来。

沙特国家队在日本迅速崛起之前，一直是亚洲足球的代表，曾在 1994 年的世界杯上杀进世界杯的十六强。可以说，在过去的二十年里，沙特人一直统治着亚洲足球。而德国队从 1984 年以来，一直时运不济，昔日的辉煌不在，他们把复兴的时机寄托在 2006 年的韩国世界杯。但是，德国人的意志就是钢铁的韧性，从不喜张扬的氛围和牵强的附会，更不会把一件令心情欢愉的事儿同富国强民的重任联系在一起，于是在绿茵场上洒脱自如，把皮球一次次向沙特的球门里灌，有种大人欺负小孩子的不仁。可是，这正好证明足球是残酷的，凭借钢铁意志和娴熟技巧取胜，绝不靠呐喊和撞大运。

当然，下午两点半的球赛，毕竟哥斯达黎加在足球水平落后的拉丁美洲也不算一个强队，但哥斯达黎加人近乎非洲人的身体素质是绝对优势，他们的攻击力又非常强。而中国队想破阵并非轻而易举，但如果此役无果，后两战更无戏，甚至会败得惨不忍睹。

“将达到其足球历史上的一个里程碑”，这是国际足联对土耳其队的评价，绝非国内一些媒体的炒作，看看以下事实就了然。在1996年首次参加欧洲杯的土耳其，在2000年的欧洲杯上杀进了八强。本届世界杯预选赛，排在小组第二名。在随后的附加赛中，土耳其以总分6：0大胜奥地利，从容挺进世界杯决赛。巴西尽管这几年球运跌跌撞撞，但可以毫不夸张地说，巴西拥有世界上最多的支持者，有着谁都无法否认的实力和潜力，任何时候都是冠军的强力争夺者。

中国足球队面对这些如狼似虎的强手，能不蹈沙特的覆辙就算万幸，还能有什么好戏，可偏偏有那么一些人，翘首期待着能打进十六强。这种高期望值的产生，无不与媒体炒作有关。自从中国足球队入围世界杯，商家找到了最佳的形象代言人，使沟壑纵横的米卢成天不是提个酒瓶子就是捧罐饮料作秀，在几十个电视频道上晃悠。而各种传媒平台为了发行量或收视率，不遗余力地拿中国足球队说事儿，聒噪得国人又一次扎堆跟风，像前些年盛行过的甩手疗法、鸡血疗法、卤水疗法等，人人言必称足球，否则就成了白痴，甚至是不爱国。

不可否认，足球这种具有强烈对抗性的运动，对社会或个人有种凝聚作用。但这毕竟是种娱乐，一如米卢提倡的快乐足球。如果无限制地拔高到扬国威的地步，那我们的社会调理起来也似乎太容易了。还是学学德国足球队，不事张扬，不善附会，靠铁一般的整体意志去争取胜利。

4 点 30 分，中国对哥斯达黎加足球赛结束，中国队以 0∶2 负于对方。电视屏幕上是哥斯达黎加球迷狂欢的镜头，中国球迷的镜头只显现一个球迷满脸沮丧的神情，可能是后悔钱白花了。

最后的结局是中国队在这届世界杯上，乘兴而去，败兴而归，中国队小组赛三战尽墨，未进一球，尴尬地结束了自己在世界杯赛场上的处子秀。可话又说回来，在国内称霸的足球宠儿毕竟到世界足坛上溜了一圈，经历了风雨，见过了市面，掂出了自己的斤两，不至于张狂到没边没沿。

2014 年的世界杯，中国老愤青或小愤青只能以平和的心态看别人拼搏的连台好戏，不再喷着唾沫星子去说足球振国威那档子事，真正享受了一把快乐足球的盛典。

6 月 9 日，德国战车在同足球王国桑巴军团的半决赛中，以

7：1 的悬殊比分横扫巴西队，率先进入决赛。此刻，巴西人难掩悲切，但仍平静地接受了这个事实，誓言四年以后再战，这就是足球的魅力。

6 月 14 日，德国战车绝杀阿根廷，破 1984 年以来的魔咒，终于捧起了自己历史上第四座世界杯金杯。为了这光荣的一刻，他们卧薪尝胆，足足苦练了 24 年。

而反观中国，24 年后能否再忝列 32 强，走出不被剃光头的魔咒，是国人的最高期盼。可是，按中国国足目前连个亚洲小组赛都出不了线的惨状，这个愿景实现起来也难！

# 不让孩子输在起跑线上是个伪命题

贫寒乍富和显摆焦虑的国人，常常梗着脖颈上的青筋，喷着满嘴唾沫星子，在大庭广众声嘶力竭地吆喝：不能让我的孩子输在起跑线上！

于是乎，公立幼儿园门前，为一个孩子的进园指标，家长不惜劳神费力地排几昼夜队；到了孩子上小学的年纪，家长更是倾其全力托关系、掏赞助，一门心思要挤进所谓的名校；中考更是一件惊天动地的大事，折腾得家长筋疲力尽。面对这风起云涌的择校浪潮，主管部门多次拿出按区域划分中小学生源的办法，以求教育资源的均衡。而望子成龙、望女成凤的家长，闻风而动砸钱买处在名校区域的房子，瞬间这些地段的房价翻着跟头飙升，房价一平方米竟有超过 10 万元的，工薪阶层辛苦一年也买不到卫生间几块瓷砖大的地。更有甚者，在网上看到一则消息，在北京西单附近的文昌胡同，一间面积仅有 10 平方米的民宅，售价高达 340 万元。因为，附近有一所被认为是“北京最好的小学”之一的实验二小。

不由得让人感慨：生活就是这样，各有所好，各得其所。其实又何苦来哉？俗话说：“命里八尺，难求一丈”。

其实，人的成功要靠一定的禀赋，即俗话说的“三分打拼，七分天赋”。这话对具有唯物主义思想的人来说难以接受，不定晃着脑壳直说谬论。人世间多少命题就是在争辩中不断完善，逐渐成为社会生活的常识，从而使人尽量避免大起大落，顺遂地实现自己追求的理想，成为一个对社会有用的人。

历史殷鉴不太遥远，只是处在急遽变革的时代中的人们容易遗忘。

我的学习经历说来羞赧，遑论上大学，连幼儿园、高中的门都不知朝哪开，仅有初中毕业文凭。在职取得的电大汉语言专业大专文凭，是迫于情势自考的。当时尽管是特大型有色金属企业的文稿秘书，但涨工资受限于学历的硬杠，不得已忙里偷闲苦读。

电大初开办时，通过入学考试取得学籍的电大生要脱产学三年，而自学的考生只需考试前在当地的电大报个考试科目，一门课交五毛钱的考试费即可同电大生在一个考场考试。说来也是幸运，正式的电大生面授三年、各门功课及格才发毕业证，而我两年半全科及格即拿到毕业证，还得到单位 800 元的奖励，这在 20 世纪 80 年代初算一笔大收入。

我短暂的求学经历颇为传奇。小学五年级随大姐从家乡转学到了现在的重庆江津区石龙峡乡完小，学校设在昔日乡绅的两层木结构宅第。整个建筑具有西南富庶之地的典雅，那一角飞檐、一堵斑驳老墙，在光影下自然而然地流露出乡绅人家知书达理的韵味。

当时，毁林伐树炼钢铁搞得热火朝天，成片红薯烂在地里。但是，小学生的生活还是相对平静的，一斤红橘三分钱，大家吃得不亦乐乎，教室地上铺着一层橘子皮。坐在我前排的那个长着两只扑闪大眼睛的川妹子，常趁老师写板书的档口，从桌子底下递过来新奇的零食。小小年纪不谙世事，抓过来低头塞在嘴巴里，瞅老师不注意鼓着腮帮子咀嚼。

小学六年级又随大姐漂泊到了石油系统的四川泸州炭黑厂。厂里不提供家属住房，一家五口子人蜗居在农民出租的茅草房里。留存在记忆里的岁月已很久远，偶尔回想起来仍毛骨悚然，佩服一家人的承受能力。

茅草屋的墙是四川特有的红泥巴夯实筑成的，伞状的屋顶用稻草铺就，因多年没有翻新，稻草霉变成了沥青色，发出熏人的气味。屋子窄陋不说，还没有一扇窗户，黑乎乎的整天不见亮光。夏天的日子里备受煎熬，四川的雨水不知怎么就那么多，淅淅沥沥的雨一下几十天，将地面浸泡得泥泞不堪，红泥小径如镜面般光滑，稍不留神就栽一个跟头，被稀泥巴糊得像披了一身铠甲。

茅草房的墙面渗出串串水珠，湿气弥漫在屋里，铺的盖的均是潮乎乎的，人睡在床上特别难受。更难堪的是屋子 20 多米开外，是个无遮无盖的大粪池，上面一层白蛆翻腾着蠕动，着实骇人。

但是，四川不愧是天府之国，蜿蜒的丘陵铺秀叠翠，站在茅草房前远观平畴野畈，都是一派澄和闲美之象。房前屋后的竹林四季青翠，雨中奏响扑簌簌的天籁之音，风中摇曳着妩媚舞姿，有种空灵的美感。

借读的泸县新民乡完小，离家足足有十千米路程。学校设在昔日地主的大宅子里，十几个教室宽敞明亮，错落有致，琅琅的读书声此起彼伏。还有一个丘陵地带难觅的宽阔大操场，在春天的蓊郁里，花木繁茂。尤其是种植在操场边沿的几棵蓖麻，葵状的叶子像一柄柄油纸伞，为团团刺猬般的果实遮阳，株株蕃秀华实。树冠蔽日的黄葛树遮蔽了烈日，午间直射的阳光穿透层叠的叶片，把斑驳的光晕洒落在光洁的地面上，蝉躲在层层叠叠的树柯间，在氤氲气韵里放肆欢唱。

乡村的学校里无所谓围墙，更谈不到校门，四面是通透的，大家可以从四面八方进入各自的教室。我的教室靠近东面的甬道，道边上有一棵枝繁叶茂的橙子树，在已不太燠热的日子里，累累硕果像一个个期盼有人击打的沙袋，泛着诱人的橙色，让人垂涎欲滴。

有一个词最适合形容新民完小春季周围的环境——翠微杳霭。挨着学校的一个大水塘，菱角的叶子覆盖了半边水面，水牛悠闲地在塘边吃草喝水，不时抬头吼出哞哞声。农家孩子馋得不行了，撩起长衫的前后襟塞在腰际，屏着气站在塘沿，眼睛瞪得如铃铛，瞅见有泛着浊水的气泡冒出就麻利出手，一条泥鳅便攥在手心。俄而放在学校灶房为每个学生准备的专用瓦罐里，与自带的大米一起放在大笼屉里蒸，中午就可以打一个多日不见荤腥的小小牙祭。

新民完小的六年级只有一个班，有 60 多个学生，大家不紧不慢地学习着，放学几乎没有作业，局外人看不出是毕业班，因为没有一点学习紧张的氛围。我每天早上沿着蜿蜒的小径到校，下午放学抄田埂优哉游哉回家，家人也不问学习成绩如何。

泸州是川南重镇，沱江奔腾千里深情拥入长江怀抱之地，站在两江汇流处极目眺望，本来汹涌的江水此时却柔情绵绵，宽阔的江面上烟波浩渺，小雨婆娑，引人无限遐想。

泸州是典型的亚热带气候，物产丰富，尤其盛产桂圆。桂圆茂密的叶子遮盖着色泽呈土黄色的果实，装饰着沱江水岸的边缘。

小学毕业后，我填报了个升学志愿就跟着同学到沱江边玩耍，胆大且水性好的四川“锤子”砍根芭蕉杆，跃进滔滔的沱江中流击水，玩得不亦乐乎。江面上不时有欢畅的大鲤鱼跃出水面，腾高尺八又轻盈入水，不见水花，馋得人挠心。渴了揪下几串桂圆，剥出晶莹剔透多汁的果实大快朵颐。天渐向晚，在迷离与颓懒中回了家，家里人也不管不问，好像压根儿就没有升学考这等事儿。

不经意间，接到了泸州一中的录取通知书，全班只录取了 3

个人。听录取在泸州一中的另两个同学讲，没考上的同学表现得异常平静，安心在竹林环绕的房舍里做人民公社的社员。在人生逼仄的年月，人们的心态远没有现在这么浮躁，能过个安稳日子就心满意足了。

报到后才知道全泸州市只有四所中学，泸州一中按现在的归类法，应该属于重点中学。学校建在长江边，校门正对着碧绿的滔滔江水，放眼望去，江面上帆影点点。赤裸着古铜色肌体，仅在裆部遮块帕子的船夫沿着陡峭的崖岸，弓着腰身吃力地拉纤。绵长而悠扬的川江号子此消彼长，悠游如烟岚，似风露。教学楼墙壁上爬满了郁郁葱葱的青藤，像披了战时的防空网，充满了神秘感。沥青小径两边的梧桐树勾肩搭背，晚秋的桐子是学生的最爱。

中心教学楼前的小花园，春天繁花似锦，争奇斗艳，三秋时节，桂花的郁香让人沉醉。相隔不远处的大水塘，夏天菡萏摇曳，鱼鸟翔集。坐在塘边的石条凳上望着这如画的景致，尽管食堂里吃的是令人腹胀如鼓的高粱面，但大家的心境还是不错的。

在那个万物匮乏的时代，初中未毕业回到了家乡，因不爱数学、俄语，学习偏科，初中毕业只考了个师范学校。当孩子王不是我的夙愿，报到后见宿舍里是四张床，觉得条件还可以接受，领了书就心不在焉地听课。不料过了几天，星期天上午来了几个木匠师傅，随着乒乒乓乓一阵敲击，四张床被拼成了通铺。至此，对这个师范学校彻底失望了，上课时间跑到县图书馆看书，到点吃不要钱的饭，坚持了一个月，不顾扣下的行李，坐了一辆拉煤汽车回家了。

往后，凭着对文学的挚爱，最终成了一个自由撰稿人。有时扪心自问，我如果不意气用事，系统地学习一下中国文学演变的脉络，也许境况会更好一些。但又在心里否定，说实话，国人活得真累，不但给自己人为地划定起跑线，还给下一代设定跨栏的标高，如今一年仅大学毕业生就有大几百万的，硕士五六十万、博士五万多，数量按人口比例算远远超过教育水平超群的美国。

前几年由上海辞书出版社出版了我的散文集《偷得半许宁与静》，从总角之年，到青葱岁月，书中有我成长的痕迹。

“无用之用，是为大用”，庄子这句话至今不过时。升斗小民盼望的有质量、有尊严、有温情的生活也是“中国梦”不可或缺的部分。

# 全是秘书作的怪

有人忿忿然说：世上流行大话空话套话全因秘书而起。话虽有点偏颇，但不失公允，因我曾任秘书而为之。

刚当秘书那回儿，坐我对面的秘书科长特笃定，大智若愚的神态被缕缕香烟烟雾笼罩，握笔的手不停地蠕动，数千字的讲话稿一蹴而就，很得领导赏识。让不谙世事的我佩服得五体投地，在心里直嘀咕他怎么有那么多话深藏于心，洋洋洒洒一泻千里，把材料写得花团锦簇。我相比之下笨得出奇，面对稿纸常常一筹莫展，抓耳挠腮不知从何下笔，勉强敷衍成篇，就像没醒好的面团——抻不开，缺乏感染力和煽动性。为此，我苦恼得夜不能寐，恨不得扇自己耳光。

我是个性格倔强的人，不会轻易向困难低头，暗下决心一定要把写文稿的窍门找到。于是，首先研究科长写下的成叠成沓的讲话稿，发现尽管是应景之作，但调子绝对与时代合拍，且常有拔高之处。更令人叫绝的是能把理念提炼成朗朗上口的四六句，念起来有音律感和节奏感，像鼓槌一样敲在人的心扉上。

悟出科长写材料的套路后，我埋头看了大量的红头文件和报纸社论，反复琢磨最响亮的口号式语句，并注意用修辞手法酝酿文章的高潮，写起材料来亦挥洒自如。尤其是写起领导同志的讲话稿来，掰着手指头把首先、其次、再次、另外的层次讲得头头是道，振聋发聩。

曾有一位在研究所自诩文章高手的才子调到秘书科，头一次写材料就铩羽而败。当时科里活多，科长就把刚受命的讲话稿起草任务交给了他。因原来都是熟人，只是简单地把要求交代了几句，并限第二天上午交稿。这老兄踌躇满志想露一手，可因对具体情况不了解，加之尚不掌握讲话稿的要领，足足折腾了一夜，稿纸撕碎了一大堆也没有写出稿子，反倒把康复已几年的胃病激发了。第二天早上哭丧着脸，要求回原单位，称自己吃不了这碗饭。科长悔于自己的失误，一番好言相劝，我又尽力相助，终于帮他在限定时间内完成了任务。后来这位才子原单位倒没回，可对讲话稿这类应用文始终找不到感觉，只好改做文件管理工作，再也不沾秘书这个腥了。另有一位一直处理文件的秘书，一天因搞文字的人手不够临时写一份讲话稿，他当时没有拒绝，答应三天后交稿。第三天的下午还不见人，只好到家里去找。这时，只见这位老兄愁容满面，摊开的稿纸上没有写下多少东西，无奈只好找人加夜班赶稿。

讲话稿无须多高的文采，只要入了门就能写得妙笔生花。当然，天下文章一大抄，汇报材料更是同出一辙。不同之处以基本素材为基础，按对应的上级领导和管理部门的要求在结构上作适当调整，而给人的印象却悬殊。如不熟悉情况的人认为有新意，熟悉情况则有种似曾相识的感觉，但恍然间又觉得事理明晰。于是，这些空泛冗长的材料旅行于各部门，造成了文牍主义的泛滥成灾。务实的部门或领导想从中了解点实情，那真是水中捞月一场空。

如此程式化的文字整合，使入了门的秘书荒于学习，热衷于剪贴。我曾听一位继任者说，他已经好几年没有买过一本书，言下之意是干这个行当读书无用。非也！一个真正的好秘书要懂得语法、修辞、逻辑、政治、哲学、经济、文学等方面的知识，才能写出有指导意义的文件和材料。只是那些半吊子秘书轻视知识的积累和文字功底的锤炼的话，结果则是不言而喻的。

一位曾相熟的秘书，在一篇文章中堂而皇之写下“35 年前诞生了镍”这样的话，办公室副主任给他作了一些修饰，他还不服气地恢复原样，认为镍“诞生”在 35 年前的措辞没有不妥。而不买书的这些秘书，在拟就的企业奋斗目标中，不明白“做”与“作”之间的细微差别，更不清楚“作”为古体字比宋朝后起的“做”更有文字演化的学问，把很庄重的口号一律写成“做”饭的“做”。

其实，当个秘书也很累，这并不完全是指在文采上耗费的心血，可能更多的是要持续学习积累，做到文稿实用和言辞的平衡。

# 环境卫生，须从娃娃抓起

我同意这样的观点：什么是传统？就是日常的习惯坚持的人多了，就成了传统。通观我们的生活，何尝不是这样的呢？

就以随口吐痰来说吧，这无疑是国人的习惯，而且因坚持的人多，延续的时间久远成了传统。在文房四宝或京剧、昆剧等传统国粹陷入式微的窘境时，吐痰的传统随着国人基数的无限扩大，吐痰的人数呈现增量的趋势。放眼神州大地，不管是在人流滚滚的繁华都市，还是在穷乡僻壤，到处都能发现痰渍，当然，神圣的天安门广场也未能幸免。

这不是贬低国人的素质，实在是难以恭维，就以我的亲身经历来说事儿。

前些日子与一位熟人逛街，他咳得一声山响，喉结一蠕动，一口浓痰就吐在光洁的人行道地砖上，看得人直恶心。我不悦地问他，为什么不吐在近在咫尺的树坑呢，这样最起码让人看得舒服些。他对自己的不良行为振振有词地辩解说：大家都在吐嘛！况且也习惯了，自然就不择地方。我无话可说，只能看着一撮浓痰在夕阳的余晖里昭示着国人的劣根性。

还有一次，与另一个熟人在步行街上行走，他也是“啪”的一口将浓痰贴在大理石地面上。当然，边陲小城的人不能跟文化积淀深厚的长三角的苏南比，人家那儿的步行街地面被拖把拖得像一面光洁的镜子，在灯光的辉映下宛如西方的音乐厅，给人一种秩序营造的美轮美奂的享受。步行街的硬环境不错，可软环境就差之远也。富起来的工人骑着摩托车在街面横冲直撞地显摆，店家或行人随手抛洒的垃圾随风飞扬。但那一口浓痰仍然是那么扎眼，于是我像一张磁盘一样重复了上面的话，回答竟惊人地相似。

看来思维的定式一旦养成是难以改变的，不如像邓小平同志说的足球从娃娃抓起那样，环境意识也赶快从娃娃抓起。况且，我有这方面的体验。

我在姑娘两三岁的时候就教育她不要随地丢弃纸屑和果皮，于是她记住了我的话，剥下的冰棍纸或吃剩的果皮核，紧紧攥在小手里，迈着蹒跚的步子，细心地寻找垃圾箱。有时找不到垃圾箱，她就仰起稚嫩的小脸问：爸爸，皮皮扔在哪里？长大后依然如故，从来不在街面上乱撇东西。

反之，在农村里长大的另一位熟人，虽然有大专的学历，大小也算个知识分子，但从小没有约束的生活使他养成了不注意环境卫生的习惯。吃下的香蕉皮随手可以丢弃在街道上，一点都没有觉得有什么不妥。一次，我实在看不下去，顺手拣起香蕉皮来丢在垃圾箱，而他依然是一副熟视无睹的样子。

我倒是欣赏范伟在小品《卖拐》里说的那句话：“人跟人的差别怎么那么大啊?”看来，先天的耳濡目染对后天的养成确实有不可估量的影响。

从小抓起，从娃娃抓起，让我们的环境变得干净，让人的灵魂变得纯洁。

# 老人吝啬为哪般

现代社会老人的心态几乎都是趋利避害的。倘若不信，那就到银行或股市去看看吧，排队买国库券或盯着股市大盘的几乎全是皓首苍颜的老人，这与世界上发达国家由投资公司或大股东投资资本市场的情景大相径庭。

我女儿在网络公司一个月工资 5000 元左右，可每到月底还在信用卡上透支，她妈不解地说这些钱数还要数一阵子，怎么就花得一干二净，也不存一点呢？参加工作才两年多的女儿在电话里振振有词地辩解，说趁年轻不穿点好看点，不用点化妆品把自己包装得靓点，等到成了黄脸婆后悔都来不及。

听了这番代表大多数年轻人心声的话，我无言以对，谁叫咱们生在那缺吃少穿、高就业低收入的动乱年代呢？由此，想到了比我们更节俭更可怜的上一辈人。

朋友的父母都是耄耋之人，父亲尚有微薄但能解决温饱的退休工资，母亲是一辈子的家庭妇女，尽管有 8 个儿女时不时予以接济，但父亲对钱财的悭吝达到了锱铢必较的地步。自己单独住一间屋，出外时铁将军把门任谁都进不去，缘由是钱在柜子里锁着呢，生怕有个什么闪失。害怕老伴儿奢侈了，买菜的活计统一由他接管一手操办，可他从来就没有做过饭、不识菜品，他倒也知道删繁就简，认准哪个便宜来哪个，不是茄子一堆就是韭菜一把，弄得饭桌上清汤寡水，儿女们看了心里发涩。

更令人腹诽的是他对陪伴他风雨里程半个多世纪的老伴儿，抠门程度让人发指，每月只给 15 元钱营养费，限定仅许买当地产的牛奶。老伴儿平日手头没个零用钱，儿女们看不过眼偷着给上几个，也被他软硬兼施要了去。老伴儿不堪受其辱，像晚年的托尔斯泰一样愤愤离家出走。

另一个朋友的老丈人，虽然有不菲的退休工资，但行事方法与前一位朋友的老工人父亲并无二致。别人家的姑娘回娘家吃了喝了还要往回拿，他女儿回娘家不但要带足自己的盘缠，而且还要负担两位老人的生活费。80 多岁的老丈人对家里该开支的项目持非常慎重的态度，总的原则是要找出阻止花钱的各种理由，节约每一个铜板，只是用来充填他的钱柜。

就以雇个保姆来说，人家开价 200 元，他坚持只给 180 元，明里暗里就是想把事情搅黄，好让休假的姑娘操持家务。而老年人养成的生活习惯又非常另类，上午在外面转完再倒头睡回笼觉，一直折腾到下午两三点钟才吃午饭，煎熬得朋友的媳妇叫苦连天。

老两口一月的生活费均卡在 500 元之内，几乎做到月月不超支。老丈人从来不主动给外地的子女打电话，电话成了名副其实的接收器。有一个月电话座机除了月租仅缴了几元钱的话费，他进门高兴地向丈母娘炫耀，遭到一家人的冷脸。一次，眼看家里的生活费没有了，丈母娘让老丈人拿折子取钱，老丈人瞪着眼珠子恶狠狠地说，这不是你管的事。实际说穿了就是想让姑娘掏钱，反正是省一个总比花一个合算，只要做到开源节流就好。

老人们这样爱财，细究起来并非他们的错，说穿了就是对未来生活怀有一种说不清的恐惧感。

# 生活琐记

**（一）**

当一个人从原有的生活轨道上被甩脱出局，回首望着自己走过的蜿蜒曲折的路径，突然会在心底产生一种深深的留恋之情。尽管有那么多的不如意，但逝去的岁月里的人或事、恩或怨，全叠映在记忆的荧光屏上，搅得人有种撕心裂肺般的疼痛感。

多年前，当我不堪忍受工作环境的压抑和人事关系的复杂，在生命的盛年放弃仕途的奔波，想颐养天年。一个春日的下午，我骑车带着从办公室拾掇起的私物回家，路过家门口的一个十字路口，看见在街心花园里，许多退休职工不是坐在一起聊天，就是围成一圈下象棋打麻将，懒懒散散撒落一地。这时，我顿觉生活的节奏在这里变得舒缓了，甚至有点走到生命尽头的不祥感。预示自己以后的日子将以此为坐标，刹那间一种令人窒息的悲哀弥漫心头，精神到了崩溃的边缘。但是，另一种不甘沉沦的信念又支撑着我，激励我从险恶的生存状态中突围出来，迈上新的生活道路。

其实，纵观人世间，许多人贪图的是功利的虚荣和精神的浮躁。看那些为官者，贤者倘能事必躬亲，体恤民情，明察秋毫，善待百姓，在其位谋其政讨个好口碑；而那些不郎不秀者，一旦荣登龙门，豺狼本性暴露无遗，忘却了曾蹲在墙角晒太阳或仰人鼻息的历史，摆出一副唯我独尊的小人派头，动辄不是说这个有劣迹，就是那个有瑕疵，盛气凌人得不可一世。可是当被撵下台后，那恓惶劲真是难以言说。当然，他还可以躲在家里，靠咀嚼昔日的辉煌打发寂寞的岁月，痛惜人生的短暂，喟然长叹“但愿再活五百年”。

此时，我既然步出了舒适圈，决心凭自己的实际能力，那就要在大千世界闯出一番新天地。功夫不负有心人，我不到一年时间就走出了困境，所写的稿子在全国一些报刊上发表，赢得了声誉。一如一位朋友所说：“是金子在哪里都会发光。”

**（二）**

人生在世，不可能万事不求人，但万万不可轻易求人。为官者或暴富者，因地位悬殊求不动，往往是热脸贴在冷屁股上闹个尴尬，多日挥不去心里的阴影。人微言轻者，求了也没用，好像锥子扎在棉花包上无一点声息。碰上侠肝义胆的好人，奔波多日无结果，反倒给人家平添了些许麻烦，倒让求人者心里过意不去，欠了份人情，添了块心病。

有鉴于此，我在与一位管人事的朋友唠嗑时一再告诫，要以仁爱之心对待弱势群体。有些人为自己应有的切身利益或为寻找心态的平衡，不知在心里暗下了多少次决心，在其办公室门口徘徊了良久才敢倾心相求。如果对这些仅为生计而折腰的老实人施以严威，扑灭他希望的火花和生活的勇气，可能对其造成一生的伤害。当然，对跑官要官者又当别论。

中国近代大文人陈寅恪长挂在嘴边的一句话是：“人不可有傲气，但不可无傲骨。”可见凡是一个心智健全的人，除非是在万不得已的情况下，否则还是少找人办事，免得碰钉子。

对此，我有亲身经历。我因人事方面的原因从公司机关下到基层，不知是巧合还是天意，那年冬天气候反常，几场大雪过后，四野冰封雪盖，雪霁的马路成了溜冰场。我本来骑车的技术欠佳，此时简直成了一个拙劣的马戏小丑，常常是一个跟头连着一个跟头，摔得鼻青脸肿。尔后，只好小心翼翼地步行，挟着一股寒气回家，不等暖和过来又到了上班时间，心情黯然到了极致。在压抑的氛围里，耐着性子熬了几年，确实感到自己的性格和特长不适应担任当时的工作，渴望回到原来的工作环境中去，于是就厚着脸皮四处求人。可是，满怀希望打到北京去的电话或写到北京去的信函，不是被婉言拒绝就是杳无音信，让人失望到了欲哭无泪的绝境。万般无奈之下，只好求助相知相亲已踏上为官之道的熟人或朋友，可碰的钉子更扎人。更有甚者，经我四处求告，像阿里巴巴念咒语似的好不容易打开希望之门的一点缝隙，他们赶紧把门顶严。尤其令我难以释怀的是求到一位往昔交情还不错的领导，尽管他还算爽气，口吻里念旧情，可他的家人流露出十足的不耐烦，在餐厅里频频喊他吃饭，尴尬得我无地自容。

“人，总得背负着自己往前走，哪怕自己不再有风景。”

还原事物的本质可能是时间的铁定法则。我一个领导朋友退休后像个邻家老头到处乱窜，见熟人隔老远就打招呼，生怕别人不理睬他，让人顿生怜悯。可有的人不买账，他前脚蹒跚离去，后脚就指着他脊梁骂。我也碰到过这种情况。一天，站在我家楼下等人，见他溜溜达达走过来，因懒得搭理就赶紧把头低下，可他眼尖得有点不识时务，仍同我打招呼，我不由得软下心来敷衍几句，照顾他的面子。

## （三）

恃才傲物，自命清高，愤世嫉俗，这是古今自诩为文人雅士固有的臭德行，无意间在行为意识上与其他层面的人有了距离，影响了其同整个社会的兼容性及认同性，成为一种独立的人格群体。但是，因其游离于社会的边缘，受到的攻击或伤害尤为惨烈。

20 世纪末的春节，初五的下午我突然接到了北京某一大型时政杂志编辑的电话，称其去办公室取东西时，发现了放在他办公桌上的我的几篇杂文稿，按捺不住激动的心情，通过电信查号台查到了我家的电话，情深意切地向我约稿。其间，据他讲有与他联系的杂文作者达 30 多位，但看了我的文章仍有种“众里寻他千百度，蓦然回首，那人却在，灯火阑珊处”的感觉。在一个小时的通话里，这位研究生出身的年轻编辑一再称赞我的杂文“文笔流畅，疾恶如仇”。

但这正是我性格的顽疾。一位相交多年的老朋友曾说我口无遮盖，得罪了许多人。实际上我用笔得罪的人更多，有人扬言要报复，说他的离开日就是我的倒霉日。至于他怎么个离开法，我就不得而知了。可这话说得有点不合时宜，实际上我早就倒了霉，被单位抛弃，成了个仅受法律制约的自由人。按《劳动法》的规定，原单位的任何规章制度对我已没有一点约束力。同样，也就没有资格忝列“教授满街跑，高工多如狗”的行列，既不能享受五天工作日，又不能拿高薪，十足的沦落人。

前些年，我看不惯当权者靡费公款拉动起来的摄影热，在《人民摄影报》上发了篇《楚王好细腰新解》，据传当地和省城的一帮“摄友”要状告我。对此我倒是不以为然，却为这些人悲哀。正如海明威讽刺那些乐于拉帮结派以壮声势的劣质文人，说他们凑在一起时仿佛是狼，个别的抻出来看看不定是狗。为此，有朋友劝我不要过多得罪人，我则明确地表示，不想在活着的时候攒几个花圈，或者在追悼会上，让不相干的人讲几句言不由衷的赞美词，乃至废话。

我总觉得作为一个成熟男人，抑或算是君子吧，对待自己的个性，应该不要附加外在的条件。春风得意不会轻浮，穷愁潦倒不会沮丧，欣赏某人不会成为其私党，不待见某人决不会把他视为敌人。

# 熟人慎套近乎

多日不见的熟人不期而遇，是火辣辣地泼洒情感，还是待对方发出亲近的信号才去寒暄呢？我的经验之谈是宁挨骂勿猴急，否则不定闹个热脸贴冷腚的尴尬。

20 多年前，当我在书店当营业员时，与一位在大企业宣传部门当科长的长者成了忘年交。他这人常给公家买书，我这人又特实在，但凡是乙种订单要来的不公开发行的书刊，或者是偶尔来的开禁的文艺书籍，总是想方设法按需数给他留足。同时，因志趣脾气相投，克服了年龄、职业上的差异，在相当长的一段时间里我们竟成了无话不谈的挚友。

当然，在特定的历史条件下，以他优越的社会地位和经济条件与我结交，他嘴上不说什么，其实我心明如镜，不就是为了买书方便吗？但我有自知之明，始终以一颗平常心待之。可是，当我的工作发生变动，不能为他提供服务时，友谊滑坡的幅度之大是我始料不及的。

随着人生阅历的增长，出于对今后发展的考虑，我转行到了与忘年交同属的企业，当了一名三班倒的工人。其间都忙自己的事，且缺少了书这根友谊的纽带，朋友之间见面的机会就少了，甚至两三年亦难得谋面。

一年夏天，我被抽到写知识青年扎根农村的典型材料，吃完午饭与几位同事逛大十子商场，猛然发现忘年交朋友提个公文包也在商场转悠，我喜不自禁地跑上前去打招呼，热情地伸手相握。令人难堪的情景出现了，那朋友对我的挚情一脸惘然，两眼流露出不屑的神情，两手握住公文包纹丝不动。刹那间我脑子一片空白，神情木讷地僵在原地，在同事困惑不解的目光下，悻悻地自谓认错了人，找个台阶赶快溜之大吉也，当时心情沮丧到了极点。

命运总有那么多的巧合，真可谓“山不转水转，山不相逢人相逢”。时间仅过了几年，当那位搞宣传的朋友升职时，我也当上了经理办公室的秘书，两人同在一个大楼工作，几乎到了抬头不见低头见的份上。

经过多年生活的磨炼，我在处理人际关系方面也练达起来，虽然同忘年交朋友经常见面，但从不单独相处，曾经有过的友情完全尘封在时间的隧道里。忘年交朋友没有料到我有这份出息，似乎有愧疚之意，冷漠的眼光荡然无存，倒生发一种温情。但不知为何，我对他甩出的和解话头总不接茬，不想开启心灵之窗。

在相当长的日子里，我们都小心翼翼不去捅这层窗户纸，因为于我是铭心刻骨的伤痕，于他是无地自容的尴尬。

一天下午，我步履匆匆地走在回家的路上，突然一辆乌黑锃亮的轿车斜刺里插过来，停在我身边。我的忘年交朋友走过来握住我的手，神情庄重地说，他已经调离这个城市，到省城附近的另一个工业城市继续工作。说着眼眶竟湿润了，弄得我不知所措，往日的积怨冰释。这时，我在心里反倒骂自己小肚鸡肠，说不定他当时正考虑一件大事，而你记恨这么多年，真没有男人的气度。

后来听人说，他是被人挤走的，看来经历过磨难才能体味情感的分量。可话又说回来，尽管磨难是人生的财富，但磨难太多，往往将人挤压在生活的夹缝，无疑能置于死地。如果仅仅为考验人与人之间的情感，磨难还是以少为好。

自从有了在大十字商场受辱的遭遇，在生命的进程中碰到忧喜，我都恪守这么一条准则：碰到多年不见且情况不明的熟人或朋友，不轻易打招呼或表示亲近。

去年，我一位见面就调侃或开几句玩笑的熟人，一不留神当上了中国特大型企业的副总经理。当有人兴冲冲地跑来报喜，说我的哥们升了职，倒弄得我一头雾水。当弄清楚是这位老兄高升后，我放下正在洗涮的碗筷，赶紧声明怎么能够跟人家称兄道弟呢！

来人催我打电话祝贺，我一再坚辞，拗不过一再央求，我拨通了新贵家的电话，果不然他的老婆立马充当了生活秘书的职责，像审干似的问起姓名、单位、有何干项等事宜，小心翼翼地报出姓名后，他老婆好像知道我与她老公有点交情，这才把新贵叫来接电话。

新贵任命下了还没有到任，头脑也没有被胜利冲昏，他同我依然在电话里嘻嘻哈哈开玩笑，并无不戏谑地说，当副总经理还不如干我的矿长来劲。他仍是那么直率洒脱，顿时把我的心理障碍拆除了。

过了些日子，我碰见了这位已上任的副总经理，他晃晃悠悠提着买的一兜子食品穿街而过。估计有三四年时间没有见过面，乍一见都愣了一下，我痴痴地瞅着他，潜意识里那股清高的劲头又萌发，愣是不开口说话。他却没有任何迟疑，紧走几步握住我的手摇了几下，一如既往地调侃："怎么，不认识了?"我快人快语："本来想给你打招呼，一想你们这些人常犯升官不认人的毛病所以就打住了。"他也不甘示弱："今天可是我先打招呼，你可不能说我不认人。"之后，俩人就在当街无拘无束地聊了些不着边际的话，因都是家务缠身的男人就匆匆离去。

后来，我对多日不见的熟人是主动打招呼还是不打招呼，颇费了一番心思，最终也没有得出个所以然。不由得仰天长啸，深感人际纷纭，万事不可强求一致，随遇而安可能更实际些。

但是，我还是奉劝众人，熟人多日不见，最好还是待双方调整好情绪再套近乎，否则将落下块心病。

# 收礼全收的是鲜牛奶

当今社会流传最广的一句广告词是“过年爸妈不收礼，收礼只收脑白金”。其蕴含的是父母体谅儿女谋生的不易，象征性地收些价廉物美且健康有益的礼物，既让儿女尽了孝道，又不使儿女在经济上造成负担，达到一举两得的效果。

当然，生意场和名利场上的送礼，绝对不是一两盒脑白金能打发了的。逢年过节后，大街小巷打着收购礼品的店铺生意兴隆。这正应验了在市场经济条件下，有需求就有供给的经典语录。不过这句话在此要改为：有积压就有回收的渠道。

老话说：人有欲，则无刚。在“争利亦争名，驱车复驱马”的繁忙情景下，无形中做大了送礼的市场，创造了无限的商机。相对于无权无势的老百姓，因为没有多少可利用的社会价值，无须伤筋动骨去送礼，或因工作关系，或因日常交往，彼此在节假日礼尚往来，也不过是意思一下。因为在礼仪之邦的中华，有着“往而不来，非礼也；来而不往，亦非礼也”的古训。于是，不管是过年送礼还是到医院探视病人，成箱的鲜奶就成了首选目标。

闲暇无事，与一个老婆住院的朋友聊天，他说这些天不管是同事还是亲朋，到医院探视几乎全提的是成箱的牛奶，弄得病房快成了牛奶小卖部。更让人烦恼的是牛奶的保质期仅为45天，有些人买的时候忽视了看牛奶出厂日期，喝的时候一看仅剩几天保质期，弄得人措手不及。另外，一个病人哪能喝那么多的牛奶，全家总动员也喝不了，只好让从外地来的大姨姐当探访亲友的礼品送人。

问及这些人既然送礼，为什么不买点能较长时间保存的实用些的营养品，现在又不是物资短缺，进到任何商店商品均是琳琅满目，可以买些诸如百合干、蕨麻、银耳、枸杞等，为什么人人都提箱鲜牛奶呢？

亲朋好友间礼尚往来，我这人也讲个实惠。像今年过春节到大姐家去拜年，念曾有过的养育之恩，在超市买了最好的食用油和最贵的大米，从来不买那些过度包装的所谓的营养品。

对人人探视病人都提一箱鲜牛奶的奇怪现象，我们几个人探讨的结论是：一箱牛奶显得体积大，而且价格便宜，在面子上达到了中国人向来所追求的目标。这时我也恍然明白，商店里卖的月饼或滋补品，在外观奢华且门扇大的纸盒子里，为什么只装着拳头大的一点点东西，原来噱头在这！

呜呼，精明的商家参透了5000年的中华文明。

# 勿念与勿忘

“施人慎勿念，受施慎勿忘。”这句极具哲理的话是哪位伟人说的，已经记不得了，但晓谕的事理却始终让我铭刻在心间。

因为在过去的岁月里，确确实实在能帮人的时候帮过一些人的忙，而且是关系到前途或生存的大忙。也许是数量比较多和“施人慎勿念”等缘由，时间稍长就在记忆的荧光屏上风干，不留一点痕迹。

其实，这对世俗之人何尝不是一件好事。社会本来就是各色人等表演的大舞台，谦谦君子如稀有物种少之又少，一些人根本不知道“受施慎勿忘”的古训，巴不得把别人施予的恩惠尽快从脑海里一笔抹杀，做一个轻松自在的人。于是乎，平日里绝少提及曾施与自己的人和事，碰见了也仅是打个哈哈。说实话这也是人之常情。

人生路漫漫，生活的坎总能迈过去，何况每个人心灵能够承受磨难的日子必然有限，你总得容他在窘境里脱身而出，行走在灿烂的阳光下吧。

不过，心存感恩是人生的一道天然命题，考验着人性的良知和做人的基准。在浮躁和功利的年代，要求每个人保持传统的道德底线实属不易。但感恩之心在一些人身上不但没有泯灭，而且还得以放大。

前几年与一位似曾相识的人邂逅，他主动与我打招呼，一时想不起他的姓名，就打哈哈问他在什么单位工作，他惊讶地答道是你给我介绍的单位啊！我讪讪地说忘了。他立即情真意切地说，你忘了可我不能忘，以后有啥事一定来找我！当然，随着我办事能力的递减，对以前储存的交际资源还是有开发利用的冲动，后来知道他手里有好茶叶，就厚着脸皮找过他几趟，倒是次次有所斩获，算是搭车消费了一把吧！

人们都说岁月不饶人，确实如此。这不仅体现在容貌上的沧桑感，更可怕的是观念上的陈旧及保守。最近与一位做餐饮生意的朋友聊天时，望着他豪华办公室里的陈设，一个从来不曾有过的想法问题突然萦绕在脑际，幸亏没有得到过某人的实惠，否则面对其现在的困境，还不得把得到的吐出来，要不良心上会不安的。

俗话说世事难料。想当日这人生意火爆的时候，高朋满座，胜友如云，一副踌躇满志的样子。我尽管在之前帮他做了一些疏通关系的忙，但却具有开创性的价值。可随着两人经济状况的巨大反差，原先视觉之间的平视渐渐演化为仰视，心情变得难以名状地焦躁。这时审视自己，觉得如果继续强装欢颜维系朋友关系，可能在经济上能得到一些实惠，可在人格上就将失去尊严。于是，赶快抽身而去，不久两人形同陌路。现在，由于他经商的失利，辉煌已成为过去，我们昔日的友情又恢复如初。可看着他精神的空虚和事业的困顿，我如果以前得到过他的钱财，那目前唯一能帮忙的就是把他曾接济我的钱财吐出来，也算是反哺吧，那不是鲜活地演了场举债还钱的闹剧吗？

古语曰：不食嗟来之食。凭我的切身体验，不管在什么情况下受人钱财都不是件好事。朋友之间的相处应该是真诚而无私的，尽可能排除功利的元素。当然，鹤立鸡群的姿态也是难以处世的，作为一个个体的生命，在世俗社会里难免要与身边人相互来往，人情世故是免不了的，关键的问题是必须把握住度，不能把友情或亲情当成了牟利的手段。

不可否认，我也有俗不可耐的地方。前几天一个曾给他帮过学业上大忙的生意人来求我办事，这人自称是江湖上的人，不知是利欲熏心还是精于算计，无事向来是不登你的宅门。一年前因为一件小得不能再小的事，他出面求人有点难，要我替他办一下。我本来就有些侠肝义胆，何况又顾及曾坐他车看过胡杨林，欠了一个天大的人情，只好觍着脸为他求一个企业的领导人。事情办好后他连句道谢的话都没有。自那以后近一年没有联络，突然前几天他来电话要我送点青海产的佛手参，心里纳闷该不会是又让我求人去吧！果不然，他把生意场上相互利用的手段克隆在了朋友的交往上，还是让我再去求人把原先的事情彻底了结。我当时气不打一处来，随即开出的条件是先拿两条软中华再去办事。此刻，他像个卖菜的小贩，与你讨价还价，说拿两条一百多元的行不行，我一口咬定非“软中华烟”不可。之后，他可能觉得不划算再不见人面，我倒也落个清净。

窃以为受人钱财替人办事，并非常理，很大程度与社会显规则相悖。做人的道德准则应该是在不违背原则的前提下，能帮人时尽量援手，过后“施人慎勿念”，而受益者过后应做到“受施慎勿忘”。

# 小城市民众生相

小城地处偏远，比邻大漠戈壁，在大都市人的眼里几近蛮荒之地。可是，随着中国镍工业的崛起，小城不但声名鹊起，而且由于国际市场上有色金属价格的暴涨，企业的利润增加，职工的收入逐年大幅增加，在一定程度上生活已达到小康水平。同时，因地方税收的增加，城市面貌发生了巨大改观。可是，令人遗憾的是尽管硬实力依靠资源的优势暂时上去了，但“软实力”却始终停滞不前。

何谓软实力？按这个词的发明人约瑟夫·奈说，软实力就是各种文化的总和。而文化依《现代汉语词典》的解释是人类在社会历史发展过程中所创造的物质财富和精神财富的总和，特指精神财富。说实话，这种解释有点模糊或玄妙。记得有一个人说过，什么是文化？说白了就是动物没有的而人有的就是文化。想想也确实是这么一回事，和动物相比，人首先有思维意识，能按照自己的意志行事或表述自己的思想观点。其次，人始终囿于一个组织机构严密的世界里，懂得用社会秩序管理和约束个人的行为，并追求一种稳固的民族形态和自由平等的生存环境。

纵观生存其间的小城，人基本上不太尊重自己，苟同成了普遍现象。也许是远离大都市的缘由吧，扎堆跟风蔚然成气候。就拿女人的服饰来说。前几年风行松糕鞋，这里不管是妙龄少女还是半老徐娘，几乎是在一夜之间齐刷刷地用松糕鞋装扮了起来，趔趄的步履成了城市的一道亮丽风景线。现在流行高筒靴，满眼是穿靴子的赳赳女人，那气势大有与男权社会一争天下的劲头，这可能是社会发展的必然趋势。

时装的美在于贴合人的身体，体现出女性的气质和教养，并非一味跟风。就那长筒靴来说，有修长的腿和窈窕身材的女性穿起来那才风情万种。否则适得其反，犹如踩高跷，把自己身段的劣势暴露无遗，花钱买了个不痛快。当然，爱美之心人皆有之。

俗话说丑女多富，紧接着又是句女人的过场多，意思就是说丑人的花花肠子多。不言而喻，这是“仇富”心态在作怪，在一定程度上影响社会的和谐，但又在某些方面确切地反映了社会急遽变化中文化的缺失。古话说得好，为官三代，才懂得穿衣吃饭，其蕴含的浅显道理就是凡事都有个成长期，万不可急于求成，更何况钱并非是万能的。

再说另一档子事，可能要惹不少人反感。随着入世后汽车价位的一降再降，小城的人又掀起了买轿车的风暴，不到 20 万人口的市区，据说 2006 年 10 月份就卖出 1000 多辆各种型号的小轿车，汽车销售商赚了个盆满钵满，笑得合不拢嘴。而买车者绝大多数是普通劳动者，车款是平日从嘴里抠出来的，现在一掷千金地抛洒，其心理不仅仅是相互攀比，似乎更多的是想凭借这么个乌龟壳来提升自己的社会地位。其实难以奏效。在中国汽车厂商吆喝着让轿车进入家庭的喧嚣中，轿车已经从奢侈品降为民众的代步工具，还原了物件的本来面貌。

说实话，大城市的上班族有辆车确实能给生活、工作提供不少便利，买车不用说有其必然性。而在这厂区与住宅区相对集中，上班最远路程不超过 4 千米，公交车的车费不管远近只需 5 毛钱的小城，买辆车就有点凑热闹的意味了。夏天不等停放在露天的车暑气降下来就开到上班地方，冬天不待车里的温度升起来又到了，停楼下有操不完的心。邻居家买了一辆低价位的车，在富人眼里可能不屑一顾，可在刚刚脱贫人的手里，那是一笔可抵身家性命的资产，小两口精心呵护。可能是上班距离太近开车嫌麻烦的缘故，总见他们的爱车停在楼下。炎炎烈日怕晒着，侦察好日头的直射点，上午 10 点前停在两栋楼的中间，中午再挪到树荫下，下午再换个位置，体贴的劲儿比伺候姑奶奶还周到。

也许有人说买车是为了享受，道理尚且如此，可实际操作起来就嫌钱包瘪了。开车到周边城市去旅游，偶尔去一两次尚可，多了就不是工薪阶层的消费形式。另外，潜在的花销是不菲的，养路费、保险、油钱、过桥过路费等，一年没有一万多元下不来。小城通火车站的一条不知属于二级还是三级的公路，路况却与东部的一条县级公路相仿，已收了十三四年的过路费，可以说收费员已由姑娘收到媳妇，媳妇收到了婆婆依然不收官。甚至觉得还不过瘾，前两年还涨了价。

前些日子在一个小学校旁边等人，目睹了驾车者“人一阔脸就变”的张狂劲。夜幕垂落，路灯亮起，家长牵着学生缓缓通过斑马线，可排列成阵的车流没有一辆减速，孩子们过马路简直是如履薄冰，处处充满了杀机。当然，行人的安全意识也不高，许多人根本不知红绿灯是为人设置的安全屏障，在车流滚滚的十字路口过马路胜似闲庭信步，想怎么走就怎么走，全然不顾信号灯的提示。一天，迎面碰见一个熟人，可能是刚在饭馆里消费完，领着老少十几口人闯红灯，真让人捏把汗。我匆匆中提醒了两句，他昂然一副无所谓的样子，我心里却替他悲哀。

在这个移民小城，普通话普及率是相当高的，从企业职工的第二代开始，基本上是一口纯正标准的普通话。但立市以来，从周边引进的干部至今仍割舍不了家乡话，开口便是淳朴的气息。

小城的人过上了幸福日子，可令人遗憾的是精神文明程度没有提升到与物质文明相匹配的境地，而且显露着缺少文化教养的种种迹象。

夜晚，这个小城一如沿海发达城市一样，灯火灿烂如白昼，处处流光溢彩。可是，让人难堪的情景一再呈现在人们眼前。酒吧门前，或是小吃店前，时不时地有穿着集团公司工作服的壮硕男人站在人行道上撒尿。当然，吃饱了，喝足了，内急了找个地方解决也未尝不可。关键是最好找僻静的地方放水，不要让行人难堪，自己丢脸。

蓝领如此，白领也好不到哪儿去。朋友在一家国有商业银行工作，偶尔有事去坐一坐，茶喝多了上趟洗手间，每每发现便池里遗留着大便，令人作呕。其实，就是举手之劳，他们撒泡尿都用一大水箱的水哗哗地冲。按行业的社会地位归类，银行职员毫无疑问应属于白领阶层，但他们的生活习俗与边远地区的山民毫无二致。当然，在此绝对没有贬低农民兄弟的意思，更何况江南已经没有区分乡下人与城里人的界线了。

行笔到此，突然想起在书本上读到的一段话："一位读诗的人曾这样恶狠狠地说，诗歌正在欺骗着我们！而一位写诗的人则说，现在，让我们脸红的事情已经不多。"

# 君子不党的流浪狗

不管是古代还是当代，作为地球上最具灵性的人，其本性还是动物性。特别是在失控的状态下，动物性比人性更强大。

现代社会里，许多人生活享受往往太刻意，充满了要向别人展示，争取别人认可与赞许的动机，所以享受容易掉入一窝蜂的风潮。于是乎，国民刚吃饱肚子没几年，攀比养狗成了一种时尚。放眼域内，不管是在凋敝的乡村，还是人流熙攘的都市，状如牛犊的凶悍大狗或玲珑端淑的小狗，仗着人势徜徉在田野或街头，呈现了一幅人狗浮世绘。

不可否认，这个社会还有很多人不懂得尊重生命。许多宠物狗被主人以这样或那样的缘由抛弃，成为无家可归的流浪狗，脏兮兮地露宿旷野或街头，用人们丢弃的残渣剩饭果腹。而狗狗们的心，似乎还祈盼着主人们幡然悔悟，回到曾经优渥的日子里。于是，固守在一个地方，看着起涨消弭的日落烟雾，等待转运。

同在天涯，谁遭遇的沦落不是沦落，沧桑又不是沧桑。封闭的小区里有体态不一的十几只流浪狗，在煦暖的冬日，聚集在一栋楼宇的向阳处静悄悄地晒太阳。从它们浑浊的眼睛里流露出的神情推测，面对云谲波诡、晦暗的狗生，似乎在筹划着今后的生计。毕竟年华老去，归期杳渺，生死存亡的种种无奈困扰着流浪狗群。

自然界的事有其共性。如人总是不会在其拥有着幸福生活的时候懂得人心鄙夷、世情益乖。同样，当狗们懂得人类恶积祸盈的时候，往往已经不再或不知如何悲伤了。

流浪狗是真君子，尽管处境险恶，但群而不党，不搞小团体，不拉帮结派，而是相互帮衬，是货真价实的民主社会。在凛冽寒日的许多天，凡是阳光洒在几个商店门前的小径上，总见一条大狗带着一条小狗躺在花砖地上晒太阳。大狗仰着脖子睡眼惺忪地观察六路，小狗则亲昵地依偎在大狗的脖颈下，神情是那么享受，那么满足，有着温情的意境。同时，它们淡然甚至于漠然的表情，似乎说着很实在的切身的过去，让人觉得这个画面里没有狗性的挣扎，而是狗心的深度，狗性的尺度，狗性的慈悲。

一个充满了和谐的社会，人们常说的一句话是："人不能一个人活着。"其要义是任何人需要别人的关照，也要成为一个能被别人所需要的人，大家都要做一个有爱心、有体谅之心的人。引申开来就是要帮助所有需要帮助的生物，让其在共有的地球上有尊严地生存下去。

家人向来怕狗，前些年见到袖珍小狗都要退避三舍，可是在如今狗已繁衍成群的现实里，胆子也渐渐大了起来，敢在狗群里穿行。尤其是数次见到流浪狗的聚会，心里觉得又好笑又怜悯，总想尽力帮助它们。更何况母性的力量是比肩于宗教的神圣与无私，是倾其所有的给予，无须任何的回报。

前些天家里煮了一锅羊肉，剔下的肥肉和骨头有好几斤，家人趴在窗户上瞅着找流浪狗，要喂这些可怜的人类的朋友。可是，也许是天气转暖的原因，流浪狗不知流窜到什么地方去了，等了一上午也不见它们的踪影。当太阳西斜，几只流浪狗又聚在一起，一副慵懒温顺的样子。家人提着肉骨头赶紧下楼，我站在阳台上观其动静。突然，流浪狗撒欢向楼的侧面跑去，转到卫生间的窗户往下看，两只中不溜大的黑狗和一只小花狗围着一堆肉闻了几下，不知是没有进食的欲望，抑或怕人心叵测，竟然退到丈八远的地方，卧倒在地窥测情势。

家人进屋说，下楼见到狗们像招呼人似的说了句过来、过来，流浪狗就匆匆跑了过来。后来看到狗们恝然的样子，不太喜欢它们这个神情就悻悻然上了楼，委屈地说，好心好意给它们送肉，还装出一副不吃嗟来之食的清高样子，令人心寒。

细究起来这不能怪狗，炎凉世态让狗把人性看透了，处处有了防人之心。从世界的发展史看，人类其实跟别的物种一样，都有集体无意识，只有用强权规范，才能跌跌撞撞驶向文明的未来。也许世上本无好人，伪饰的时间长了，道行修炼成了，也就从被动的装成了真正的好人及善人。

一只黑狗似乎是经不住羊肉的诱惑，大着胆子叼起一块肥肉吃将起来，而另两只狗变得更加沉稳，有一种坐看云起云落的淡然。不过一会儿，放在台阶上的肉就让狗们吃光了，只剩下几根肋骨。见此，家人很是高兴，因为她十分亲切地记着张爱玲的一句话：“因为懂得，所以慈悲。”

善心是人之常情。大家都可能听过这句话：“上帝不能亲自到每家，所以他创造了母爱。”

# 一个五线全国文明城市的感悟

中国镍都，由于丰饶的矿产资源及衍生的丰厚地方财政，在几十年的发展下，如今四街八巷浓荫如盖、花香袭人，城市格调得到了极大提升，在甘肃这个各项经济指标全国殿后的贫瘠省份，第一次在全省荣膺全国文明城市，成了蝎子㞎㞎头一份。说来，这也算是天大的荣耀，因为新晋升二线城市的省城兰州至今还在摇旗呐喊，竭力动员全社会力量争创这个名头。

饶是，放眼当下域内徒有虚名的事体比比皆是。就拿文明来说，辞书的解释是：社会发展到较高阶段和具有较高文化的形态，其间涵养出高理解度、高尊重度、高包容度的人类文明，而且文明是需要方式的。那么，现代中国的文明方式是什么呢？不外乎最本质的是遵守社会公德的谦卑、温良恭俭让的心态、知耻而不为的仁慈等，因为这些价值和精神是鲜活的、现实的、有生命的东西。

近些年镍都这个全国文明城市的宠物狗、流浪狗特别多，网上有人做过粗略统计，仅市区就有 1.6 万只左右，于是呈现出一幅人狗徜徉的图貌。在风和日丽的黄昏和华灯璀璨的夜晚，景致如画的公园和河渠逶迤的景观带，大狗追逐小狗，公狗撵着母狗，简直就是狗的世界。最惊悚的是吐着长舌的藏獒及其他烈犬，恣肆追逐撒欢，惊扰着休闲散步的人。而狗主人以骄横奢靡粗鄙无知的情态，彰显着自己是刚填饱肚子没几年，对消费价格敏感但尚有能力养上宠物的工薪族，生动地再现了鲁迅先生早就痛斥过的国民的劣根性。

狗患扰民不说，大狗小狗随地大小便，行人走在光洁的人行道上须眼观四方，否则将踩上一脚狗屎，一整天触霉头。尽管狗咬人的事不算新闻，但市中心医院急诊科走廊竖着的犬咬伤救治流程指示牌，看得人煞是心悸，因为当前中国仍是狂犬病的高发区。

说实话，在镍都这个移民城市，不管是老市民还是新市民，绝大部分是从农田里走出来的农民，几十年了还没有彻底转换成新的市民角色，缺乏社会公德是寻常之事。纠正随地吐痰和大小便的陋习即使有关部门竭尽全力，目前仍收效甚微。而让爱狗人士养成拴狗绳和随地清理狗屎的习惯，还需要政府的“教之”，下大力气培养爱狗人士以承认约束为前提的自由，培养能设身处地为别人着想的善良。

古人说：“欲知平直，则必准绳；欲知方圆，则必规矩。”规矩，是一种约束，一种准则。人不以规矩则废，党不以规矩则乱。好在市人大和市政府制定出了《文明养狗条例》，并通过省人大常委会通过，作为地方性法规即将实施，但愿能一以贯之，还一个宁静恬淡的日子。

欲“变风俗”，需“立法度”，千年前北宋名相王安石的智慧，今日还是用得上的。

在龙首花园住宅小区大门的右侧，不知是基于什么兴味，栽了几棵梨树当行道树，不承想十几年竟长成了枝干繁茂的大树。事实证明在这个曾经的荒原上，只要有水浇灌，种下的树苗不久就能盘根错节、枝繁叶茂地育出一片林。

早春季节，当凌厉的风扯着嗓子干吼时，这几棵梨树绿意初盛。此刻，同为行道树的槐树、杨树、白蜡、榆树等仍在昏昏欲睡，光秃秃的枝柯被朔风刮得相互抽打，与寒素的大地焦灼地等待承接梨树这样的美艳。午后，阳光穿过梨树嫩如小家碧玉肌肤似的叶片，碎出一地金黄，凡是经过梨树的路人，都能欣赏新叶一抹绿，享受树叶打在身上的斑斓，聆听枝梢间鸟儿的清唱。不久，枝头上华荣初谢，结出密密麻麻的青果。

热浪炙人的七月初，每当路过这几棵梨树时，人们总要伫立半天，看着那圆融晶亮的梨子，心里沁出甜丝丝的感觉。不料过了十几天，见梨树下一片狼藉，十几个鸡蛋般大小的梨子被咬噬得龇牙咧嘴，委弃在一层梨树叶上，惨状令人扼腕。这时，只见几个穿着土不拉叽衣装的老媪，提的塑料袋里装着几个梨子，相互嬉戏地说着一口土著话，一边说太涩了不好吃，一边仰着皱巴巴的脸庞寻找新目标，继续扩大战果。

至此，梨树的命运因梨子发生陡变。一天，发现梨树下停了一辆越野吉普车，一个年轻的小伙子哼着流行小曲，脸上挂着戏谑的表情，站在车顶上张弛有度地往大袋子里塞梨子，像收获自家园子里的果实那么自如。不几天，七八个穿红着绿的老年女人结伴来收拾残局，她们本着分工又合作之精神，不顾风烛残年的寿数，上树的上树，摇树的摇树，按在少妇时期养成的农作习性，做到颗粒归仓。不一会儿，几棵梨树上的果实荡然无存，枝柯挑着稀疏的叶片向着洒满余晖的寥廓天空默祭。无言的大地，已经感受到了太多来自梨树的哀痛。

按农事节气估算，梨子成熟期起码在八月中下旬。这些老媪摘下的梨子，离入口还有一段时间，不仅酸涩得难以下咽，而且栽在交通要道的梨树，受汽车尾气污染，梨子的铅含量不知有多少，吃了肯定对身体造成伤害。

中国传统文化向来说人性向善，而西方文化则认为人性向恶，必须用法律规范人的行为，并要有文化的熏陶和习俗的约束。

二十年前的盛夏季节，我流连在新疆吐鲁番的葡萄街，讶异于攀缘在街棚架上的葡萄藤蔓蜿蜒数里，藤叶筛漏进的天光云影，正适合照亮游客的淡淡乡愁。尤其是那一串串晶莹剔透的像玛瑙、像翡翠、像珠玉的葡萄，太有仪式感了，在晚霞的余晖里引得人馋涎欲滴。但是，在半天的观察中，没见有人兀自揪一粒葡萄尝鲜，更不见人捋藤掐叶祸害藤蔓，来自天南地北的游人在浓荫里默默体味天地间的馈赠。一阵风吹来，果香拂面，人们不由得深深呼吸几口，享受那醉人的感觉，心里真是感慨万千。

当时人们的生活水平仅囿于吃饱穿暖，物质远没有如今丰裕，人们对水果的需求处于饥渴状态。但在传统文化的影响下，吐鲁番的游客没有私自采摘，这是多么令人欣慰的事。

同样的情景再现于南国南宁。八九年前，在仲秋燠热的南宁街头，总闪现着常绿乔木芒果树的倩影，此时果实挂满枝头，成为一道别致的风景线。在几乎全城男男女女都穿着丁字塑料拖鞋的镜像中，不管是树荫下匆匆赶路的行人，还是在机动车道上奔逐的摩托车手，对黄灿灿的芒果却熟视无睹，没有见到有正冠李下、瓜田纳履的宵小之徒。

春到镍都，市区茵茵草坪舒展，槐花缀满枝头，连翘金灿耀天。具有乡村情怀的一帮女人们，在家乡养成的吃春习俗大发，采行道树上的槐花做面食不拉子，踩在刚萌发草芽的草坪上挖野菜，全然不顾毁坏树木、草坪的不文明行为。因为自己的青春年华就是在田野上撒着欢儿采撷各种野菜野果，尽情享受大地给予的食材。而今，面对淡然如笑的嫩绿，酿成的是化不开的黏稠故乡怀思，能不有所行动吗？

镍都的紫荆花海是令城市闻名遐迩的一颗明珠。盛夏季节，晨光熹微，几百亩薰衣草、马鞭草等由红和蓝合成的紫色紫得呛人，平展地伸入窈窕曲折的一湖碧水两岸，葱茏葳蕤的花蕊上的露滴闪烁着色泽，在多种花卉的衬托下，俨然一幅次第展开的惊世图画长卷。

中国有句老话，“入芝兰之室，久而不闻其香”。紫荆花海虽无深翠浅绿的层叠，但紫海中了无杂色，在北方绝对也是难得的。

薰衣草、马鞭草是充满异国情调的花卉植物，枝叶花蕾交织着浪漫与婉丽，清丽脱俗惊为妖姬，在悠悠的白云下姿态袅娜，透着仙境般翩翩独立的气质。人们畅游花海，瞬间被那有些过度灿烂的美感迷惑了。

夜幕低垂，月色娟娟，紫荆花海进入一个微风沉醉的夜晚。这时，不协调的音符奏响了，几个老媪趁游人退潮，管理人员松懈的档口，撑开一个大编织袋将马鞭草的花朵、花蕾一股脑儿往里捋，顿时路边繁茂的马鞭草挺着光秃秃的枝丫，在繁星的映衬下昭示着惨状。这情这景容易使人联想到红颜易老，徒惹伤悲的处境。

到现在也不晓得这些老媪偷花干什么，真是人心难测。人间受喜爱的是护花天使，而摧花大盗真不知是何处妖孽，做出了耻于为人的傻事。

人的本质还是动物性，在失控状态下动物性比人性更强大。在镍都肆无忌惮祸害梨树的这些老媪，是生在黄沙飞扬的穷乡僻壤处的农妇，长成后嫁与同乡同村在企业当一线的工人，蜕变成了职工家属，成了城里人。但她们对于自小亲近过的土地，暮年仍盈满了牵挂，于是干出了与城市生活格格不入的糗事。

现在的镍都，在各方面的强力推动下，从外表上看已经相当城市化了。但是，在流光溢彩的表象下，却居住着相当部分没有起码的文明常识的人。有人说：三代才能培养一个文明市民，这话不无道理。

最近网上有篇文章说中国最穷的省份是甘肃。理由是在近期的城市排行榜中，新晋升二线的省会兰州后面是跟着清一色的地市五线小城，颇有点蜈蚣形态的架构。这简直是瞎扯，在堂堂的有色重镇镍都盘踞着甘肃人引以为傲的世界500强企业，企业在办公楼顶毫不逊言地竖起门扇大的红字，自诩是“世界的金川，中国的镍都”。凭如此之威风，怎甘心与农业兴市的地市小城相提并论？可仔细琢磨这排名也不无道理。一个缺乏文化素养和文明约束的城市，尽管楼宇栉比，街衢网状，而因内核的缺憾也只能排为五线城市。

# 老旧小区暖气改造之艰难

前些年，每当开全国人民代表大会时，南方的代表们群情激昂地抛出提案，要求与北方一样集中供暖。理由是南方的冬季潮湿阴冷，冻煞人的程度相比北方有过之而无不及。

冬天北方水瘦山寒。朔风怒吼或雪花纷飞的日子，在暖润润的屋子里沏上一杯龙井，看着玻璃杯里的芽尖一片片舒展开来，听着暖气管发出的咝咝声，心会随之一点点婉转，室外绿意褪尽的烦闷似乎一瞬间得以浓缩，转化为沉静。漠北从没有过河塘纵横、水道逶迤、稻田满陂、村舍临河，也没有浓郁的江南风情和独特的水乡神韵。

如今，随着政府对老旧小区改造工程的启动，才知道集中供暖的复杂性和艰巨性远超想象。以敝人住的小区为例，100 多栋楼房栉比在几平方千米的地盘上，楼龄最长的也不过 30 来年，可每到供暖季管道不是这儿漏水就是那儿跑气，维修工人疲于奔命但还是惹得用户怨声载道。现在要铺设新暖气管道，挖掘机从地下挖出来的旧管道其状甚惨，不是锈迹斑斑掉渣子，就是锈蚀状如蜂窝，堪为地下铁锈带。说起来这还是在干旱少雨的西北，在动辄疾风暴雨或淫雨霏霏的南方，埋在地下一两米深的管道不知成什么样，有点热气还不定跑到阎王爷的地宫里去了。

这里的供暖期有五个月之久，于是春杪小区就成了供暖管道改造的大工地。为了做到“三供一业”彻底与企业脱钩，大一统的暖气管道统统舍弃，重新布网分户供暖。这事说起来容易，做起来实在不易。四个农民工一组敲门入户，先切割楼上楼下直通的管道，卸下各个暖气包上的堵头，然后顺着预先设计的管道走向在墙上打洞，地上刨槽。在半年时间里，整个住宅小区轰响着此起彼伏的刺耳电钻声，室内、楼道充斥着呛人的尘埃。接下来由管工逢直穿管子，遇拐接弯头，暖气管道像一条蜿蜒曲折的草蛇，穿梭在客厅、阳台、卧室、卫生间、餐厅、厨房，用去塑料管材一大捆。家里的九个暖气包，满打满算干了两天多时间，熬得打下手的人困顿不堪，整洁的屋子几乎被灰尘覆盖。

与此同时，另一拨农民工开始了外围工程。楼宇间的人行道上的地砖全部掀起，凡是空闲地方堆满了直径如碗口、木桶粗细，裹着橘红、嫩黄色保温材料的暖气管道，那阵势颇有点一场大战在即的况味。其实，这仅是小打小闹，老鼠拉木锨——大头在后。很快小区各种施工机具摆开了架势，挖掘机的长臂在行道树间撩拨，轰鸣声中大显神威，主马路被开膛破肚般撕裂开来，露出深邃而阴森的相貌。特别是当四根巨龙般的管道横亘在沟底，犹如威震四邻的老大，在朗朗乾坤下挺有范儿地穿街走巷，一心想把栋栋楼前楼后如毛细血管般入户的管网罗织在一起，形成一个高效强力的供暖系统。

小兄弟们也不甘示弱，顿时栋宇间狼烟四起，管沟挖得密如蛛网，人行道和绿化带上堆满了浮土，出入须跨管沟桥廊。熟门熟路的老住户找不到出路，外人面对沟壑纵横、土丘延展的情景，恍如闯入迷宫，没有老主户指点迷津便难以走出困境。

包工队的电焊工们一声令下，穿戴好安全防护装备，蹲在不透气的管沟里鏖战。那滋啦啦的电弧声不仅响在日头灼人的正午，夜空下的弧光更是分外炫目。终日不间歇的劳作，电焊工们疲惫的脸上被汗水涂抹得都是污秽，熟人相见不相识。

可怜小区有车一族本来就没有固定车位，哪儿方便哪儿停，现在进不到楼下空闲地，只好把自己省吃俭用摆阔气的爱车停在犄角旮旯，被扬起的尘土遮蔽得污秽不堪，没有了畴昔的风光。

其实，这个小区还是承包的建筑单位要创的样板工程，是在充分吸取之前的几个小区经验的基础上开工的，工序基本上做到了环环相扣，互不延误，为住户生活提供了最大方便。因此，不管是在开挖主管道还是分户管道，只要管道焊接好，马上碾压铺水泥，很快呈现安居乐业的景象。而之前的几个住宅小区暖气改造工程经验不足，工序顾此失彼，整个小区开挖得一塌糊涂，那情状犹如经历了一场瘆人的爆炸。工期从上年拖到来年，刮风尘土蔽日，雨天泥泞不堪，好事办成了天怒人怨的糟心事，影响了政府或企业的信誉。

在气候干燥的西北地区改造个暖气工程尚且如此艰难，而在南方动辄瓢泼暴雨污水横流，要不就淫雨霏霏连日不开，在偏街小巷的老旧社区，曲里拐弯的管道怎么个挖法？就算排除万难一心想了却集中供暖的心意，那还不把巷陌闹个底朝天。因此，南方集中供热的激愤论调，实在是可以休也。

在这场老旧小区供暖设施的改造中，住在楼里的人们也实实在在看到了当前社会形态的巨大差异，体悟到了农民工生活的不易和艰辛，感到了消除贫困和寻求公平的急迫性。

在半年多的时间里，每当晨风撩开黎明的面纱，面目黧黑的农民工穿着不辨颜色的工作服，嘴上叼着劣质香烟，戴着安全帽三三两两懒散地来到工地，不等工头发话立即工作。有人说建筑行业技术门槛低，可以容纳大批农民工就业，事实的确如此。一些农民离开刨食的黄土不几天，就可以在悬空的吊篮里熟练地干五道工序的外墙保暖工作。而在室内打暖气管道洞眼的农民工，持着沉重的钻头就可以精准到位地操作，为下道工序创造绝佳的条件。安装室内暖气管道的师傅更是奇技淫巧，在一把塑料焊枪的兜兜转转下，将令人眼花缭乱的管线的接头、弯头在长长短短管子里串联起来。

生活没有那么多的诗意，更多的是现实。饭点时间到了，包工头不管伙食，农民工拖着疲惫的身子，舔着干裂的嘴唇，在街边小饭馆最多花上 10 块钱，吃上一碗炒面，喝上几口面汤，喘口气继续劳作。

农民工的行状让人觉得心里酸楚。他们离开自己熟悉的环境和至亲，来到繁花似锦的城市讨生活，一个个蓬头垢面，干脏累的活，吃粗劣的食，心里的落差肯定是巨大的。但是，从污浊的脸上看不出点点怨艾，倒是浮着惜福的恬然。不揣谫陋，而质朴一些的人，更容易心无旁骛，更容易相信有付出就有回报之类的道理。

人与人的命运有着迥然的境遇。卢梭说：“农业是人类的第一职业，最有价值，最有用，也最高贵。”不过，鸡犬相闻、阡陌交通的乡村生活并不浪漫。甜有甜的魅力，淡也有淡的吸引力。参与城市老旧小区的改造，既能在农闲时挣点辛苦钱，供孩子上大学，又能补贴家用，何乐而不为。

# 楚王好细腰新解

在中国漫长的封建社会时期，民间的审美情趣无不受至高无上的皇权思想影响，这既是权势的延伸，又是媚俗的表现。

春秋战国时期，楚灵王贪恋杨柳般的细腰，嫔妃宫娥全是纤细掌中轻。统治者的变态嗜好，顿时成为社会时尚，民女纷纷仿效，致使国中多饿人。幸亏在当时的社会条件下，大鱼大肉和营养补品远不是国人的膳食，犯不着发愁减肥膘和去赘肉，用层层细布裹成细腰尚不费事，极目楚天的纤巧玉女确实是一道亮丽的景致。

这故事能流传2000多年不衰，并为现代人所津津乐道，说明媚俗宛如一根坚韧的绳索，不但能连缀中华民族浩繁的历史，还有张扬民情风俗和取悦他人的作用，因此有愈演愈烈之虞，有例为证：

坐落在西北某地的一特大型企业，财力不能说不强，人员不能说不多，人之间的生存竞争显得尤为激烈。难得的是在现行的管理机制下，只要能跟上媚俗的潮流，宁为五斗米折腰，跟上层领导套近乎的机会俯拾皆得，生存的空间非常大。

企业的几位决策者厌倦了珍馐佳肴和中饱私囊的日子，突发奇想要当儒商，把敛财和弄权的卑劣嘴脸用儒雅面具遮盖。可才能不足，实在难以速成诗人、作家，靠技巧苦熬，成为画家、书法家，又吃不了那份苦，于是眼光瞄上了凭机械能成功一半的摄影家。主意一定立马行动，或公或私配备了长枪短炮一应俱全的摄影器材，在媚俗者的陪伴下，今天去茫茫草原探幽寻奇，明日去戈壁瀚海感受博大，更让“发烧友”难以企及的是异国风光任君摄。

思想家的论断是绝对的权力产生绝对的腐败，因为景点有人选，机子有人架，他们仅是按一下快门而已。后期工作更不用操心，自有人做得极致。当然，也有例外的时候。碰上企业有重大社会活动，全然不顾经理的身份，端着一个相机倏尔攀援房顶横扫，瞬间又弓腰卧地做瞄准状，简直像抓耳搔腮的老猴子，极尽表演之能事。

谙达世情的人看出了门道，按照有条件要上没条件也要上的原则，纷纷融资置办家当，并神气活现穿上十几个兜的“乞丐服”，齐刷刷一大帮同领导者成了圈内人，一下子感情贴近了。他们上行下效，花企业的大把票子买市场最昂贵的照相器材，胶卷随意用，冲印全报销，于是乎今天搞活动，明日办影展，还不留神上了中国著名摄影家名录。

在这种“楚王好细腰”时尚的推波助澜下，弯腰事权贵的体力劳动者成了企业当权者的座上客，并由此而升了职，变为脑力劳动者。

透过表象看问题是认识社会的准则。当前中央一再禁止公款吃喝，这是人见人恨的腐败现象，那挥霍企业资金戴儒商方巾的行为，从其性质仍属于腐败的范畴。俗话说集腋成裘，聚沙成塔。在这个企业“业余”爱好者，据知情者说他们仅用掉的胶卷每人不下一麻袋，其他开销更是一笔大数目。当然，有耕耘必有收获，何况是不计成本的辛勤劳作，这些年不上档次的奖倒是得了不少。可是，企业要真正搞一点编年史的资料，用他们创作出来的作品却难以敷衍成篇。

悲乎！在楚国风行的纤纤细腰是在皇权社会里，处在奴役地位的女性为取悦男性，不得不为生存而媚俗。而在西北这个特大型企业掀起的摄像追风热，既是一些低首下心的男人希冀改善生存环境，又能不排除普通人想“乘风化羽”的无奈心情。

# 天不认宽容之理

说实话，我从心底里不恨直接加害于我的人。因为在纷扰的大千世界里，相互抵牾是为了提升自身生活质量和展示生命的辉煌，其共同目标是拓展生存空间。而我最忌恨的是：当你身处逆境，满怀希冀地向熟人和朋友伸出求助之手，不是被漠然处之和嗤之以鼻，就是将你攀在峭壁上的手狠踩一脚任其坠落深渊。这种不讲交情的做法虽然不是祸端的开始，但对感情的伤害是致命的，无异有剜肉般的痛楚，可以让你心灵滴血，沉浸在痛苦中不能自拔。

岁月有着淡化被人伤害的记忆的功能。当你事业已步出困境，心情好得如阳光般灿烂，用一颗宽容之心审视发生过的事情，冥冥之中的苍天却生怕你好了伤疤忘了疼，把见死不救和投石下井的熟人及朋友，用演绎悲剧的手法把他们挤对到地狱之门槛让你看。于是，在短短几年的时光里，这些人不是因收受贿赂成了阶下囚，就是家庭事业一团糟。总之，苍天要把这些人以前那种张狂乖戾和玩弄权术的假面具揭去，还他们一脸晦气的可怜相，以其变故印证世间万物之轮回说。

我曾对别人戏言，说我是个天罡星，命硬，谁招惹我绝没有好果子吃。但是，对于在逆境中不援手于我的人，陆续落到如此凄惨的下场却是始料不及的。

当时，我在无助的境地深深感到求人的艰难和世态的炎凉，所能想到的报复行为也只是一厢情愿地断绝往来，或者是寻求机会给些难堪，让他们能长记性，知道今后如何扶助弱小和善待朋友，用平常之心把持捉摸不定的人生，绝没有想置人于死地的贼心和贼胆。想不到博大深沉的苍天对这些人如此深恶痛绝，不但打翻在地，还踩上一脚，使其永世不得翻身。细思量这可真应验了“人亏人，天不亏人”这句充满了因果报应的俗语。

从身边的这些事里我悟出，人活在世上免不了要与横的或纵的关系发生碰撞，生出一些积怨的破事儿是常理，如果能以一颗仁慈之心扶危救困，呵护友谊，不仅能使短暂的人生放射异彩，还能使人间处处充满爱的温馨。反之，生活往往会这样：你不给别人活路，最终将自断生路。当然，你给了别人机会，其实也等于给了自己机会。

# 跨越式造就的“贵人”

在中国这个古老而传统的国度里，有一段时期弥漫着崇洋媚外的习俗。之前，对英国人说三代培养一个贵族深信不疑，在当下处处讲跨越式发展的年代，蓦然回头就是一群“伪贵族”。

历史上真正的贵族并不是皇帝赏赐的，而是经由自然秩序形成的。欧洲上流社会史历经中古而至现代的有英国贵族，与西方不同，中国至少自隋唐以来，就形成这样一个社会：“朝为田舍郎，暮登天子堂”，大多是科举制度下晋升朝堂的士子，鲜有贵族。更不用说，20 世纪中国连绵不断的革命对社会结构的夷平作用了。

前几年贵族学校遍地开花，近几年高档会所炒得鼎沸。尽管这些人香车美女，呼朋引类，推杯换盏，但从骨子里折射出的是心理的阴暗污浊与行为的粗俗卑劣。

我这人几乎不看当地的电视，对其宣传的大好形势浑然不知，不想臧否人物。一天拿着遥控器百无聊赖地扫描，兀见一个似曾相识的人成了一家企业的 CEO，神情凝重地发表着重要讲话。我急不可耐地问曾经管过生活物资的哥们，哥们瞥了我一眼，恶狠狠地说，你真是老糊涂了，这不是前些年常在我办公室里转悠，想打点秋风的那个混混嘛！哎呀，当年哥们叫他坐都不肯坐的人，倏然竟成了年薪百万元的企业高管。

此后，我怀着嫉妒之心，观察起了CEO的行为举止。钱与权这对孪生兄弟神通真是广大，当年那个咋看咋猥琐的人，仅十年或八年工夫，沐猴而冠，活脱脱换了一个人。凋零惨淡的秋日里，大氅款式新颖笔挺，皮鞋乌黑贼亮，领带掩住了喉结，浑身披挂的全是名牌。一绺长发躺在光秃秃的前额头，大饼子脸凛凛然。更可笑的是他一心想脱“老汉”入“骚俄羊”的行列，一次在许多权贵莅临的庆祝大会上，操着“鸟普”念稿，听起来荒腔走板。这类腔调，时不时把“萝卜”念成“我不”，摧残着听者们的脆弱神经。而他浑然不觉，俨然一副“贵人”派头。

其实，上海曾经有过“准贵族”。这些人的文化教养与做派，则有典型的贵族范儿：傲慢但不横暴，有排场而不失谦和，炫耀而不失淡定。

俗话说：糖要少三分，幸福要欠着点。在所有快意的时候，都要有片刻的犹豫。因为，越美丽的东西，我们越不敢碰。是不可能，也是不能，这是人生的禁忌，也是命运的谶语。

前些日子，当年的领导见CEO大腹便便的样子，好心地对他说，吕总，你要多走路，不然太胖了，他只是语焉不详地笑笑。后来才听说，吕总已经被当今社会培养成了跨越式“贵族”。上班时高档轿车与随扈到楼口接驾，下班再按固定程序送驾。这不仅是权力的滥用和资源的靡费，更是明目张胆给社会环境抹黑，以及挑战广大员工的道德底线。这种典型的暴富和显摆的焦虑症状，似乎成了讲究物质享受的社会通病。

放眼戈壁滩上，CEO 的大批老乡莫名其妙当上了中层领导，拿着丰厚的年薪，成了先富起来的阶层。这年头已经没有人知道道德是怎么回事了，但道德仍时时以它缺位的姿态顽固地宣示着自己的影子。在这急管繁弦的大时代里，谁也不能保证自己的一切恒定不变。

也许该思考一下，一个内心贫瘠的企业领头人，是否能够支撑这虚假的繁荣表象，将企业做大做强?

# 世事难料敛霸气

面对缤纷烦扰的大千世界，真让人体验到了扑朔迷离和日月轮回的真谛。

遥想吃供应粮的岁月，城里的粮店霸气十足。市民掐着指头盼，拿着关乎一家性命的粮本，耗时劳神地排队开票、交款、称粮，尽管粮店四壁写着“为人民服务”的标语，但其间不知要受多少呵斥和白眼。尚难得可贵的是当时关系学还未达到炉火纯青的境界，行贿受贿还未成为某些人的自觉行动，冷眼相对是时代的特征。

我有个远房亲戚是粮店卖粮的，为了能讨点方便，我每次买粮都隔老远跟他打招呼，而这20岁刚过的毛头小伙子总是一副盛气凌人的样子，对我的热情爱搭不理的。有时他心血来潮，发善心地给一袋不带芽的面，更多的时候对我提出的要求一概置之不理。尽管如此，我还是赔笑脸，人总归要吃饭，况且买粮只此一家，别无分店。

而同样在计划经济体制下孕育的邮电部门，却像一位逆来顺受的小媳妇，对有求于它的人分外的温柔。贴上8分钱邮票的一封信，邮递员走街串巷送到收信人家门口，还想方设法把地址不详和字迹潦草的“死信”复活，那份执着和热心叫人喉头发哽，恨不得一封信贴上两张邮票。

随着改革开放和社会主义市场经济的全面启动，日常生活里习惯了的事发生了逆转。仍以须臾离不开的粮店和邮电来说，由于粮食配给制度的取消和粮食垄断经营的打破，粮店昔日的霸气荡然无存，粮店职工推着架子车沿街叫卖，消费者买上一袋面粉等于做了一回上帝，不仅给你扛到厨房，态度还谦恭得不得了。曾仰人鼻息的邮电部门却凭借高新技术和垄断经营的优势，情不自禁把粮店涤荡掉的恶习揽了过来，有模有样地端起了十年媳妇熬成婆的架势。

若不信请看：提前存进的话费尚余三四十元，“咔嚓”一声就停了用户的机。当然，还是有商量的，拿起话筒频频传出甜润且冷峻的话语，催促快去缴钱。缴费处人声鼎沸，收费小姐颐指气使，用户小心翼翼填单缴钱，当年粮店的盛况在这里重现。

更令人气难平的是自费订阅的报刊紧盯仍断顿，讨了说法投递正常后，邮递员对少送的十几天的报纸像没事儿似的，连句道歉的话都没有。可是，当寄信时无意间重量或大小超过稍许，邮局便会“啪”一声将信辗转退回来，甭管事情缓急。邮资已从一封 8 分涨到 8 角，涨幅足足是 10 倍还嚷嚷不够成本，可服务质量却比 8 分钱时打了大折扣。生活在城市里的人，如果退休或没有供职单位，干脆收不到信，缘由是相当多的楼房不通邮，更无从谈起救“死信”的善举了。

# 真记者就该吃喝吗？

今年初，《羊城晚报》在头版登载了一幅新闻照片，并配发了一条消息。称其在某单位新闻发布会后举行的筵席上，记者们从一个人大快朵颐的吃相上发现有诈，一经追查发现是个专门跟踪在记者身后“吃新闻饭”的骗子，顿时哗然。照片上的记者们义愤填膺，怒斥者有之，报警者有之。

作为圈外人的我对记者们的情绪不以为然，只是为这个厚颜无耻的骗子感到悲哀。可仔细想一想，又为假记者叫起屈来，不就是同真记者吃喝了一顿，充其量不过是多摆了一双筷子，至于大动干戈吗？

溯源冒牌记者屡屡骗吃的社会根源，无不与真记者的新闻道德有点关系。在社会生活的多元化和经济利益的驱动下，趋炎附势和追风成了新闻界的时尚。我前不久赴享誉国内的“河西酒廊”一个酒厂办点事，短短几天各种媒体轮番挖新闻，餐厅里人声鼎沸，酒气冲天。酒厂生怕得罪了媒体，办公室主任在电话里训斥厨师，指出满桌子的菜没有动几口是记者们嫌油水过大，一定要精工细作，并叮嘱把记者们提出要的水果赶快送到宾馆。

当然，记者们吃喝之后的回报是丰硕的。翻阅酒厂的一本新闻作品集，溢美之词比酒厂弥漫的酒香还要醇烈。尤其是对厂长的吹捧，在外人看来简直就是神话，头上冠上了诸如“儒商”“绝对的经济专才”“精通哲学、社会学，是高级的酿造专家”等帽子。这就让人有点犯嘀咕，既然有这么高的道行，起码也懂得点谦虚之道吧，能由着秃笔赤裸裸地谄媚吗？可话又说回来，记者们能写几笔，无疑是将其划在文化人的圈子里，圈里还是有游戏规则的，但就算有点私事套近乎，也该把那副毕露的媚态掩饰一下吧！

当今社会，记者们的吃吃喝喝是新闻运作过程中的一个程序，实在是小菜一碟不足为道，要不骗子怎么能频频得手，吃个肚儿溜圆？记者们气得怒火中烧的原因是心理失衡，这么龌龊的人竟敢同他们混为一类，实在是亵渎了记者的称呼。其实，记者们成天赶场子写会议报道，饭局哪能少，尚且能吃多少？看着满桌子的珍馐佳肴倒进泔水桶，真还不如有那么几个傍记者的美食家参与赶场子，既减少了浪费，又增加了新的工作岗位，实为两全其美之事。怕就怕记者们除了吃喝还有石破天惊的大动作，于是有关部门年年发一通杜绝有偿新闻的通知，新闻单位也煞费苦心地公布举报电话。

敝人行笔至此向记者们进一言，今后若再碰到假记者骗吃之事，千万不要张扬得世人皆知。这些业余美食家的行径令人憎恨，可是在人格上同你们是平等的，只不过他们不是主人请来的客，但在吃社会的性质上同你们是一致的。

# 孩子的诚实

老话说：少不更事。按书面语的解释“更事”为经历，那这句话的意思是指年少之人见过的事儿少，行事难免有不周全处。事实也正因为初长成，一颗金子般的纯真之心未受到社会不良行为的污染，才延续了孔夫子“人之初，性本善”的初衷。

说来有趣，前几天路过家门口的一栋楼的拐角，见墙面上用红粉笔大大地写着“王天成是个大王八焦琨写”一行字，不禁哑然失笑，这不是自报家门，自投罗网嘛！继而一想，这正是孩子天真可爱处，有过节就率直辛辣地骂，不虚与委蛇。更可笑的是还模仿江湖好汉的侠义气概，洒脱地署上自己的大名，免却被骂者胡乱猜疑，枉生祸端。反观当今“而立”“不惑”“知命”，甚至“花甲”“古稀”“杖朝”之年的大人们，行为要比稚子们拘束得多。如相互抵牾，有私愤要发泄，抑或有贪官要举报，不仅要战战兢兢变字体，还要署上象征意味的假名，生怕穿帮被人拿捏。

当然，这是有家室之累和社会经验丰富的成年人所为，区别于不谙世事的孩子的行事方法，而且正是这一透视点，映照出了童心无忌的诚实。

也许，成年后说假话的人在童年时代也有过写墙头标语及署名的壮举，只不过随着岁月的流逝，生存环境的险恶，说真话的天性被说假话的老成所替代，久而久之习惯成自然，并且常常是假话真话难以区分，自然讲得珠圆玉润，冠冕堂皇。不可否认，他们有时也想说句真话，可吃过天鹅肉和亲过小蜜腮的嘴，像老牛拉的破车沿着两道车辙走，一不留神就串到套话里去了。

在进入新世纪的今天，得想方设法把孩子的童真在年龄上延长几个百分点，使大人小孩处在一个讲诚信、重信用的氛围里，如此便不愁建设不起高效务实的政府和培养不起平和克勤的国民了。

# 河西走廊涌酒浪

前几年，我写过一篇《河西走廊成酒廊》的文章，曾被《羊城晚报》刊发，并被几家报刊转载，引起人们的极大兴趣。其实，当时的酒廊尚处于起步阶段，千里长廊拢共也不过二十多个酒品牌，有点寥若晨星的样子。现在情势大变，外地的朋友有幸到此一游，不管是在县城或乡镇，电线杆上挂着酒幌子，墙壁上涂抹着酒广告，满眼是酒的世界，谓之酒廊确实是名副其实。

西北汉子善饮，缘由其边塞民风的粗犷豪放和自然条件的得天独厚。甘肃河西走廊自古就是民族杂居和兵家必争之地，经过历代的垦殖，阡陌纵横，渠道交错，祁连山充沛的水源滋润着黄土地，夏秋之际千里沃野麦浪滚滚。现在，这里已成了国内著名的商品粮基地。不料“粮囤子冒尖儿”成了经济负担，粮食的深加工显然为当务之急。好在酿酒是河西走廊的传统产业。有诗为证：“葡萄美酒夜光杯，欲饮琵琶马上催。醉卧沙场君莫笑，古来征战几人回。”于是，河西走廊的二十多个县一哄而上办起了酒厂，而且往往不止一两个，并理所当然地成了支柱产业，飘逸的酒香弥漫着走廊。但是，在全国能打响的知名品牌却微乎其微，只能在自家门前孤芳自赏。

突不出“土围子”的酒厂，只好把目标锁定于省内消费者，但市场毕竟有限，乡党们就在这狭长地带展开了品牌大搏斗。为显示其酒文化的源远流长，但凡与自家门前沾边的历史典故、演义故事，全拿来做了酒名。更有甚者，把历史沿革中废弃不用的旧地名，统统翻腾出来冠之以酒名，炫耀着逝去年华的强盛。凡此种种仍嫌不过瘾，觅几个识文断字的人，把字典上看得生猛或有点诗意的字挑出作酒名。如果有闲暇可以徜徉在超市酒类区，河西走廊产的酒真是琳琅满目，蔚为壮观。此时，不由得诘问：尽管河西汉子有嗜酒的习俗，但不至于泡在酒池里吧！

由此，萌生一种疑惑：经济发达的国家，酒的牌子为数不多，且质量百年不倒，品质经久不变，常喝洋酒的人能如数家珍般地报出所有的酒名。当然，国内也不乏此例。贵州茅台酒历经多年，酒体始终醇厚甘冽，入口回味绵长，被誉为中国的名酒，昂然走向世界。而一贯淳朴憨厚的河西汉子，一旦染上奸商的恶习，玩起花花肠子来实在“酷”得惊人。今天我出个什么“龙”，明天你出个什么“春”，后天他又出个什么“醇”，像穷困潦倒的文人玩文字游戏。更可笑的是把酒的名号当成了历书，这家出个1999年酒，那家又出个2000年酒。另一家老谋深算些，干脆起一个21世纪酒名，把一百年囊括其间。还扯旗放炮地说，喝了他的酒万事顺遂。

这生生灭灭、令人眼花缭乱的酒名，不要说是偶尔喝点酒的人，就连整天酩酊大醉的酒鬼，也不知喝哪种酒好，只能如狗熊掰苞米，喝一种丢一种，落个日日烧钱，天天尝新。

西北商业重镇兰州的酒仙们口出狂言：一年喝倒一个牌子。细思量，这是不折不扣的井底之蛙之言。豪爽的河西汉子一年喝倒十来个牌子，还要捎带着丢弃七八个牌子。这不凡的气派，无疑是酒厂的悲哀。不仅须煞费苦心再去翻书查字典起酒名，还造成包装物的浪费，增加了生产成本。更何况，如此恶性循环下去，成百上千的汉字全叫酒泡过，那可有点愧对造字的先人仓颉。

在此，奉劝建设河西酒廊的厂家们，不要追求浮光掠影的虚幻，应踏踏实实地打造一两个知名品牌，使加入世贸组织的中国，向世界展示自己酒的品牌实力。

# 有理讲不过女人

社会对女人这个群体有不少的狎称和俗称。

热恋中的男人情意缠绵地说，女人是猫咪，温柔可爱；惧内的男人指天骂地地说，女人是老虎，很刁蛮。这是不同境况的男人对女人的不同感悟。尽管结论相左，但其喻体在动物学的分类上均属猫科，发起威来有极相似的地方。因此，中国有句俗话说“好男不跟女斗”。

其实，这是男人的一句遁词，不是不斗，委实是斗不过。

当然，这个斗绝对不是武斗，有道是君子动口不动手。如果失之常态大打出手，女人不是男人的对手，抑或有例外但微乎其微。这里的斗是斗嘴或吵架，不言而喻是女人的长项，男人只有节节败退的份，占便宜的概率极低。

相熟的一位男人是个宣传演说家，不仅口才好，文采也颇佳。但同妻子发生冲突时，他使出浑身解数也说不过妻子那张嘴，常被驳得体无完肤，有理也闹个没理。究其缘由令人啼笑皆非。丈夫没有不可告人的把柄落在妻子手里，妻子也不是伶牙俐齿的雄辩家，只是妻子善于把丈夫出口的言辞进行挑拣，逮捉住易于击倒丈夫的句子，然后打乱次序重新组合，刹那间不仅成了锋芒毕露的富有逻辑的语言，而且同丈夫表达的意思大相径庭。此招的确有威力，每每搞得丈夫目瞪口呆，木木讷讷说不出个所以然，只好偃旗息鼓。久而久之，丈夫彻底领教了妻子的厉害，再也不敢跟妻子争高低，而负面效应是婚姻由此蒙上阴影。

说实话，夫妻感情世界里发生的纷争，外人很难界定谁是谁非，于是有了清官难断家务事的训诲。既然难以断定最好不要请人断，男人躲避家庭矛盾的最好办法是沉默。不知哪位哲人说过一句“沉默是金”，用在夫妻关系上再恰当不过。在某种情况下，男人的缄默不仅是化解家庭矛盾的缓冲剂，而且是积淀感情的浓缩剂。

当今社会竞争激烈，男人首当其冲地受到外界的巨大冲击，家成了释放压力的空间和不设防的庇护所。女人对男人不得已的“语言组合”，既流露着爱意的延伸，又竭力抗击着外人对“围城”的侵扰，是一种不讲究方式方法的自我保护措施。但组合后的语言如过于偏激，并当作常规武器时时用之，家庭必定受到伤害，难免有坍塌之虞。

为此，吁请男人千万不要跟女人斗，斗不过事小，肝火炽烈不定要干出什么傻事，危及家庭和社会安宁。女人呢，恪守一定之规，用柔顺宽厚营造和美的氛围，万不可一味让爱的港湾充满硝烟，否则航船会偏离航向，驶向别的码头。

# 电视还是文化载体吗?

在歌厅舞厅和体育健身盛行中国的今天，因其消费价位的攀高不下，电视仍是大多数寻常百姓的主要娱乐形式。同时，电视也成了传播文化的重要渠道，也有教育群众和鼓舞斗志的作用。

但是，纵观神州大地电视台播出的节目，以家家频频按遥控器的频率为证，人们对电视台播出的节目是不满意的。不可否认，电视事业的高速发展改变了中国百姓日出而作和日落而息的生活习惯，把相当多的时间耗费在了解缤纷世界和感受艺术上，无形中淡化了天伦之乐的亲情关系，并且挤掉了读书学习的时间。也许有人说，通过电视这种先进的传播工具，提供给人们以更直观的商业信息和高超艺术，更能改变人的思维方式，加快社会的发展。可那浮躁、轻佻、平庸的广告，靠插科打诨和噱头取宠的相声、小品，词不达意且有声无韵的音乐，庞杂无序又生拉硬拽的电视剧，以及充斥商业操作气息的广告电视片，已经把电视观众引到了脱离文化的歧路上，产生了负面社会效应。

中国不愧是地大物博、人口众多的国家，反正是时兴啥总能呼啦啦冒出与之相适应的人才。久远的不表，70 年代兴针灸，刹那间就有一大批敢拿几寸长的针往别人身上扎的人；80 年代刮英语风，汉字都不识几个的竟拿腔捏调地念起 ABC；90 年代各地争拍电视连续剧，又窜出无数电视剧导演，敢情是预料到电视剧来钱快，早铆着劲儿练了一手。抑或是演艺圈里当笑料说的，剧务、化妆、灯光、演员等行当都干不了，只好屈尊当导演的缘故吧。于是乎名不见经传的人，突然牛气冲天地成了女演员心仪的电视导演。可悲的是在这些文化素质和艺术修养亟待提高的导演手里，历史剧玩戏说，现实剧侃大山，弄得电视剧文化含量愈来愈少，几乎成为痞子艺术。

说起来，文明古国也颇有令人心酸的地方。地摊上畅销的报刊，在商业利益的驱动下，以粗糙的文字和乖戾的情节，培养了大批低品位的读者。电视则推波助澜，以受众面广和传播速度快等优势，把中华民族 5000 年的丰厚文化积淀冲击得支离破碎。如果听任这种文化现象存在下去，说不定再过十年八年，了解中国历史要以电视剧的情节为依据，遣词造句以屏幕上的错别字为准，道德水准以编造的一号人物为楷模。

悲乎！现代科技孕育的电视造就出了部分浅薄的演员、歌星，致使他们不顾人格，打架斗殴，假唱罢演，走穴挖钱，毒化了社会环境。同样，电视台萌生的各类节目主持人，以选美的标准衡量，青春靓丽，光彩可人，但他们缺乏文化内涵的言谈举止，常让观众着急上火。

电视，让人欢喜让人忧的文化载体，亟须走出缺乏文化的怪圈。

# 售书签名的价值

当今，最时髦的盛事莫过于名人匆匆忙忙地写书，张张扬扬地出书，潇潇洒洒地售书。当然，售书的形式绝对有别于无名之辈，一如前些年一夜间蹿红的歌星、影星，面对如潮的崇拜者，龙飞凤舞地签上自己的大名和芳名，顿时大作就普及于一方。

这怪诞的文化时尚，让相当多的人迷惑且费解。不知名人卖的是名还是书，而读者图的是名还是看书。不可否认，图书具有商品的属性，但作为一种特殊商品，人们买书的首要目的是汲取文化知识，了解缤纷世界，注重的是内容并非形式。况且，如今的名人潮涨潮落，不经意间就烟消云散。买上名人的书再让名人签上名，是向世人炫耀曾一睹名人的风采，还是留待若干年后产生文物的价值，实难预测效果如何。

名人的癫狂同常人的安分有天壤之别。友人出版了一本乡情题材的散文集，尽管文笔行云流水，意境波澜老成，因不善于炒作，亦就难得有签名售书的契机，只能让这本书如涓涓细流渗入社会，经济效益就更谈不上了。但他又是一个极重情义的人，碰到相熟的朋友总要破费送上一本，却不想堂而皇之地签上名，觉得在光洁的扉页上涂鸦几个字甚不雅观。诗朋酒友则不这样认为，他们接到书后先翻扉页，见寥无一字，热切地让友人签上名。其理由为：一是证明不是掏钱买之于书店，以示高雅；二是留存一份友谊，天长地久仍充溢着温馨。

而买上名人签名的书，仅表明与名人有一面之交，并且说明是名人的崇拜者，其实同名人之间无任何情感交往，只存在卖与买的关系。而且一窝蜂地抢购名人签名的书，是想领会名人著作的精髓吗？答案可能是否定的。因为文学作品是一种精神产品，蕴含了作者的生活经历和情感波折，读者通过作品只能有心灵的碰撞和沟通，难得产生实用价值。如果读者仅把买名人书停留在表层，即表明崇拜的存在，一旦时过境迁，名人的书会统统被丢弃在垃圾堆里。

最近《文汇报》登载一篇文章，提及中央电视台原《正大综艺》主持人杨澜不久前满怀热忱地赴杭州签名出售散文集《凭海临风》。不承想见多识广的杭州人追星遗风依旧，一千多人云集在书店里，甚有挤破脑袋打破头之风险，杨澜不得已在工作人员的护卫下避至楼上办公室，心情黯然地在一千多册书上签上名，然后由书店人员从读者手里换回未签名的书。回上海后杨澜通过媒体坦言，杭州之行没有按自己的初衷直接为读者签名，深表歉意，期望以后有弥补的机会。

杨澜的话语倒是诚恳的，但读者接过杨澜签上名的书和书店人员换上杨澜签名的书，在本质上又有什么区别呢？读者又能从中体味到什么情绪呢？仔细想来名人们也不能脱俗，在社会的宠爱下太看重自己的效应了，这无疑是件令人悲哀的事。

# 书价的困惑

清贫，对文人来说是个永恒的话题。

在商潮的狂澜中，一些不安现状的文人也跳到海里扑腾，但因与生俱来的不懂谄媚的赋性，最终被呛了几口水，从此同谦谦君子一样，在清贫的困苦和宁静的书斋里潜心创作精神产品。

当然，不排除类如王朔码字发家的“富哥”“富姐”，但从文人蕴含的概念界定，王朔只能算个文字匠，尚不能归在学富五斗的文人范畴之内。

但清贫毕竟不是值得炫耀的事，其底蕴是生活窘迫，远离轻裘宝马、美食佳肴，也不可能营造“百城之富”或“汗牛充栋”的书香之家。当前，令人咋舌的书价已让相当多的文人却步。前不久曾浏览一位20世纪70年代已成绩斐然的作家的书房，发现书架上近千册发黄的书籍均是六七十年代的出版物，除了鹤立鸡群般的几本厚书定价在五元左右，其余全在一元以下。我不解地问为啥不买些新版辞书，老作家心慵意懒诉苦道，自费出版的两本书读者嫌贵积压在库房，日常些微的烟、茶钱要挤占家庭计划开支，哪敢奢望买动辄几十元、上百元的工具书，只好聊作“望书兴叹”的梦了。

我缄默无语，此情何曾相似乃尔。点灯熬夜敷衍成一篇文章，发表后收到微薄稿酬，还抵不上耗费去的烟、茶钱。每月买几本书是左惦右量，委实是书价太高了。可话又说回来，自己的孩子自己宠，谁又愿意自己的出版物没有经济效益呢？我出版的一本散文集，曾几次三番地要求提高定价，因为按现行的文艺书籍以印张、材质诸因素定价，就算是把印的 2000 册书全部销掉，也收不回成本，赚稿费更是谈不到的事。

举一反三，我脑子里不时冒出这样一个想法，书价的攀升是否与文人走不出书价的怪圈有关。买书时相互嫌书价高，卖书时又互相攀比。在这种思维的影响下，书价越炒越高，不仅背离了书的价值规律，而且切断了文人间的交流，阻塞了产生高品位书籍的通道。

不可否定，图书尽管是传播文化的工具，但仍有其商品的属性，脱离不了在各个环节追求商业利润的窠臼。但是在有 5000 年文明史的中国，如果文人和商人都拿出吃亏的勇气，走出掣肘的误区，使书籍的定价落在一个合理的价位，无疑对中华民族的辉煌灿烂是一件功德无量的事。

# 教师节的内涵和外延

“为月忧云，为书忧蠹，为花忧风雨，为才子佳人忧命薄，真是菩萨心肠。”这是《幽梦影》一书里的话，我掉书袋般地把这段话楔在这算是文章的引子吧。我们看到月亮的时候会担心会不会有云彩遮住月亮……我们看到一个漂亮的女孩时会担心她会不会命薄，如果每个人都有这样的心，就是菩萨了。

每年的九月十日是法定的教师节，当看到当地中小学的老师们怀抱着一束束鲜花，在天真可爱的学生们簇拥下，收获着无上荣光，领到节日的酬劳，心里五味杂陈，既为他们高兴，又在心里腹诽，这么多的教师都配享受如此高的荣誉吗？

这个时代的人突然进到了一个追求物质享受的阶段，有的地方甚至有些过分了。坊间的说法是教师课堂上不讲课程的重点，留待课余办补习班，搞个人创收。这话不假，我这小区有一个中学教师，几乎每天晚上都有一帮孩子熙熙攘攘来，吵吵闹闹去，收费的标准听说是一涨再涨。其实近十几年来，教师的地位提升超高，工资也涨了不少，应该餍足了。

然而前些年黑龙江肇东教师闹罢教，不但得不到民众的同情，而是骂声一片，他们认为中小学教师也就是个熟练工，成年累月车轱辘般讲那么点东西，而且还有辅助教材做支撑，工作的难易度可想而知。这话从批判的角度讲，有其合理性，但忽略了创新性。好教师可以把课程的要点讲得透彻明亮，将知识点有机地串联起来，使学生醍醐灌顶，成为不折不扣的学霸。

可惜的是这样的教师太少了。上级教育部门三令五申中小学教师不得办有偿补习班，可收效甚微。悲乎！为人师表的教师尚且如此，那教出来的学生能成为社会的栋梁吗？如果光想着从学生身上揩油，那教出的学生不是重蹈覆辙，走与老师相同的路径吗？这是多么可怕的事，令人不寒而栗。

中小学老师是孩子们的引路人，有着天然的吸引力和亲和力，父母的话可以不以为然，老师说的啥都是正确的，家长经常听到孩子们挂在嘴边的话是：老师说如何如何必须照办。可是，老师教给了孩子们什么呢，是补习班掏尽父母那点血汗钱吗？是走在马路上乱丢垃圾吗？是攀折园林工人辛苦管护的花木吗？是校园里虐心的欺凌吗？

教师不仅是社会群体里的普通一员，而且和任何人一样有追求高品质生活的权利，但其特殊的职业属性又有着超于常人的限定，不能越过职业视阈为所欲为。现在每到考教师资格证书的日子，考场上人头攒动，成千上万的师范生挤破脑袋磕破头争抢那渺渺名额，此时教师身上的光环荡然无存。其实，这些人主要还是看上了编制和旱涝保收的薪水，尤其是一年最起码歇三个月的寒暑假。

中国传统的“天地君亲师”观念把教师抬到无以复加的地位，这里面有知识分子垄断了知识和话语权之后自我神化的因素。

俗话说：“天下没有两片相同的树叶。”我有个熟悉的中学老师，靠办补习班在老家置下了产业，过上了中国式中产阶层的生活，可她总有无穷的牢骚挂在嘴边。问她为何骂领导，她振振有词地说不给她涨工资。真是滑天下之大稽，工资是谁想涨就能涨的吗？井下、冶炼工人不比你们辛苦，说出一套鞭辟入里涨工资理由的应该是他们。何况你已经从学生身上捞到了足够的钱财，提前过上了富裕的日子。当洞见到“机会”时她毫不犹豫地让女儿到海外读博士去了。更让人大跌眼镜的是她也满面春风地到异邦周游了一圈，了解了资本主义的本质。那些朋友或同事原本想听她讲述资本主义国家的腐朽性，让人失望的是她却先无语了。

听媒体讲，美国的大学教师只发九个月的工资，也就是说假期是不发工资的，自己去创收。而中国的教师安安稳稳拿了全年一分不少的工资，还要在学生身上薅羊毛，真正成了令人毛骨悚然的“薅羊毛党”。

人应该有知足的时候，同时更有明辨是非的能力，尤其是教师更该如此。本来教师担负着“传道、授业、解惑”的神圣教义，现在在一些缺乏教师职业操守的人的操弄下，整个教师队伍良莠不齐。

康德有言："世界上有两种东西值得我们终身仰望，一是我们心中崇高的道德法则，二是我们头顶灿烂的星空。"

有时候觉得这世界不知怎么了，人变得越来越贪婪，恨不得把整个世界搂在怀里，随意索取，随意挥霍。因为我们这个社会缺少一种真正精神意义上的追求，整个社会是没有信仰的。官方的权力往往跟标榜的崇高道德相结合，但这个道德又是一个空壳，导致权力的实际行使与道德话语之间发生矛盾，那件道德外衣根本掩盖不住这种矛盾。

孟子在2300多年前说，君子有三乐，其中两乐是"得天下英才而教育之"和"仰不愧于天，俯不怍于人"，这是古圣先贤对师道和职业伦理亘古常新的解读，这种兼顾天人要求的羞耻心是值得我们深入理解的。

这个世界漏洞百出。我们是漏洞的制造者，也是漏洞的投机者和钻营者。面对教师队伍存在的种种问题，各地教育部门曾出台文件，严令在编的中小学教师不得私设补习班或到校外培训机构兼职，更有地方发布了一旦发现有违规行为将被开除的最严令。

老祖宗说："山上有直树，世上无直人。"钱穆先生说："中国四千年来之社会，实一贯相承，为一人道人心人本之社会。"

现在的教师都经历过高考，都懂得学生的不易。不管是家长还是普罗大众，其实在内心也期盼着社会对教师们的关切，渴望他们整个群体得到全社会的尊重，哪怕无意间一回眸般的注目，总盈满了殷切希望。

对活泼可爱的孩子们，我在此只能引用别人的一句诗：“孩子悄悄告诉我，这个世界于你，是不是有太沉的负荷？”

# 人生的坐标在哪里

女儿从南京的大学毕业之后，一直在沪上一些知名的广告、IT公司腾挪，尽管生存环境拂逆，但她始终抱着两个目的：第一，活给别人看；第二，看别人怎么活，将审视的目光对准自己，将不同岗位的程序了解了个透彻。

而一路行来的风雨砥砺，无形中成了知识积淀和社会历练。现在也算是个资深策划人，具备了自由职业人的资格，可以坐在家里挣钱了，生活走向有序的开始，也是走向通达之途的开始。

这与其说是“蚌病成珠”，不如说是生逢其时。

俗话说，商机无限。女儿正在注册一个微小公司，目前的活已经够她招架，前几天在电话上说，一些效益不佳的准备推掉，要不有点忙不过来。最近在温州帮几个曾在IT行业“浸淫”多年的朋友搭建一个网站，主要向欧美及国内市场销售女靴。她负责用中、英文描绘产品外在样式和内在品质，以及市场推广工作。以前从没有听她说过用英文写东西，这令我讶异，她却语气慵懒地说，毕竟学了那么多年，况且又不是专业术语。不过，为了不出现纰漏，写好后会传给美国的朋友校对一下。

在北上广就业的白领，坐在恒温的写字楼里，出入衣着光鲜得体，仪容整洁靓丽，以常情揆度，应该是社会的幸运儿。在有创新能力的精英阶层中，相当部分的白领待业务熟了，人脉有了，再也不甘心继续当劳其筋骨的“白领”月光族，纷纷自己创业去了。当然，万事开头难，但只要自身过硬，意志坚韧，成功的事例比比皆是。

在西北大戈壁上，曾建起中国最大的有色金属生产基地，在计划经济的创业时代，从外地企业调入的职工带有非常自负的优越感。其实他们并非来自物产丰饶、生活优裕的温柔之乡，也不是有十八般武艺得不到施展，而是自哀自怨的心理在作祟，面对较为严酷的自然条件，成天念叨着“献了青春献子孙”，好像坠入了苦难的深渊。可是，当计划经济向市场经济转轨，用人机制成了一种纯粹的企业行为时，这些张口闭口“献了青春献子孙”的职工，打着“让流浪的孩子回家”“解决我们子女的招工问题”的标语，哭着喊着要献子孙，争着抢着要端铁饭碗，让人有种恍如隔世的荒唐之感。

生活感悟的不同，会导致对同一事件的看法判若云泥。其实，每一个心念，每一个生活动作，都可以在阳光下摊开检视，观照符合每个人生存的机缘和路径。

当前，社会上喊得最响亮的一句话是与时俱进，这不但是指事物相辅相成的发展规律，更要求人们的思维意识必须适应社会变革的步伐。国内企业的生存环境已与国际接轨，高品质的精良产品才能占领市场。为此，国内的一些知名企业，为了自身的发展，对员工素质提出了超常的要求，规定不招收达不到学历要求的职工子弟。这在常理上尽管有点不近人情，但在公理上迈出了坚实的一步。因为国企的定义应该是全民的，非囿于企业现有人谋生的小圈子。

在这个时代，每一个人都应该顺应态势，做到以一技傍身，余下的时光，才不至于被时代浪掷。